Das Spiegelhaus
Die Schneckenspur

Ramona Diefenbach

Das Spiegelhaus
Die Schneckenspur

Roman

Weltbild

Besuchen Sie uns im Internet:
www.weltbild.de

Genehmigte Lizenzausgabe für Verlagsgruppe
Weltbild GmbH, Steinerne Furt, 86167 Augsburg

Umschlaggestaltung: Cordula Schmidt, Hamburg
Umschlagmotive: Photonica, Hamburg;
Trevillion Picture Library, London
Gesamtherstellung: Oldenbourg Taschenbuch
GmbH, Hürderstraße 4, 85551 Kirchheim
ISBN 3-8289-7606-9

2007 2006 2005 2004
Die letzte Jahreszahl gibt die aktuelle Lizenzausgabe an.

Ramona Diefenbach

Das Spiegelhaus

Roman

Weltbild

1 Ich beobachte sie im Schwimmbad, die Ellbogen auf das schiffsrelingartige Geländer der Brücke gestützt, die über den tiefen Teil des Beckens führt. Mein Haar ist schwarz, noch feucht, mit Kammspuren, und meine Badehose hat ein auffälliges Rot, das der Mode der Zeit entspricht. Während sie unter mir Tauchübungen und Wettkämpfe veranstalten, lege ich mein Gesicht mit einer zärtlichen Bewegung auf die Arme. Die Sonne ist eine weißglühende Explosion, ich glaube aber, daß der Sommer seinen Höhepunkt gerade überschritten hat.

Sie beginnen mit dem Tauchen im flachen Teil des Beckens und schwimmen wendig über das verzerrte Netzmuster des Kachelgrunds. Ich weiß, daß sie Grimassen schneiden, weil sie die Körper der Erwachsenen unter der Wasseroberfläche noch bleicher und unbeholfener finden als sonst. Manchmal quillt Haar unter ihren Badekappen heraus, umgibt wolkengleich ihre Gesichter und folgt ihnen dann wie Tang, der sich am Körper Ertrunkener verfangen hat. Über der Wölbung des Hohlkreuzes der Blonden rutschen die verknoteten Bänder ihres Bikinioberteils. Ihre Beine sind schmal und glatt und manchmal bilden ihre Waden kleine, sandfarbene Inseln zwischen den Wellen.

Erste Position. Préparation. Ich stelle mir Cora vor wie sie damals war, als wir eine Stunde zusehen durften. Alles um sie herum verschwand, als die Sequenz begann. Die Musik regierte Cora.

Demi-plié. Ports de bras von der zweiten in die erste Position. Der weite Saal war voll versponnener Klänge. Wiederholung. Grand-plié. Cora hatte es mir einmal erklärt und deshalb wußte ich, daß sie die Knie auswärts pressen und darauf achten mußte, die Fersen so lang wie möglich am Boden zu lassen. Ihre Sehnen dehnten sich. Der große Spiegel vervielfältigte die Bewegungen der Klasse. Grand-pliés wohin das Auge sah.

Sehr langsam streckte sie die Beine. Ein dünner Schweißfilm bildete sich auf ihrer Stirn. Ich verstand, daß es schwer war, sich in einen Walzer von Chopin, in einen Tanz von Schubert zu verwandeln. Damals konnte Cora keine Musik mehr hören, ohne daß es sie bog, drehte, hob. Sie hatte mir mal verraten, es muß am Ende jenes Sommers gewesen sein, daß das Training für sie der Tanz in seiner reinsten Form sei, anders als eine wilde, bunte, nie ganz perfekte Aufführung.

Relevé auf halber Spitze. Battement tendu. Zweite Position.

Nie hatte jemand Cora danach gefragt, was sie am Ballett besonders faszinierte, sie war für alle die geborene Tänzerin. Aber wenn jemand es getan hätte, jemand, der an einer ernsthaften Antwort interessiert gewesen wäre, dann hätte sie vielleicht zugegeben, daß das beste sei, in der Hingabe an seine Regeln zu verschwinden. Zusammen mit der Zeit und der Wirklichkeit. Nur noch die Schönheit blieb übrig und die Demut vor ihr, hätte Cora erklärt. Sie war sehr ernsthaft. Wir waren alle sehr ernsthaft. Das machte uns einsam und wir litten darunter, weshalb wir uns aus Trotz noch mehr isolierten. Ich erwähne das nur, damit man ein wenig besser verstehen kann, warum alles so kam, wie es kam.

Vierte Position. Demi-plié. Ports de bras. Demi-plié. Grand-plié. Relevé auf halber Spitze. Fünfte Position. Wiederholung.

Coras Gesicht zwischen den anderen. Ein Kindergesicht, bleich, oval, mit dunklen Haaren, die zu einem Knoten gedreht sind. Ein zarter Hals, ein schmaler, langgliedriger Körper. Ein perfekter Körper. Sie sagte, es gäbe keine perfekten Körper. Ihr Spann sei nicht hoch genug. Ihre Schultern eine Spur zu rund.

Sie lockerten ihre Muskeln, indem sie die Beine schüttelten, während der Ballettmeister die nächste Übung erklärte.

Fünfte Position. Préparation. Battement tendu-Kombination. Man hörte das Streifen der dünnen Ledersohlen auf dem Parkett. Battement tendu, battement tendu. Ihre Beinmuskeln spannten sich.

Wiederholung.

Ganz früher, hat Cora mir mal erzählt, hatte sie sich manchmal hinter dem Rücken Belas durch die Übung geschummelt. Ein verstohlener Widerstand gegen die unaufhaltsam erscheinende Forderung ihrer Begabung. Aber dann fand sie sich damit ab. Nach jenem Sommer kam sie sogar zwei Stunden früher zum Training, um sich warm zu machen. Bela gewöhnte sich an, sie nach der Stunde zu sich zu rufen und mit ihr eine Schrittfolge extra zu üben, pas de bourrée auf Spitze zum Beispiel oder Touren. Cora begann, jede Unvollkommenheit zu hassen, während sie im Spiegel ihre Bewegungen kontrollierte. Mit Haut und Haaren, wütend, radikal, unterwarf sie sich der Diktatur.

Das Bad liegt ziemlich weit außerhalb der Stadt, mitten im Wald, nur eine Seite ist vom Fluß gesäumt. Es ist wenig besucht, vor allem jetzt, während der Ferien, wo viele in Italien oder an der Nordsee sind. Ich habe das Alter, das sie beunruhigt. Ungefähr dreißig.

Ich bin ihnen einige Tage auf der Hinfahrt gefolgt. Der Radweg liegt gleich neben der Straße, so daß man sie vom Auto aus gut beobachten konnte. Sie haben chromblitzende Räder mit polierten Felgen und roten Werkzeugtäschchen hinter dem Sattel. Sie tragen kurze Baumwollshorts oder Röcke mit Gummizügen in der Taille, dünne Blusen, unter denen sich die kleinen Brüste abzeichnen. Es gibt die mit dem goldbraunen Haar und den Locken, goldfarbener Haut, rosigen Fingernägeln. Es gibt eine bleiche Dunkle mit einem kleinen, dicken Mund und langen Wimpern. Es gibt die mit den blonden Zöpfen und den feinen Fesseln. Sie hat runde, abwesende Augen, als sehe sie durch alles hindurch.

Ich fuhr sehr langsam hinter ihnen her und sah, wie die Schatten- und Sonnenflecken über ihre nackten

Beine liefen. Ihre Sandalen waren ausgetreten, ihre Ellbogen glatt. Das alles wirkte sehr gut auf mich. Ich war sicher, daß sie gerade im richtigen Stadium waren.

Sie stellen die Räder in die Ständer, die hinter dem Parkplatz für die Autos angebracht sind. Dann werfen sie ihre Beutel über die Schultern und gehen zur Kasse. Ihr Stammplatz liegt nicht weit vom Becken, aber zuerst verschwinden sie in der Kinderumkleide, wo ich sie durch die nur mit einem Vorhang verhängte Tür Flüstern und Kichern hören kann, wenn ich mich an den Schränken herumdrücke. Später warte ich auf sie an einem der weißen Plastiktischchen neben dem Kiosk. Mein Löffel macht ein leise klingendes Geräusch in der Tasse. Sie stellen sich in die Schlange vor der Theke, die Hüften leicht abgeknickt, eine Haltung, die sie den »Fräulein« abgeguckt haben. Nach einer Weile verlieren sie die Geduld und springen abwechselnd hoch, um das Fähnchen mit der Eisreklame zu berühren, das vom Dach des Kiosks hängt. Auf ihren Schultern zittern Wasserperlen.

Auch Angelika stelle ich mir immer wieder vor. Angelika, mit ihren runden, abwesenden Augen, die zu unserer Gruppe gehörte, weil sie manchmal ganz verloren wirkte vor lauter Ernsthaftigkeit. Seit ich sie kannte war sie eine von den Stillen, aber nach jenem Sommer wirkte das meiste, was sie tat, eher wie eine buddhistische Klosterübung als wie Schularbeiten oder Sport oder Musikhören in der Pause. Sie fing dann auch an, sich überall »festzusehen« und ich fühlte richtig mit, wie sie in den Dingen verschwand. Ich fand damals, daß es ein guter Auflösungstrick war, in den Dingen zu verschwinden. Angelika wirkte körperlos, obwohl sie da war. Sie war eine Träumerin geworden, aber es fiel den meisten gar nicht auf, sie blieb ja sehr gut in der Schule und unauffällig daheim. Ihre Mutter sagte mal zu mir, sie käme ihr vor wie ein Geist, so aufgeräumt sei ihr Zimmer. Das fällt mir immer wieder ein.

Wahrscheinlich haben sie alle Schwierigkeiten mit ihren Eltern, der Schule. Mit dem, was von ihnen erwartet wird. Sicher benutzen sie heimlich die Cremes ihrer Mütter und ihre Väter trauen sich kaum noch, sie anzufassen. Wahrscheinlich ekeln sie sich vor den nassen Handtüchern ihrer Brüder im Bad. Für mich sind sie die einzigen, bei denen ich es erträglich finde, sie essen zu sehen. Ich glaube, sie sind sehr ungeduldig, wie es ihrem Alter entspricht.

In diesem Sommer mit den endlosen Hitzewochen sind die Abende lang und hell. Die Pflastersteine haben die Wärme gespeichert und geben sie nur langsam ab, von den Balkonen tropft das Wasser, wenn die Blumen gegossen werden. Manchmal gehe ich in ihrem Viertel spazieren. Die Nächte sind violett. Die Männer mit den kurzen Hosen und dem Bauchansatz, die am frühen Abend ihr Auto waschen, sind dann wieder verschwunden. Sicher war einer ihrer Väter dabei.

Nach und nach bleiben sie länger, bleiben, bis der Horizont über dem Wald hinter dem Zaun sich blaßblau färbt. Die ersten Stechmücken sind unterwegs und die Wiese ist beinah leer. Ich stehe an die Brükkenreling gelehnt, meine Hose ist ein leuchtender Fleck im blasser werdenden Licht. Meine Beine sind gekreuzt. Ich fühle mich gut, sexy. Ich schaue zu, wie sie umständlich ihre Sachen zusammensuchen, trödeln, sich mit Handtüchern und Badekappen bewerfen. Mein ganzer Körper wird warm dabei. Sie ziehen ihre Kleider über die noch feuchten Bikinis. Das Leder ihrer Sandalen ist auf der Innenseite der Sohlen dunkel, die Riemchen sind weich und abgenutzt. Ich beobachte ihre kleinen Finger, wenn sie die Schuhe verschließen. Ab und zu sehen sie zu mir herüber. Wenn sie hinter den Spinden verschwunden sind, beeile ich mich und nehme den Hinterausgang, um vor ihnen am Parkplatz zu sein und vom Wagen aus zuzusehen, wie sie zu ihren Fahrrädern gehen. Ihre Sohlen knirschen auf dem Split, der mit Speiseeishölzchen übersät ist.

Es war Herbst geworden, kühl und grau. Ich legte die Schokolade auf das Bücherregalbrett neben der Couch, stauchte das Kissen zurecht und bettete das Buch in die bequemste Leseposition. Schon mit den ersten Worten tauchte ich ab, ein Hirn und zwei Finger zum Umblättern der Seiten oder zum Herausnesteln der Schokoladestückchen. Seit ich lesen konnte, war mir die Welt in Form einer Geschichte am liebsten. In der Wirklichkeit schienen immer ein paar entscheidende Dinge falsch zu sein oder zu fehlen. Aber an jenem Abend las ich fast ein ganzes Kapitel in *Anna Karenina*, ohne den Inhalt aufzunehmen, weil mir plötzlich aufging, daß es wahrscheinlich eine Geschichte war, in der wir steckten.

Jedenfalls fand ich, daß es eine werden konnte. Eine Geschichte mußte immer in etwas wurzeln, was man kannte und dann mußte sie etwas bedeuten, was man noch nicht kannte. Ich ließ das Buch sinken und machte mir Gedanken über den unbekannten Teil. Es war schwierig zu sagen, wann alles angefangen hatte, aber weil Geschichten nun mal irgendwo anfangen müssen, entschied ich, daß unsere wahrscheinlich in der Kinderumkleide begann.

Die Kinderumkleide war ein düsterer Raum mit kleinen Fenstern, die mit Holzläden verschlossen waren. Die Sonne schickte goldene Stäbe durch die Ritzen, Sonnenstäbe mit tanzenden Stäubchen, die die Dunkelheit pfählten. Die Luft war dick und braun wie auf alten Fotografien. Schmale Bänke standen an den Wänden und teilten die Mitte, und auf dem Boden lagen Holzroste, die feucht waren und sich seifig anfühlten. Es war meistens leer, wenn wir kamen.

In diesem Sommer bekam der Ort etwas Magisches.

Es wurde betörend, sich in dieser halben Dunkelheit auszukleiden, in der wir verstohlen unsere Körper musterten. Coras Umriß. Der grob gewebte Stoff des Vorhangs am Eingang bildete ein Rechteck gesiebter Helligkeit, vor dem sie sich bückte, um ihre

Shorts herunterzuziehen. Von der Tür glitt Licht auf eine Hälfte ihres Rückens, schimmerte auf den Hügeln ihrer Wirbelsäule. Geschmeidig richtete sie sich wieder auf. In diesem Moment begriff ich, daß Coras Beine erwachsen wurden, muskulöse, schlanke, sprungbereite Tänzerinnenbeine, die im Verhältnis zu ihren winzigen Hüften wie der Einbruch einer Zukunft wirkten, die bisher in weiter Ferne gelegen hatte. Ich hörte, wie Angelika den Atem einzog, ihre zerknüllte Bluse gegen den Schoß gepreßt, die Augen aufgerissen, so daß man das Weiße sah. Während Cora sich langsam drehte und das Licht ihre Brust umfing, matte Helligkeit mit einer rosa Spitze, biß ich mir auf die Unterlippe.

Wir hatten es alle drei genossen, von der Dunkelheit beschützt.

Als ich entschied, wann die Geschichte anfing, wählte ich diesen Moment.

Es war ziemlich riskant zum damaligen Zeitpunkt, aber ich habe mir trotzdem ein Vorspiel erlaubt, ein nicht ganz ungefährliches sogar. Es war in der zweiten Woche, nachdem ich sie entdeckt hatte, wobei zu meinen Gunsten spricht, daß zwei Wochen eine lange Zeit sind in ihrem Alter. Sie hatten ihren üblichen Spaziergang unterbrochen und sich an eine niedrige Mauer gesetzt, vor sich die leicht abfallende Wiese mit den unregelmäßig verteilten Baumschatteninseln, dahinter der Damm mit dem Fluß, ein gleißendes Band flüssigen Silbers. Ich habe mich hinter sie geschlichen und angefangen, den Teil ihrer Schulterblätter, der über das Mäuerchen ragte, sehr leicht zu streicheln. Ich habe die Zöpfe der Blonden durch meine Finger gleiten lassen und ihren Nacken gekitzelt, wo der Flaum beginnt. Sie haben stillgehalten, kaugummikauend. Dachten sie, daß ihre Nachbarin sie zufällig berührt? Tatsächlich glaube ich, daß sie mich damals nicht bemerkt haben, träge und aufgeregt zugleich vom Flirren des Lichts und ihren empfindlichen Nerven. Von dieser gewagten Annäherung abgesehen, bin ich ihnen natürlich längst aufgefallen. Es ist eine neue Erfahrung für sie, daß ein Erwachsener mehr als herablassende Aufmerksamkeit oder Kritik für sie übrig hat. Immerhin ist es der erste Sommer, in dem sie eine neue Art Blicke auf sich spüren. Die meisten kommen von Männern mit krausem Brusthaar und goldenen Armbanduhren. Sie finden sie komisch. Bei mir ist das etwas anderes. Ich mache sie neugierig, ich gefalle ihnen. Kein Wunder, ich habe sehr viel Verständnis für ihr Alter. Wir finden uns immer gegenseitig, weil ich weiß, was sie möchten.

Als ich entschied, daß sie reif waren, habe ich sie bei der Rückfahrt begleitet. Mein Wagen ist sehr leise, fast geräuschlos fließt er über den Asphalt. Ich sehe sie, von neu gepflanzten Baumstämmchen zwischen Straße und Radweg unterbrochen, und höre manchmal sogar das Klicken der Ketten. Sie bekommen ein bißchen Angst, wenn mein Wagen so still hinter ihnen herschleicht, und fahren schneller. Ihr Herzklopfen überträgt sich auf mich, es ist das, was Jäger und Beute gemeinsam haben.

Wenn sie die Straßenbahngleise sehen, bei denen die Randbezirke der Stadt beginnen, lassen sie die Räder ausrollen. Von hier an fühlen sie sich sicher. Ich halte und schaue ihnen nach. Sie stellen sich auf die Pedale, wenn sie über die Schienen fahren. Wahrscheinlich sind sie erleichtert, aber sicher auch eine winzige Spur enttäuscht, weil nichts passiert ist. Es gefällt ihnen, ein wenig Angst zu haben. Nicht zuviel, aber genug, um sich von der Langeweile zu lösen, die die Stadt, die Eltern, das Vertraute ist. Man hat künstliche Welten um sie gebaut, Kinderwelten, die ihnen nicht mehr genügen. Sie haben durchschaut, daß man sie isoliert hat und denken darüber nach, was ich mit ihnen machen könnte.

Sie haben ihre Hoffnungen.

Damals sind wir immer nach Hause gefahren, ein Schaudern zwischen den Schulterflügeln, die Haut aufgequollen von den Stunden im Wasser, die Haare noch feucht, die Muskeln zitternd. Wir fühlten uns verlockend schwach, Gänsehaut auf den Oberarmen. Das waren die kleinen Atempausen am Anfang unserer Geschichte. Vielleicht war es auch übrig von dem Teil, der vor dem Anfang liegt.

Nachdem Cora in der Umkleide begonnen hatte, wußten Angelika und ich, daß eine von uns als nächste dran war. Ich entschied, daß ich es tun würde und daß ich ein bißchen weitergehen mußte, sonst wäre es ja sinnlos gewesen. Also habe ich mich auf die Bank gelegt, bis die andern schon fast fertig waren. Ich habe demonstrativ geseufzt und mich gestreckt, als ob ich zu faul sei, mich umzuziehen. Die Dunkelheit war schwer, nur ein Sonnenstrahl beleuchtete meinen Bauch. Angelika fing an, mich zu kitzeln und ich rollte mich hin und her und lachte und tat so, als ob ich mich wehrte. Ich wußte, daß der Lichtstrahl bei meinen Bewegungen verschiedene Details aus den Schatten löste. Die Stelle um den Nabel, den Hüftknochen. Ich hörte das aufgeregte Kichern der andern, spürte ihre ungeschickten Hände. In der Dunkelheit glänzte das Weiß der Zähne. Irgendwann hielt ich es nicht mehr aus und sprang auf. Das seifige Gefühl der Bodenlatten an der empfindlichen Stelle zwischen meinen Zehen jagt mir sogar in der Erinnerung noch Schauer über den Rücken.

War das eine Art Impromptu oder waren wir schon mittendrin? Ich bin mir nicht sicher. Jedenfalls irgendwann um die Zeit haben wir ihn bemerkt. Obwohl keine von uns der andern verriet, daß er ihr aufgefallen war.

Inzwischen kenne ich ihre Namen. Ich bin auf einer Liege ausgestreckt, die Arme hinter dem Kopf gekreuzt, nur acht oder zehn Meter entfernt. Sie sitzen auf ihren Badetüchern, mit Plastikkämmen und -bürsten bewaffnet. Angelika läßt es zu, daß sie ihr die Zöpfe aufflechten. Sie sieht mich an, während sich ihre Freundinnen an ihr zu schaffen machen. Es reizt mich, wie Cora und Beatrice sie berühren, wie sie aufgelöst wird wie ihre Haare. Ich beobachte sie über die Wölbung in meiner Badehose hinweg mit halbgeschlossenen Augen. Mein feuchtes Haar sieht weich aus, meine Brust ist glatt. Ich sehe sie regungslos an, während sie verstohlen meinen Körper mustern. Sie betrachten die Stelle unter meinen Armen, wo sich Haare kräuseln. Angelikas Achselhöhlen sind weiß. Ihr Haar ist fast taillenlang, seidig, mit kleinen Wellen von den Zöpfen. Es streichelt ihren Oberkörper und sie schließt die Augen, als Beatrice und Cora mit dem Kämmen beginnen. Es ist, als ob sie sie mir präsentieren. Einen Moment glaube ich, mich nicht mehr beherrschen zu können. Ich will auf sie zugehen, unter einem Vorwand mit ihnen sprechen, aber dann zwinge ich mich, doch noch zu warten.

Es gefällt mir, wie sie flirten.

Inzwischen sind sie daran gewöhnt, daß mein Wagen sie durch den Wald begleitet. Also bin ich vorausgefahren und habe ihn abgestellt, an einer Stelle des Straßenrands, an der sie ihn sehen müssen, an der er aber niemand stören kann. Es ist ungefähr auf halbem Weg zwischen Freibad und Stadt. Sie zögern, als sie vorbeifahren und wenden sogar die Köpfe, um zu überprüfen, ob ich im Auto sitzengeblieben bin. Sie haben mich gleich nach dem Aufbruch vermißt. Diesmal entdecken sie mich nicht. Ich warte, auf einer Lichtung links vom Weg, inmitten hoher Gräser und Farnbüschel an einen Baumstamm gelehnt. Meine Augen sind schwarz und ich habe bläuliche Schatten auf der Oberlippe und am Kinn. Das kann man auf diese Entfernung natürlich nicht erkennen, aber die Schatten sind Signale meiner Andersartigkeit und ich achte darauf, daß sie da sind. Mit der Zeit habe ich herausgefunden, daß sie das Andersartige anzieht.

Nach drei Tagen werden sie langsamer, wenn sie den parkenden Wagen sehen. Sie tauschen Blicke und fahren beinah Schrittempo, aber sie halten nicht an. Am darauffolgenden Tag bewege ich mich, so daß die untergehende Sonne das Messing meiner Gürtelschnalle trifft. Cora entdeckt mich. Ich weiß nicht, ob sie mein Lächeln bemerkt. Sie wendet den Kopf nach mir, als sie weiterfährt und jetzt wissen die andern auch Bescheid. Ich bin ganz sicher, daß wir eine wundervolle Zeit vor uns haben.

Wir trugen den Kopf ziemlich hoch, wenn wir zu ihm gingen, langsam, in Kleidern, die viel zu brav waren für die zweite Hälfte der sechziger Jahre. Zuerst gingen wir durch frühes und spätes Herbstgold, an Astern und Chrysanthemen vorbei. Dann durch Nebel, Kälte, schließlich über Schnee, der schmutzig geworden endlos an den Rändern des Gehwegs lag. Wir sahen die ersten Schneeglöckchen, gefolgt von Krokussen und frühen Tulpen. Angelikas Tag war der Mittwoch, ich kam montags, Cora am Freitag. Das längste Jahr unseres Lebens.

Ich parke wieder an derselben Stelle und nehme meinen Platz auf der Lichtung ein. Am liebsten wäre mir, wenn sie einzeln kämen, der Reihe nach. Tagsüber, wenn sie sich mit geschlossenen Augen auf den Rükken legen, spüren sie meine Nähe. Sie bieten sich beinah an, spielerisch, aus sicherer Distanz. Sie jagen sich im Wasser und lehnen sich dann an den Beckenrand mit ausgestreckten Armen und betrachten ihre strampelnden Füße. Schmale Rinnsale laufen über ihre Schlüsselbeine. Meine Ruhe macht sie aufgeregt. Wir sind schon sehr vertraut miteinander, ohne jemals ein Wort gewechselt zu haben. Wenn ich mit ihnen spreche, muß ich sicher sein. Ich finde, daß Sprache oft alles verdirbt.

Sie bremsen zögernd, unentschlossen. Mit einem Fuß berühren sie den Boden, aber sie stoßen sich weiter ab. Sie rollen jetzt ohne Pedale, wie auf den ersten Fahrrädern. Beatrices Locken sind feucht. Coras Miene ist unbeweglich. Sie halten an und sehen zu mir, aus sicherer Entfernung, lauernd, bereit zu fliehen. Stechmücken setzen sich auf ihre bloßen Arme. Schließlich fahren sie weiter und ich höre sie kichern. Am nächsten Abend halten sie wieder, es ist eine Mutprobe. Sie glauben, daß ich etwas tun werde, aber das würde den Zauber brechen und ich bleibe, wo ich bin. Sie sollen einzeln kommen, der Reihe nach.

Als sie sich sicher fühlen, daß ich meinen Platz auf der Lichtung nicht verlasse, umstreichen sie meinen Wagen. Es ist eine Ersatzhandlung, aber es amüsiert mich, wie sie sich provozierend im Lack und in den Außenspiegeln betrachten, sich auf die noch warme Motorhaube setzen, durch die getönten Scheiben ins Innere sehen. Sie streichen über das Heck, tauschen halblaut Sätze, die ich nicht verstehen kann und lassen kleine Gaben zurück, eingewickelte Fruchtgummis, einen von drei Seiten angebissenen Apfel, in dem der Abdruck ihrer Zähne zu sehen ist.

Cora kommt zuerst. Schmal kommt sie auf mich zu. Sie fragt, was ich mache. Ich warte auf euch, sage ich zu ihr. Sie reicht mir bis zur Schulter und sieht zu mir hoch. Ich lade sie ein, sich zu setzen. Sie nimmt meine Hand und betrachtet die Finger. Ich lege ihr einen Finger auf den Mund, wie um sie zum Schweigen aufzufordern. Sie wird nichts erzählen. Sie kommt drei Abende hintereinander, während ihre Freundinnen warten. Ich lasse mir Zeit. Ich lege die Hände um ihren langen, schönen Hals, ich streichle ihren Rücken. Ich benutze die Öffnungen ihrer Kleidungsstücke, ohne sie auszuziehen. Meine Hände schieben sich in die Armlöcher ihres Hemdchens, ich streichle ihre Schenkel, soweit es die Öffnung der Shorts erlaubt. Ihre Wimpern werfen einen langen, gefiederten Schatten.

Angelika ist die nächste. Ich setze sie auf einen Stein, lasse sie die Knie öffnen und streichle ihre Beine mit langen Gräsern. Sie berührt meinen Bauch und spürt die Wärme der Haut durch mein Hemd. Ich schließe die Hände um ihre Knöchel. Ich schiebe die Daumen unter ihre Sohlen.

Beatrice ist die letzte. Ich stehe hinter ihr und ziehe ihr Hemd hoch, so daß es ihren Kopf bedeckt. Einen Moment ist sie blind, gefangen, meinen Blicken und denen ihrer Freundinnen ausgesetzt. Ich betaste sie, ihre Haut im Abendlicht. Ich spüre, daß ihre Fingerspitzen hinter ihrem Rücken die Schließe meines Gürtels suchen.

Am nächsten Abend schminke ich sie. Ich habe Lippenstifte und Lidschatten, silberne Cremes. Meine kleinen Geliebten. Sie sind um mich herum, mit blauen und grünen Lidern, geschwärzten Wimpern, verlängerten Brauen. Sie halten mir mit geschlossenen Augen ihre Lippen hin, damit ich sie anmale. Coras rot, Angelikas rosa, Beatrices beinahe schwarz.

Sie werden obszön. Das Laub hat jetzt schon einen gelben Stich, der Rand mancher Blätter wird kupferfarben. Neulich kam abends Wind auf. Der Wald richtet sich langsam auf, als erwachte er aus einem Traum. Das Licht wird schwerer.

Ich nehme sie in meinem Wagen, der Reihe nach, es ist romantischer als bei mir zu Hause. Ich habe die Sitze ausgezogen und mich ausgestreckt. Ich halte sie an den Hüften, die so schmal sind, daß meine Hände sie fast umgreifen. Ich spiele lange mit ihnen. Das Blut pocht an den empfindlichen Stellen ihrer Körper. Sie hocken auf mir mit gespreizten Beinen, seidig, stöhnen leise und sehen mich an. Der Tag zieht sich langsam zusammen zu aufblitzenden Flächen, violett und schwarz.

2 Natürlich hatte er dafür gesorgt, daß wir aussahen wie immer, als wir ihn verließen, aber damals wußten wir noch nicht, wie leicht es in unserem Alter ist, andere zu täuschen. In diesem Alter mit der glatten Haut und dem federnden Gang ohne Spur einer Last. Er flocht Angelikas Haare und zupfte Coras Hemd zurecht.

Mein Kinderrock mit dem Gummizug kam mir plötzlich verlogen vor, es war eine regelrechte Maskerade. Ich begriff nicht, warum keiner etwas merkte. Zuerst glaubten wir, daß man es uns meilenweit ansehen würde, aber nichts geschah und das Leben ging weiter. Ich kann nicht sagen, ob ich eine Zeitlang hoffte, daß mich jemand ansprechen würde. Vielleicht, aber andererseits war alles so atemberaubend spannend, daß ich es für mich behalten wollte. Die Geschichte gehörte mir und ich wollte nicht, daß sich andere einmischten und sie zu ihrer Sache machten und über sie und mich bestimmten. Und wenn es auch einen miesen Beigeschmack gab, entschied ich doch, daß das zum Erwachsenenleben gehörte, zum Recht auf Dramatik. Ich nehme an, daß es den andern ähnlich ging.

Damals hätten wir nie zugegeben, daß er uns verführt hatte. Wir begriffen es nicht mal, das kam erst sehr viel später. Schließlich hatte er gewußt, wie neugierig wir waren und daß die Jungs, die sich in unserer Nähe herumdrückten, keine Ahnung hatten, wie man mit uns umgehen mußte. Er behandelte uns wie Königinnen. Vieles was er tat entsprach unseren geheimen Träumen. Es ist sinnlos, wenn nicht sogar unmöglich, sich gegen Träume zu wehren, schrieb ich damals in dieses Heft, das flach genug war, um es unter der Tischplatte festzuklemmen.

Während der ersten Zeit wandelten wir wie betäubt umher. Die Ferien gingen zu Ende. In den Schreibwarengeschäften und den Kaufhäusern lagen Federmäppchen und Hefte in den Fenstern. Meine Mutter sah den Schrank durch, ob ich etwas Neues brauchte, und ich beobachtete sie dabei. Welche Bedeutung hatte meine Mutter in dieser Geschichte? Kam sie überhaupt darin vor? Sie ahnte nichts. Und es war mir damals völlig unmöglich mir vorzustellen, daß meine Mutter aus etwas bestand, was man nicht sehen, hören, riechen konnte, daß sie innere Welten bewohnte, die meinen ähnelten und demnach hätte begreifen können, was vorging. Wir dagegen flimmerten nur noch aus Innerlichkeit. Alle früheren Vertrauten meines Lebens verflachten zu opaken Oberflächen in meinem Gefühlsraum. Die Geschichte war eine Sache zwischen ihm und uns. Wir hatten es wortlos beschlossen, als die erste Aufregung sich gelegt hatte, und wir glaubten, daß es so weitergehen würde, wie es uns gefiel.

Er hatte ein freistehendes Haus in einer Gegend mit ziemlich viel Grün. Außer einem Rentner, der seinen Hund ausführte oder Frauen, die ihren Großeinkauf vom Wagen ins Haus trugen, traf man kaum jemand, und die Straße war eine Einbahnstraße, in der wenig Autos fuhren. Das Haus selbst war von außen hübsch, ein wenig vernachlässigt auf eine anziehende Art, aber innen sah es anders aus als wir erwartet hatten. Es war nicht besonders edel eingerichtet, eigentlich spießig mit altmodischen Nußbaummöbeln und komischen Kacheln im Bad, beige mit rosa oder so, und das Bett hatte eine gräßliche gesteppte Tagesdecke, die aussah wie ein Geschenk von jemand, der einem Alpträume wünscht. Darunter hatte er es allerdings mit glänzender Bettwäsche bezogen, die gegenüber in dem großen Schrankspiegel wie eine barocke Wolke schimmerte. Neben dem Bett stand eine Kommode mit Kerzen, die immer brannten, so daß ich die Szenen, die sie beleuchteten, meine Haut inmitten der Satinfalten, eine Weile so faszinierend fand wie er.

Die ersten Monate sprachen wir nicht. Es war eben doch wie in einem Traum, einem ziemlich unanständigen und deshalb notgedrungen privaten. Nach Schulbeginn trafen wir uns in der Pause und wir fuhren auch noch ein- oder zweimal ins Schwimmbad, aber in der Umkleide wurden wir matt und steif, als ob wir plötzlich zu frieren begönnen. Er hatte es geschafft, uns auseinander zu bringen.

Der Winter verstrich wie ein böses Märchen. Dann, an einem ungemütlichen Märztag, begannen wir doch zu sprechen.

Angelika hatte uns eingeladen.

Gewissermaßen waren wir da schon ziemlich erfahren, jedenfalls erfahrener als unsere Klassenkameradinnen, die heimlich ihre ersten Zigaretten rauchten und kicherten, wenn der Lehrer vom »Bottnischen Meerbusen« sprach. Auf alle Fälle waren wir gelassener, auch wenn vielleicht das Gegenteil hätte der Fall sein müssen. Oder waren wir bloß resignierter? Ich hatte angefangen, unsere Geschichte aufzuschreiben und sie schon mindestens zwanzig Mal geändert und je mehr ich darüber brütete, desto mehr Gedanken kamen mir, von denen ich nicht wußte, wie ich sie bewerten sollte. An jenem Märznachmittag jedenfalls hatte ich die Erwachsenendramatik schon ziemlich satt und empfand dafür den miesen Beigeschmack deutlicher. Ich glaubte, daß es vielleicht besser werden könnte, wenn Angelika, Cora und ich wieder eine Gemeinschaft bilden würden und überlegte, wie ich es erreichen konnte, aber das erwies sich als überflüssig. Schon während wir uns verlegen vor dem altmodischen Service von Angelikas Mutter niederließen, machte sich langsam ein Grinsen auf unseren Gesichtern breit.

»Was für ein wunder-wunderschönes Service«, brach Cora das Schweigen und hob eine Tasse. »Es ist bestimmt ein altes Erbstück.«

Angelika kicherte.

»Und diese köstlichen Kekse« flötete ich übertrieben.

»Man müßte sie in einen *Cocktail* tunken!« ergänzte Cora mit spitzem Mündchen.

Ich biß mir auf die Lippen.

»Es ist so *schick*, wenn man dazu einen *Bademantel* trägt«, legte Angelika nach.

Von jetzt an stand uns nichts mehr im Weg.

»Es ist ein Zeichen von gutem Geschmack, wenn der *Bademantel* zu den *Teppichen* paßt«, improvisierte ich. Vor unterdrückter Begeisterung entfuhr Coras Kehle ein winselndes Geräusch.

»Aber in unseren *Waschräumen* haben wir gern ein bißchen *neutralere* Farben.«

»*Beige* mit *rosa*!«

»P-p-passend zum Brotkasten.«

Jetzt platzten wir heraus und krümmten uns jaulend.

Es dauerte eine Weile, bis es uns gelang, ein paar halbwegs ernsthafte Sätze zu wechseln. Das Eis war jedenfalls gebrochen. Es war schön, wieder richtig albern zu sein, so albern, wie wir nur miteinander sein konnten, die Ernsthaften, die sich gegenseitig von ihrem Fluch befreien. Unsere Gemeinschaft war wiederhergestellt.

»Neulich«, sagte Angelika erschöpft, aber mit ziemlich normaler Stimme, »wollte ich mehr wissen.«

Wir warteten gespannt.

»Ich nehme nicht an, daß ihr seinen Beruf kennt?«, fuhr sie fort.

»Wahrscheinlich arbeitet er als Schwein«, platzte Cora heraus, die wieder so langhalsig-anmutig auf ihrem Stühlchen balancierte wie nur je eine Ballett-Tänzerin. Wir schnitten Grimassen, um einen neuen Lachanfall zu unterdrücken.

»Ich habe es rausgefunden, als er die Seidenbänder – diese wunder-wunderschönen Seidenbänder – aus dem Schrank suchte. Die, mit denen er mich so gern an den Knöcheln festbindet –«

– »nicht nur dich«, gackerte ich –

»Er ist Vertreter. Für Versicherungen.«

Es gab eine Pause, in der wir überlegten, was wir davon halten sollten.

»Ich glaube, das ist nicht besonders wichtig«, sagte ich schließlich vorsichtig. »Versicherungsvertreter. Oder?«

»In der Tat.« Angelikas Gesicht leuchtete immer noch. Stillvergnügt tranken wir eine Weile Tee und ließen die Vorstellung auf uns wirken.

»Eigentlich ist es komisch, daß er überhaupt einen Beruf hat«, stellte Cora schließlich fest.

»Und dann noch so einen durchschnittlichen. Das ist er doch, oder?«

»Nein, nein, das hätten wir nicht gedacht!«, sangen wir im Chor und brachen wieder in Gelächter aus. Es war fast wie früher. Fast.

Angelika schenkte nach, wischte das Resteträpfchen vom Ausguß der Kanne und leckte es selbstvergessen vom Finger. »Ich war an seinem Schreibtisch, ihr wißt schon, dieses Ding in falschem Barock oder Rokoko oder so. Ich hab die Schublade aufgezogen und seine Papiere durchgesehen.«

»Wie mutig von dir!«, murmelte ich. Wir waren alle zum Bravsein erzogen. Aber ich wußte inzwischen, daß es keine Geschichte ohne Ungehorsam gab. Wenn man eine Geschichte wollte, die diesen Namen verdient, mußte man immer verbotene Schubladen öffnen.

»Vor einer Woche habe ich in seinen Schrank geguckt«, verriet Cora und beugte sich vor. »Es roch ein wenig muffig. Er hat genau vier Anzüge und zwei Sakkos.«

Sie streckte ihre Füße, so daß die Gelenke krachten und kreuzte unüberbietbar versnobt die Knöchel.

Angelika fegte einen Krümel von der Tischdecke und sah zum Fenster. Plötzlich waren ihre Augen wieder groß und rund. Wie blaue Sterne. Seit sie glaubte, daß wir gemeinsam eine Angriffsmöglichkeit gegen ihn entwickelt hatten, fand sie es an der Zeit, weiterzugehen.

»Ich nehme an, daß es uns geschadet hat«, stellte sie fest. Ihr konzentriert-abwesender Ausdruck verstärkte sich. »Aber jetzt ist es sowieso zu spät.«

Na, dachte ich, das war's? Ob sich so was in meinem Heft gut machte, diese Resignation, die irgendwie abgebrüht klang? Vermutlich nicht, aber ich beschloß, es trotzdem zuzulassen. Es wäre mir lieber gewesen, in Klischees zu leben, aber so wie die Dinge lagen, ließen sich die Klischees nicht aufrechterhalten. Vermutlich war es besser, mit einer Spur zuviel Härte an die Dinge heranzugehen. Schließlich glaubten wir, daß wir keine Kinder mehr waren. Wie auch immer; ich entschied, daß Angelika recht hatte mit ihrer Abgebrühtheit.

»Eigentlich«, meinte Cora, »weiß ich noch nicht genau, wie ich es bewerten soll. Anfang des Winters fand ich alles … dämonisch.«

»Jetzt«, ergänzte Angelika, »wo wir wissen, daß er Versicherungsvertreter ist, ist es noch viel dämonischer.«

Wir sahen sie einen Moment an und nickten schließlich.

»Er ist aber nur einer und wir sind drei«, sagte Cora. Ihre Zungenspitze erschien im Mundwinkel. Sie sah aus wie eine Madonna mit nicht rollengerechten Gedanken.

»Und wir haben Zeit«, ergänzte Angelika. »Bevor wir entscheiden, wie es weitergeht, sollten wir mehr über ihn rauskriegen.«

Sie stand plötzlich still mit lauschend geneigtem Kopf. Es bewies mal wieder, wie scharfe Ohren sie hatte. Jedenfalls dauerte es eine ganze Weile, bis Cora und ich ebenfalls etwas hörten. Endlich drehte sich ein Schlüssel im Schloß und zwei Minuten später erschien Angelikas Mutter im Zimmer und warf einen nachsichtig lächelnden Blick auf unsere unschuldige Versammlung am Kaffeetisch.

Egal wie viel Mühe ich mir später gab, der erste Teil war der beste. Obwohl es bei mir zu Hause natürlich bequemer war. Die Nachbarn waren den ganzen Tag weg und gegenüber wohnte nur Frau Matt, die kaum noch das Bett verlassen konnte. In dieser Hinsicht waren keine Störungen zu befürchten. Aber irgendwie schien die Alltagsumgebung an meinen Gefühlen zu nagen, oder vielleicht war es nur die Zeit, die ihr Werk verrichtete, die unaufhaltsame Zeit? Egal, wie viel Mühe ich mir gebe, nach einer Weile ist es nicht mehr so, wie es sein soll.

Deshalb hatte ich mir angewöhnt, sorgfältig zu inszenieren, das hält die Entwicklung ein bißchen auf. Schließlich lernt man im Lauf der Jahre dazu. Trotzdem kommt immer etwas dazwischen und es wird nie so vollkommen wie in meiner Vorstellung. Aber ich gebe die Hoffnung nicht auf.

Ich bereitete alles sorgfältig vor. Eine Weile waren wir ziemlich nah dran. Natürlich nicht zu sehr, ein bißchen Überwindung und Widerstand muß für sie dabei sein, sonst macht es mir keinen Spaß. Trotzdem waren sie entspannt genug, um sich auf alles einzulassen. Den Rest besorgt in ihrem Alter die Hormonschwemme. Gleichgültig, was man sagt, ich weiß, daß es ihnen gefällt. Es gab diese Augenblicke … z.B. wenn Angelika sich wie unter einem unwiderstehlichen Gewicht zur Seite drehte und ihr Haar dabei über ihre Schulter glitt oder wenn Cora ihren perfekten kleinen Hintern hob oder wenn Beatrice ihre Finger nach mir ausstreckte, so poetisch, flehend und abwehrend zugleich, da dachte ich, jetzt müßte man die Zeit anhalten, jetzt, in diesem Zustand sirrender Erregung, in der alles andere versank. Wir waren dann ganz abgeschieden. Ganz allein in einer Welt, die nur aus Federn und Wiegewolken bestand. Wenn es etwas wie die Glückseligkeit gibt, dann ist sie das.

Also eine Weile war es wirklich gut. Aber dann – zuerst hoffte ich ja, daß ich es mir nur einbildete – wurden sie anders. Als hätte eine winzige, aber entscheidende Verschiebung der perfekten Verteilung von Macht und Ohnmacht in unseren Beziehungen stattgefunden. Irgendwas, was mein Streben nach Vollkommenheit sabotierte. Richtig dingfest machen konnte ich es nicht. Waren sie routiniert geworden? Das läßt sich nach mehreren Monaten nicht ausschließen. Oder lag es daran, daß sie älter wurden, ein wenig über dieses optimale halbe Jahr hinaus? Dieses halbe Jahr, das ich zu konservieren versuche. Ihre Körper waren immer noch knospig, halb kindlich. Sie schlossen die Augen, wenn sie erregt waren, mit langsam flatternden Lidern, – worauf es mir übrigens nicht ankam. Ich lege Wert auf ihre Fügsamkeit, ob sie nun blind oder sehend stattfindet ist mir ziemlich egal. Ich denke sogar, daß sie abhängig waren von mir, von meinen Kenntnissen.

Was war es dann? Ich fragte mich das ganz ernsthaft, das tat ich immer. Was sah ich am Grund ihrer Augen? Ich gestand es nur ungern ein, aber es konnte Spott gewesen sein. So gesehen war es natürlich nicht gleichgültig, ob sie die Augen offen oder geschlossen hatten. Von da an achtete ich darauf, daß sie die Lider senkten. Hatte ich mir die ganze Mühe gemacht, um schon wieder von vorn anfangen zu müssen?

Und Coras Art, in den unmöglichsten Positionen still zu halten, still wie eine unanständige Statue ... Es hatte etwas ungerührt Geduldiges, um nicht zu sagen: Erwartungsvolles. Obwohl sie ja tat, was ich verlangte, wirkte es bei ihr geradezu fordernd, was das Gegenteil meiner Absicht war. Nicht mal Beatrice traute ich noch. Eines Tages stand sie am Bücherregal vor meiner Nabokov-Ausgabe. Ich bin keineswegs sicher, daß es Zufall war. Ich war einen Moment in der Küche, um unsere Drinks zu holen (diese Cocktails, die wie Kinderbrause aussehen). Sie sollte im Sessel sitzen, solang ich mit den Präliminarien beschäftigt war, mit gespreizten Knien, wie ich es gern habe. Statt dessen schnüffelte sie herum wie eine kritische Mutter!

Also das kam so alles zusammen und deshalb habe ich dann schließlich bei ihrer Schule gewartet. Ich dachte, wenn es etwas gab, durch das sie oder Angelika oder Cora sich von den anderen Mädchen ihrer Altersgruppe unterschieden, könnte ich es auf diese Weise herausfinden. Ich drückte mich also in dem Schreibwarengeschäft an der Ecke der Schule herum, von dem man das Tor gut im Blick hat und blätterte in der BRAVO und einer Fernsehzeitung und tat so, als ob ich mich nicht entscheiden könnte. Als das Geschrei und Gerenne und Gejohle aus dem Eingang brach, hatte ich Mühe, meine Geliebten zwischen den plumpen Kindern zu entdecken. Endlich erschienen sie hinter einer Gruppe Abiturientinnen. Ich war ganz überrascht, wie klein sie aussahen. Cora und Angelika gingen nebeneinander. Beatrice drängte sich von hinten zu ihnen durch und schlenkerte ihre Schultasche. Einen Augenblick war ich richtig durcheinander, so kindlich kamen sie mir vor.

Dabei mußte ich feststellen, daß sie viel unschuldiger wirkten als die anderen, mehr, wie es sich für junge Mädchen gehört. Gesitteter und sanfter. Wenn jemand von unserem Abenteuer wüßte, müßte er zugeben, daß meine Behandlung den Mädchen hervorragend bekommt, ganz objektiv müßte er das zugeben. Die poetische Qualität der Mädchenblüte, wie wir sie uns vorstellen, ist eine Erfindung ästhetisierender Betrachtung. Das habe ich auch mal einem

Kollegen zu erklären versucht. Wenn wir uns nicht darum kümmern, werden Mädchen so – sie werden so, daß wir nichts davon haben. Mein Kollege hat mich nicht recht verstanden, aber es ist doch klar: Das Leben verändert sie schnell genug.

Wie auch immer, der Test hatte mich nicht viel weitergebracht. An diesem Nachmittag jedenfalls mußte ich mich irgendwie austoben und ich vögelte Cora, – wie ich nachträglich meine, war es das erste Mal im Sinne des Begriffs. Eine Spur brutal und umstandslos. Was mich aufgebracht hatte, war aber nicht die Erinnerung an ihre kleine, seltsam gewichtlose Gestalt im Schultor, die nicht recht zu meinem Bild von ihr paßte, sondern es war, wie sie mich anstarrte. Sie saß nackt mit seitlich angezogenen Knien auf dem Bett. Das Rollo zeichnete sie mit einem Streifenmuster, als sei sie halb Schatten und halb Wirklichkeit und sie sah mich an. Als ich mich ans Fußende des Betts stellte, mächtig und sexy wie ich war, glotzte sie einfach weiter.

Ich gab ihr ein Zeichen, daß sie sich hinlegen sollte, in die Haltung, die ich gern habe und sie rutschte auch herunter und legte sich auf den Rücken. Ihre Haut war kaum dunkler als das Laken und ihre Füße streckten sich wie automatisch mit ihrem wundervollen Spann. Aber sie beobachtete mich. Als sei sie meilenweit weg und gar nicht dabei und als sei ich irgendein dummer Junge, den sie nicht ernst nahm. Man könnte sagen: kritisch, vielleicht sogar lauernd? Da verlor ich die Geduld und ich vögelte sie in Grund und Boden. Vielleicht habe ich ihr weh getan. Sie ließ sich nichts anmerken, aber kaum lag ich völlig ausgepumpt neben ihr, da spürte ich schon wieder ihren verdammten Blick.

Ich war danach sehr sanft zu ihr und habe sie geduscht und zurechtgemacht, und dann habe ich ihr hinter der Küchengardine zugesehen, wie sie die Straße entlang ging. Sehr aufrecht, mit auswärts gestellten Füßen.

Das Gefühl, daß etwas nicht stimmte, wurde stärker denn je.

Ich dachte darüber nach und beschloß, meine kleinen Geliebten ausführlicher zu beobachten. So war das und es war immer der Anfang vom Ende. Aber das Ende kommt ja doch irgendwie, egal, wie lang man es hinauszögert. Obwohl ich es gern noch eine Weile aufgeschoben hätte. Aber ich wollte den Teufel tun und ein Risiko eingehen. Und es hat ja auch immer was Gutes, das Ende.

Angelika hatte gesagt, daß wir Zeit hätten, und so machten wir erst mal kleine Schritte. Wenn es für eine Auslöschung unserer Erlebnisse sowieso zu spät war (und dafür ist es, glaube ich, immer zu spät; wenn man etwas Geschehenes aus der Welt schimpfen oder vergessen oder wegerklären will, ist man immer in der Situation dessen, der NICHT an rosa Elefanten denken will), dann konnten wir die Vorteile dieser Geschichte gerade so gut noch mitnehmen, solang wir fanden, daß sie welche hatte. War es unser Beschluß, Vorteile zu sehen? Unsere scheinbare Kühle war ziemlich oberflächlich und irgendwie nagte es an uns, so passiv zu sein. Wahrscheinlich begannen wir deshalb, ihn auszuspionieren. Und nach einer Übergangsphase, in der er uns ein paarmal fast erwischt hätte, wurden wir sogar ziemlich geschickt.

Ich habe die Fähigkeit, die Spuren zu lesen, die unser Handeln und Denken in der Wirklichkeit zurücklassen und mir Ursachen und Ereignisse plastisch vorzustellen. Ich brauchte nur die Augen zu schließen oder sie auf eine bestimmte Entfernung festzustellen, dann sah ich Angelika vor mir, ihre leisen, geschickten Finger, die Wäschestapel durchtasteten, Papiere auffächerten, in den Falten von Brieftaschen und Portemonnaies fahndeten. Ihr scharfes Gehör schützte sie vor dem Überraschtwerden. Lautlos glitt sie in alle Zimmer, zog Schubladen auf, hob Bilder und Spiegel. Wenn er zurückkehrte – sie hatte seine Verrichtungen bis in die kleinsten Segmente akustisch verfolgt – dann stand sie längst wieder mit gesenkten Lidern am Küchentisch. Ich vermute sogar, daß sie nicht nur zu seinen Schubladen und Schrankfächern, sondern nach und nach auch zu seinen verborgenen Empfindungen Zugang fand. Sie entlockte ihm Lautschrift, Melodien. Sie spionierte, seinen Atem interpretierend. Sie horchte ihn aus.

Die Vorstellung von Angelikas stark gewölbten Lidern, die Vorstellung ihres verschlossen lauschenden Gesichts, in das das Summen und Ticken des Nervensystems des kranken Patrick flüsterte (während ihre sanften Fingerkuppen seine Schenkel nach oben strichen), hatte etwas Unheimliches.

Sie muß aufpassen, daß er es nicht merkt, dachte ich, wie aus dem plötzlichen Eindruck eines Abrükkens seinerseits, als er Angelikas Ausdruck sah. Sie kommt ihm zu nah. Und er wird mißtrauisch.

Über seine Herkunft erfuhren wir wenig. Es gab zwar ein paar alte Fotos in einer Schublade des Wohnzimmerschranks, aber sie waren alle undatiert und ohne Personen- oder Ortsangaben, und Briefe lagen keine dabei. Immerhin entdeckte Angelika zwei alte Meldeformulare – eins für München und ein noch älteres für ein Nest am Bodensee. Cora fand seine Kontoauszüge und merkte sich ein paar regelmäßig wiederkehrende Summen, aber wir waren nicht sicher, wie wir seine finanzielle Lage einschätzen sollten. Zum einen hatten wir kein rechtes Verhältnis zu Gehältern und Lebenskosten und dergleichen, was damals noch alles in die Sphäre unserer Eltern gehörte, zum anderen wußten wir nicht, wie weit es für uns von Bedeutung war. Reich oder arm, verschuldet oder ein Geizkragen, inwiefern konnte es für uns wichtig sein? Einen Mietvertrag für das Haus fanden wir nicht und auch keine Kaufurkunde, aber ich erinnerte die andern an das Foto einer streng dreinblickenden Frau, die Patrick ähnlich sah. Den Hintergrund des Fotos bildete ein Stück der Tapete im Wohnzimmer. Wir vermuteten, daß es eine Verwandte, vielleicht seine Mutter sein mußte und daß er das Haus wahrscheinlich geerbt hatte. Obwohl es für das Foto sicher noch viele andere Erklärungen gegeben hätte, ließen wir es dabei bewenden.

Seine Schuhgröße war zweiundvierzig, seine Anzuggröße achtundneunzig. Er trank Orange Pekoe und Onko Kaffee und Asbach Uralt und für uns kaufte er Cointreau und Fruchtsäfte. Seine Hemden waren sehr fein, aus der besten ägyptischen Baumwolle, was in seltsamem Kontrast zu der antiquierten Einrichtung des Hauses stand. So weit, so gut. Aber all dies war es eigentlich nicht, was wir wissen wollten.

Den Morgen konnte ich mir sparen, das fand ich schnell raus. Außer daß Angelikas Eltern noch vor ihr das Haus verließen – ihre Mutter sieht aus wie eine ziemlich tüchtige Chefsekretärin und hat immer noch viel Ähnlichkeit mit Angelika – und Cora oft mit ihren zwei Brüdern, halbwüchsigen Lümmeln mit großen Füßen, zur Schule ging (die Brüder besuchten das vom Mädchengymnasium nur wenige Meter entfernte für Jungen), gab es nichts zu entdecken. Meine Kleinen verhielten sich ziemlich, wie ich es erwartete. Beatrice bummelte vor sich hin und guckte Löcher in die Luft, Cora schwebte zwischen den beiden jungen Riesen, Angelika ging still ihren Weg. Ich war sehr zufrieden mit ihnen, als ich sie so sah, aber man soll ja den Tag nicht vor dem Abend loben und deshalb observierte ich sie nachmittags und abends, jede eine Woche lang. Allerdings mit der Einschränkung meiner Verabredungen am Nachmittag, was für drei Tage in der Woche gewissermaßen eine Lücke von ca. zwei Stunden bedeutete.

Wie man's nimmt. Was EINE von ihnen in diesen zwei Stunden tat, das wußte ich ja ganz genau. Mehr gab es darüber nicht zu wissen. Aber zwei von ihnen hatten in dieser Zeit sozusagen ›frei‹. Wie man es dreht und wendet: sie waren drei und ich allein. Die Liebe macht eben hilflos und man ist immer im Nachteil.

Kennen Sie den Moment, in dem Ada in Nabokovs Roman im sonnigen Musikzimmer auf dem Klavierhocker sitzt und eine Blume aus dem Botanik-Atlas abmalt? Das ist eine magische Szene. Beim Lesen hat sie immer ein ziehendes Gefühl in mir ausgelöst. Es gibt noch mehr magische Szenen in dem Buch, auch wenn es in der Konstruktion ein paar Schwächen hat, die damit zusammenhängen, daß der Autor nach Rechtfertigungen sucht. Trotzdem. Bei Ada auf dem Klavierhocker fand ich bestätigt, daß in jedem hübschen kleinen Mädchen eine Ada steckt, die auf diese Art und Weise betrachtet werden will. Ihre Überlegenheit ist nur ein Manöver des Autors, der nicht zugeben will, wie sehr ER ihr überlegen ist, das habe ich schon durchschaut. Oder bringe ich jetzt etwas mit einem anderen Roman durcheinander? Das kann passieren, wenn man viel gelesen hat und ich habe schon immer viel gelesen. Ich habe sogar vier Semester Literatur studiert, bevor ich – na, das ist eine längere Geschichte. Jedenfalls sind mir Bücher immer noch wichtig. Obwohl, wie ich zugeben muß, sich meine Liebe zur Literatur im Lauf der Zeit immer mehr auf bestimmte Szenen reduziert hat. Auf meine Lieblingsstellen. Mag sein, daß mir dadurch etwas entgeht, aber letztlich benutzen wir sie doch alle irgendwie, die Literatur, oder nicht?

Jedenfalls nehme ich eine Künstlerperspektive ein. Die meisten Leute möchten ja lieber betrachtet werden, sie möchten die Figur sein, nicht der, dessen Blick sie erst erschafft. Ich gehöre zu den andern, die regieren. Jetzt bin ich ein wenig abgeschweift. Was ich sagen wollte war, daß ein oder zwei dieser Szenen wie z.B. die mit Ada am Tisch jeder von uns erlebt und das sind die eigentlichen großen Momente, von denen niemand erfährt und wenn überhaupt, dann meistens in Worten, die der Bedeutung des Erlebten nicht gerecht werden.

Also ich fand schon bei Eveline, es funktioniert am besten mit Sex. Oder ist es der Sex, der die Wirklichkeit am besten verklärt? Ich kann mir einfach nicht vorstellen, daß es nur mir so geht, und ich finde, wenn man nicht gerade auf dem Sterbebett liegt oder krank ist, sollte man die Magie des Sex nicht unterschätzen. Meine Mutter hat oft gesagt, das Leben sei bei Licht betrachtet so trostlos, daß man nur wegen des Mangels an Alternativen dabeibleibe. Nun, ich glaube nicht, daß sie viel Sex hatte, aber das mußte ja nicht mein Problem werden, oder? Jedenfalls bedeutet es einen gewissen Aufwand, Literatur in sein Leben zu bringen. Das ist, wie alles, was über den Trott der Norm hinausgeht, nicht ganz risikolos.

Das heißt, ich muß vorsichtig bleiben, auch wenn es schwer fällt.

Es war seltsam, ihnen nachzuspionieren. In gewisser Weise brachte es sie mir näher. Vielleicht war das ein Fehler, denn manchmal wirkte es irgendwie lähmend. Ich sah sie schrumpfen, so ähnlich wie damals,

als sie aus der Schule kamen. Cora auf ihrem täglichen Weg zur Ballettstunde. Sie ging fast immer gleich nach der Schule hin, obwohl das Training erst um drei begann. Die Alleenbäume als Deckung benutzend schlich ich hinter ihr her. Meistens ging sie mit geradem Rücken und gesenktem Kopf und sah auf ihre Füße. Das ist wahrscheinlich viel schwieriger, als man glaubt für jemanden wie Cora. Ich stelle es mir so ähnlich vor, wie wenn ein Seiltänzer auf dem Seil seine Füße beobachtet, eine Stufe der Körperbeherrschung, die immens ist, weil sie auf »feste Punkte« verzichten muß. Die Bewegung ist also nicht mehr relativ, sondern absolut, sozusagen. Es erinnert mich irgendwie an mich. Zwischendurch änderte sie ihr Tempo, mal machte sie kleinere, mal größere Schritte. Wahrscheinlich dachte sie sich etwas aus, das ihren Gang steuerte, vielleicht schwelgte sie in Phantasien von einer Zukunft als große Ballerina.

Ich traute es ihr übrigens zu. Sie gehörte zu denen, die wissen, wie schnell es zu spät ist, wie knapp die Zeit ist, etwas zu verwirklichen. Und obwohl es mich heimlich stolz auf sie machte, war klar, daß ihre Zielgerichtetheit meinen Wünschen zuwiderlief. Das machte mir das Leben schwer: Ich wollte sie beobachten, um etwas über sie rauszufinden, zum Beispiel eine Liebelei mit einem halbflüggen Schullümmel oder eine Freundschaft mit einem neugierigen Erwachsenen. Was ich fand, war viel gefährlicher.

Sie hatte natürlich keine Ahnung, wie gefährlich es war.

Ich spürte genau, wie sicher sie sich fühlte. In ihrer

übergroßen Körper- und Selbstbeherrschung. Fragil und stark zugleich. Einmal wirbelte sie an einer Ecke plötzlich in der Luft um sich selbst mit eng geschlossenen Beinen und ich dachte schon, sie hätte mich entdeckt. Aber dann ging sie weiter, als ob nichts geschehen sei. Ich bin mir bis heute nicht ganz sicher, ob ich es träumte oder ob es wirklich geschah. Wenn sie bei mir war, merkte ich, daß sie tanzen wollte. Ich spürte es durch ihren statuenhaften Gehorsam. Sie hatte eine Technik entwickelt, sich leise und sacht, kaum merkbar, zu bewegen, wenn wir zusammen waren und dann steigerte sie es auf eine ziemlich komplizierte Weise und irgendwann ertappte ich mich dabei, daß sie mich in diese Bewegung mitführte und daß ich nur noch damit beschäftigt war, ihr zu folgen. Das war so ein Vorgang, da war sie mir nah und fern zugleich, ein bißchen, wie wenn Angelika diesen aufmerksamen Ausdruck hatte. Ich fühlte mich machtlos und irgendwas schnappte in mir, eine alte Angst vielleicht, ich weiß es nicht genau. Sie hängte mich ab, bald würde sie mich zurücklassen.

Aber dann fing ich mich wieder. Ich wußte ja, wie ich es verhindern konnte.

Ich hatte also rausgefunden, daß sie mir entschlüpften. Das hieß, daß sie dabei waren, mich zu betrügen. Sie machen es immer. Aber sie machen es immer ein bißchen anders und gewissermaßen könnte man sagen, daß es der spannendste Teil meiner kleinen Affären ist.

Es kam uns seltsam vor, daß sein Haus so wenig über ihn verriet, jedenfalls nicht das, was wir vermuteten. Andererseits verriet es ja schon etwas, nämlich, daß er ein komischer Vogel war.

»Ihr könnt sagen, was ihr wollt«, meinte Cora, die uns zu einer Probe ins Theater geschmuggelt hatte – das Innere eines Theaters ist ein Fuchsbau, das steht fest – »aber er ist zu alt, um etwas zum ersten Mal zu machen.«

Wir sahen uns an. Ich hatte in der vorhergehenden Woche seinen Paß zwischen den Schals im Dielenschränkchen gefunden. Seither wußten wir, daß er zweiunddreißig war. Es war ein Alter jenseits unserer Vorstellungen und wir machten in Gedanken daran betretene Gesichter. Mittendrin legte Angelika den Finger auf die Lippen und wir zogen uns, der davonhuschenden Cora folgend, hinter eine schwere Tür zurück. Sie gehörte zum Fundus, einem Raum mit langen Reihen von Kleiderständern, auf denen historische Kostüme hingen. Die Luft war staubig. Mir klopfte das Herz wie früher, wenn wir Versteck gespielt hatten. Reglos kauerten wir hinter den Kostümen, schaudernd vor Spannung.

Eine Garderobiere erschien, ließ die Eisentür hinter sich zufallen und kramte an einem Ständer. Wir beobachteten sie im Halbdämmer des Raums, der nur von wenigen schmalen Fenstern Licht erhielt. Während ich zwischen den Schulterstücken zweier Lanzenträgerjacken manchmal ihre rot gefärbte Dauerwelle, den kurzen Ärmel ihres Kunstfaserkittels sah, dachte ich, daß wir hier drinsteckten wie eine Puppe in der

Puppe. Es war ein Versteckspiel in einem Versteckspiel und ich dachte plötzlich, daß keiner wußte, wie viele Gehäuse es außerdem noch gab. Bei diesem Gedanken wurde mir flau, flauer, als es einem möglichen Erwischtwerden durch die Garderobiere angemessen war. Als berührte mich eine Ahnung, wie riskant es war, worauf wir uns eingelassen hatten.

»Du willst damit andeuten«, setzte Angelika unser Gespräch fort, nachdem die Garderobiere mit ein paar Kostümen verschwunden war, »daß wir wahrscheinlich nicht die ersten sind.«

Ich schluckte. Schon seit ein oder zwei Monaten dachte ich manchmal an so etwas, immer dann, wenn ich wie leer war. Und meine Fähigkeit, mir etwas vorzustellen, hatte immer einen Auslöser, eine Spur, die ich aufgenommen hatte, ohne zu wissen, wohin sie mich führte.

»Wenn es so wäre, was ist mit unseren Vorgängerinnen passiert?« überlegte ich laut. »Ich will nicht sagen, daß es nicht möglich ist, daß sie einfach stillgehalten und weitergelebt haben. Das kann schon sein. Aber wie kann er das vorher wissen, ich meine, wie kann er wissen, ob sie still bleiben? Schließlich könnten sie genausogut reden. Dann wird's gefährlich für ihn, oder?«

»Wir reden ja auch nicht«, sagte Angelika. Aber es war mehr pro forma. Weil wir ja etwas Besonderes waren.

Auf Zehenspitzen schlichen wir zu dem kleinen, hoch liegenden Fenster an der Schmalseite des Raums und lugten durch die staubige Scheibe. Dort unten stand er, die Hände in den Hosentaschen und schob mit der Schuhspitze eine abgefallene Kastanie herum. Plötzlich sah er hoch, als ob er unsere Blicke gespürt hätte und wir zuckten zurück. Ich sagte ja schon, daß es ein Versteckspiel im Versteckspiel war.

»Wie lange schleicht er jetzt hinter uns her?«

»Ungefähr drei Wochen.« Angelika schlüpfte in einen schweren mittelalterlichen Königinnenumhang mit einem goldbestickten Kragen. Cora parodierte einen tiefen Hofknicks und nahm sich ein halb durchsichtiges Schleiergewand. Ich schloß mich an und griff nach einem Kimono. Wir zogen uns um und begannen zwischen den endlosen Kleiderständern herumzutanzen, märchenhafte Prachtmotten.

»Wenn wir nicht die ersten sind, muß es irgendwelche Spuren geben«, flüsterte Cora nach einem grand jeté en tournant, nach dem sie fast lautlos landete. »Und wenn wir die finden, dann können wir rauskriegen, was aus den andern geworden ist.«

»Aber wir haben bis jetzt nichts gefunden«, wisperte Angelika zurück. Ihre seitlich ausgestreckten Arme bildeten königsblaue Samtflügel um sie, die sie an und wegklappte, was uns Luftströme zufächerte.

»Ich könnte versuchen, ihn weiter auszuhorchen«, schlug sie vor. Es hieß nichts anderes, als daß wir uns einfach noch enger mit ihm einließen, aber etwas warnte mich davor. Vielleicht konnten wir erreichen, daß er sich uns öffnete auf eine Weise, die alle unsere Fragen beantwortete. Aber was würde das für *uns* bedeuten? Was war der Preis für die Intimität, die wir dabei schaffen mußten? Gaben wir uns nicht ebenfalls preis? Ich sagte, daß etwas mich warnte und so war es auch. Wie der feine Stich eines Dolchs, den eine Geisterjapanerin im Kimonoärmel für mich zurückgelassen hatte, damit ich nicht ihr Schicksal teilte.

»Ich glaube, daß wir nicht den Fehler machen sollten, ihn zu unterschätzen«, sagte ich, meine Ärmel um mich schlagend. »Wenn wir ihn ausspionieren, spioniert er uns auch aus.« Ich deutete zum Fenster. »Er kennt uns nicht so schlecht, sonst hätte er uns nicht dahin gebracht, wo wir jetzt sind. Deshalb meine ich, daß es Dinge gibt, die muß man nicht gerade als Erzählung oder Geständnis wissen. Die kriegt man besser anders raus.«

Cora drehte eine Reihe Piqués, ein betrunkener Chiffon-Falter. Ihre Haltung war gut, aber die Reihe war nicht gerade und sie brach verärgert nach der sechsten Drehung ab.

»Und wie hast du gedacht?« Sie legte eins ihrer Beine auf die Kleiderstange, die ihr bis zur Schulter reichte.

3 Als ich damals wieder in das Haus zog, war es, als ob ich in eine Kulisse geraten sei. So eine Umgebung, die man ganz heimelig in Erinnerung hat, bei der man beim genauen Hinsehen aber merkt, daß sie den Gebrauch oder das Leben oder wie auch immer man das nennen soll, was täglich benutzte Möbel und Gegenstände haben, nur simuliert. Wie eine Theaterdekoration, wo aus der Nähe die Verzierung grob aufgemalt ist und die Schränke irgendwie dünn und die Bilder flach sind. So kam mir das ganze Haus vor. Ich war zwar in den letzten Jahren immer mal wieder da gewesen, aber dann war ich so damit beschäftigt, zu ertragen, wie meine Mutter sich in eine Greisin verwandelte, daß ich auf die Sachen nicht besonders achtete. Vielleicht waren sie damals ja auch noch echt. Die eine Woche, die meine Mutter im Krankenhaus lag, bevor sie starb, war ich wie aus Stein, aber manchmal schoß eine untröstliche Kinderverzweiflung wie eine Stichflamme in mir hoch.

Ich schlief damals in meinem ehemaligen Zimmer, das meine Mutter in ein Nähzimmer verwandelt hatte, obwohl sie es allem Anschein nach nicht brauchte. Im wesentlichen diente es ihr dazu, Kleider und nie benutzte Geschenke aufzubewahren. Die Kleider waren bei meinem letzten Besuch nicht da gewesen und ich glaube, sie waren ein Hinweis von ihr, eine letzte Botschaft an mich. Jeden Nachmittag ging ich ins Krankenhaus, setzte mich zu meiner Mutter ans Bett und betrachtete den abgekratzten Nachttisch und den schäbigen Schrank und ihr Gesicht, wenn ich glaubte, daß sie es nicht merkte.

Ich kann nicht anders; ich hatte den Eindruck, daß sie das Sterben genoß. Sie war schon immer mit ihrem Tod beschäftigt, schon als ich ein kleiner Junge war. Wahrscheinlich war das Leben für sie nichts als eine unendlich lange Vorbereitung auf diesen »großen« Moment, in dem sie Macht haben würde. Macht über mich, wie damals, als ich klein war. Sie mußte Visionen eines verzweifelt weinenden Kindes haben, so verzweifelt, wie ich früher war, wenn sie mich allein ließ oder nur damit drohte. Ihre langen Vorbereitungen liefen natürlich ins Leere, schließlich hatte ich mich ebenfalls vorbereitet. Ich wußte, daß sie meine Nähe suchen würde, um mich ein letztes Mal zu erpressen. Ich habe sie nicht verstanden, als sie starb, aber ich wußte, daß auch dieser letzte Augenblick, den sie sich so lange als die Krönung ihres Lebens ausgemalt hatte, mißglückt war. Damals dachte ich, daß es wohl meistens so lief und sie tat mir wirklich leid, obwohl ich nichts daran ändern konnte.

Ich beschloß, im Haus zu bleiben.

Ich gab einen Teil ihrer Sachen dem Roten Kreuz. Die Möbel ließ ich ziemlich so, wie sie waren, aber ich benutzte von da an das Gästezimmer im Erdgeschoß als Schlafzimmer. Dann besuchte ich Frau Matt. Ich fand sie weniger verändert als meine Mutter, trotz ihrer Arthritis, die so fortgeschritten war, daß ihr jede Bewegung zur Qual wurde. Und sie hatte niemand, der sich um sie kümmerte.

Ich nahm mir vor, ihr ein wenig zur Hand zu gehen.

Später habe ich oft an diese Szene im Kleiderfundus zurückgedacht. Unser seltsames Herumschwirren im Halbdunkel, während er im frühherbstlichen Sonnenschein zwischen den Kastanien lauerte. Von da an wurden wir vorsichtiger, als ob wir ahnten, daß unser erster, übermütiger, wenn auch boshafter Widerstand nicht ausreichen würde, wenn es Probleme gab. Wir waren nicht ganz sicher, was wir davon halten sollten, daß er uns nachschlich. War es einfache Neugierde, Bemächtigungsverhalten, oder mißtraute er uns ernsthaft? War es womöglich so was wie eine Vorbereitung? Immerhin, wie ich schon sagte, wußte er eine Menge von uns. Vielleicht sogar, wie schlau wir uns fühlten.

Cora führte uns durch Gänge und über Treppen zurück zum Theatereingang. Es war wie ein Traumspaziergang an zerkratzten Ölanstrichen, Feuermeldern und großen Schränken vorbei. Schäbige Garderobenflure gingen, wenn man eine Tür öffnete, in elegante Abzweigungen des Foyers über. Ferner Gesang flog wie ein Zaubervogel durch die Gänge. Schließlich ließ uns Cora eine halbe Stunde bei einer seltsamen Galerie warten, die unter der Bühne durchführte. Wir saßen mit angezogenen Knien auf der Treppe, jeden Moment bereit, uns zu verstecken, falls jemand kam. Ich starrte die meiste Zeit auf eine Stelle der Wand, wo »Vorsicht Rattengift« stand. Die Warnung war kaum noch lesbar, aber als ich mich umsah, entdeckte ich tatsächlich grün leuchtende Puderstreifen am Fuß der Pfosten. Es war unheimlich, aber obwohl wir ängstlich die dunklen Ecken musterten, konnten wir keine Ratte entdecken. Endlich erschien Cora mit ihrem Körbchen voller Ballettsachen und ihrer Schultasche, die Haare im Nacken gebunden. Sie führte uns am Pförtner vorbei, der sie grüßte und uns dabei mit den Augen verschlang. Ich spürte, er würde uns sofort verfallen, wenn wir auch nur die geringste Anstrengung unternahmen.

Während seiner Anwesenheit konnten wir das Haus nur unvollkommen durchsuchen. Also beschlossen wir, es zu tun, wenn er weg war. Wir suchten nach einem Zweitschlüssel, fanden aber keinen. Cora kam auf die Idee, daß eine von uns sich bei ihm verstecken sollte und warten, bis er weg war. Wir spielten Stein-Schere-Papier und Angelika verlor. Am nächsten Montagnachmittag ließ ich sie heimlich ins Haus. Schon als ich ging, hatte ich ein mulmiges Gefühl. Wir hätten natürlich vorher rausfinden müssen, ob er Montags noch ausging, wenn ich wieder weg war, aber nun war es zu spät. Ich rief Cora an, um ihr zu sagen, daß es soweit geklappt hatte, und dann saßen wir beide neben dem Telefon und warteten, daß Angelika sich meldete.

Zweimal rief eine Freundin meiner Mutter an. Sie wunderte sich bestimmt, daß ich schon nach dem ersten Klingeln den Hörer abnahm. Von Angelika hörte ich nichts. Je länger es dauerte, desto unbehaglicher wurde mir. Um sechs meldete sich Cora und wir besprachen hastig einen Plan, während meine Mutter in der Küche mit dem Geschirr klapperte und Coras Brüder im Hintergrund ihre Gitarre malträtierten. Cora behauptete, sie hätte noch eine Sonderprobe fürs Weihnachtsmärchen wegen eines Krankheitsfalls und ich erzählte meiner Mutter, daß Angelika und ich Cora bei der Probe zugucken dürften. Dann rief ich Angelikas Mutter an und sagte ihr dasselbe und daß Angelika schon unterwegs zum Theater sei. Unsere Eltern waren nicht gerade begeistert, daß wir so spät noch mal weggehen wollten, aber immerhin waren wir ja zu dritt und so fanden sie sich schließlich damit ab.

Ich traf Cora an der Ecke zum Eichenweg. Es war schon fast dunkel. Die Straßenlaternen legten wattige, greifbar wirkende Lichtwolken über die Straßen. Cora, die aus der entgegengesetzten Richtung auf mich zukam, erschien mir noch bleicher als sonst und die Angst, die in ihrem Gesicht stand, machte sie kleiner.

»Wenn er sie erwischt hat, was dann?« Sie verkroch sich tiefer in ihren kurzen Mantel.

»Das hängt wahrscheinlich davon ab, was sie ihm erzählt«, spekulierte ich. »Es sollte irgendwas sein, was ihn nicht noch mißtrauischer macht, als er sowieso schon ist.« Langsam gingen wir den Ahorngraben entlang. Cora warf mir einen Blick zu.

»Wenn sie jetzt gerade nach Hause geht, kriegen wir die nächsten vierzehn Tage von unseren Eltern eine Menge zu hören.«

»Das wäre das wenigste«, sagte ich. Die Nacht war kalt und ich steckte die Hände tiefer in die Taschen. »Außerdem ist sie nicht dumm. Es wird ihr schon was einfallen, wenn ihre Mutter von meinem Anruf erzählt.« Ich versuchte mir vorzustellen, wie Angelika mit ihrer Mutter in der Küche stand, aber das Bild wollte nicht plastisch werden und deshalb glaubte ich, daß sie noch bei ihm war.

»Wahrscheinlich hast du recht.« Wir waren schon fast an der Ecke des Birkenwegs und Cora tänzelte vor Nervosität. »Und wie wollen wir's jetzt anstellen?«

»Wir müssen ihn aus dem Haus lotsen, damit sie abhauen kann. Wenn er sie noch nicht entdeckt hat.«

»Sollen wir klingeln? Eine von uns?« Man sah Cora an, daß die Vorstellung ihr nicht gerade behagte. Ich konnte es ihr nachfühlen.

»Lieber nicht. Das würde ihn sicher mißtrauisch machen. Um diese Zeit besuchen wir ihn schließlich nie.«

»Und er liebt es gar nicht, wenn wir neue Gewohnheiten einführen«, ergänzte Cora.

»Außerdem; wenn er sie erwischt hat ...« Ich biß mir auf die Lippen.

»... dann hätte er noch eine.«

Wir sahen uns an.

Vielleicht waren wir abgebrüht, vielleicht sogar schlauer als viele Erwachsene, aber wir waren trotzdem erst knapp fünfzehn. Sollten wir nicht doch lieber unseren Eltern alles erklären? Aber die Vorstellung war so peinlich, daß wir den Gedanken sofort wieder verwarfen.

»Wenn sie nicht rauskommt, obwohl wir ihn fernhalten, dann ist jedenfalls sicher, daß sie nicht kann. Dann hat er sie erwischt.«

Cora gab sich einen Ruck. »Am besten wäre, wenn wir ihn rauslocken und eine von uns versucht reinzugehen. Um Angelika zu helfen.«

Es klang heldenhaft. Viel heldenhafter als ich mich fühlte.

»Gut. Aber wenn er die Tür zuschlägt –«

»Wir versuchen es.«

Wir verabredeten, daß Cora für den Tumult zuständig war und ich für die Befreiung. Inzwischen trennte uns nur noch eine hohe Ligusterhecke von seinem Haus. Wir blieben stehen. Die Straße war menschenleer und glänzte feucht. Schon den ganzen Tag nieselte es mit kurzen Unterbrechungen. Vorsichtig lugten wir um die Hecke. Was, wenn er gar nicht daheim war? Aber er schien da zu sein. Jedenfalls sah man im Wohnzimmerfenster Licht. Ich holte Luft und huschte am Zaun entlang neben den Eingang. Cora verschwand hinter dem Haus.

Eigentlich hatte ich etwas Raffiniertes erwartet, aber sie fackelte nicht lang. Wahrscheinlich war sie zu nervös. Ein Stein krachte scheppernd gegen den heruntergelassenen Rolladen des Schlafzimmerfensters. Es hörte sich an, als stürze das Haus ein. In Gedanken rieb ich mir die Hände. Es hat eben Vorzüge, jung zu sein, und auch an den einfachen Dingen Spaß zu haben.

Aus dem Innern des Hauses hörte man eine Tür schlagen. Er mußte ins Schlafzimmer gegangen sein, um nachzusehen, aber natürlich konnte er von innen nichts erkennen. Nach ein paar Minuten kam er raus und stand dann kaum zwei Meter von mir entfernt, eine opake Silhouette gegen den schwachen Lichtschein, der aus der Diele drang. Mein Herz klopfte. Wenn seine Augen sich erst an die Dunkelheit gewöhnt haben würden, würde er mich bestimmt sofort in diesem schon halb entlaubten Forsythienbusch erkennen. Gott sei Dank schepperte ein zweiter Stein gegen den Rolladen und er schoß mit langen Sätzen hinters Haus. Hoffentlich hatte sich Cora einen guten Fluchtweg ausgedacht. Ich hatte nie darauf geachtet, ob den kleinen Garten eine Mauer begrenzte.

Er hatte die Tür nicht zugezogen, aber sie fiel langsam von selbst ins Schloß. Inzwischen sah man nur noch einen schmalen Spalt Licht. Kaum war er weg, sprang ich mit einem Satz über die Stufen der Eingangstreppe, um sie aufzuhalten, aber es war bereits zu spät. Mit einem sanften Klicken schnappte sie ein. Ich fluchte lautlos und wandte mich ab, um durch die Scheibe des Wohnzimmerfensters zu spähen. Vielleicht konnte ich ja irgend etwas erkennen, was uns weiterhalf, solang Cora ihn ablenkte.

Ich war durch das feuchte Chrysanthemenbeet bis zum Fenster gestapft, als mich ein Geräusch herumfahren ließ. Es war Angelika, die etwas flüsterte, eine Hand nach mir ausgestreckt. Still huschten wir hintereinander zum Gartentor und rannten dann an den Grundstückshecken entlang bis zum Eichenweg. Wir rannten so schnell wir konnten, aber ich wurde das Gefühl nicht los, mich in Zeitlupe zu bewegen. Als wäre in mir eine Verzögerungsmaschine eingebaut, die alle meine Befehle mit langen, gemeinen Pausen versah.

Schwer atmend starrten wir in die geisterhaften Straßen und warteten. Alles wirkte ausgestorben, nur er und wir schienen von allen Menschen übrig zu sein. Die Luft war feucht. Mit den Resten meiner Stimme hatte ich Angelika erklärt, was passiert war. Sie nickte bloß und machte mir ein Zeichen, leise zu sein und dann bekam sie ihr Lauschergesicht. Ich riß mich zusammen und schloß die Augen, aber wahrscheinlich war ich zu aufgeregt, denn ich sah rein gar nichts. Dann war Cora plötzlich bei uns, nicht lauter atmend als sonst, mit glänzenden Augen.

Wir packten uns an den Händen und rannten. Die Anspannung der letzten Stunden fiel von mir ab und ich fühlte mich wie befreit, beinah glücklich. Dabei ist das Schöne nur des Schrecklichen Anfang, wie ich neulich gelesen habe.

Frau Matt freute sich, als ich sie besuchte. Sie erklärte, wie leid es ihr täte, daß sie nicht zur Beerdigung hatte gehen können, und fragte ob der von ihr bestellte Kranz schön gewesen sei. Wir unterhielten uns lang. Ich hatte eine Traueranzeige in die Zeitung setzen lassen und zur Beerdigung waren mehr Leute gekommen, als ich erwartet hatte. Trotzdem hatte ich den Eindruck, daß viele von ihnen nicht besonders traurig waren. Ein paar musterten mich vorwurfsvoll (ich kann mir denken, was meine Mutter ihnen erzählt hat), aber es gab auch Blicke, die mir eher mitleidig erschienen.

Wie auch immer, sie ist tot und ich kann tun, was ich will.

Während ich mit Frau Matt sprach, sah ich mich um. Sie lebte in einem dieser vollgestopften Zimmer, das chronisch Kranke meistens haben, erst recht, wenn sie älter sind. Sie schleppte sich vom Bett zum Fenster und zur Toilette, aber viel mehr brachte sie nicht mehr fertig. In den nächsten Wochen ging ich oft zu ihr. Ich topfte ihre geliebten Zimmerpflanzen um, machte sauber und ging einkaufen. Auf diese Weise konnte ich mir das Haus wieder in Ruhe ansehen. Es war außerhalb der benutzten Räume kalt, ein Geisterhaus, in dem die Spuren ehemaligen Lebens so langsam, als läge ein Fluch auf ihnen, zerfielen. Ich fand, es war gewissermaßen wie die Wahrheit meines eigenen Hauses, seine Entropie sozusagen. Läßt man einer Kulisse lang genug Zeit, offenbart sie eine verborgene Welt. Jedenfalls kam es mir so vor. Während ich von einem Haus zum andern wechselte, hatte ich schon nach wenigen Wochen kaum noch das Gefühl, in die Außenwelt zu treten. Es war nur noch wie ein Schritt hinter den Spiegel.

Der Keller gefiel mir besonders. Ich sagte ja schon, daß das Haus das Spiegelbild von meinem ist und so entsprach auch der Keller meinem, jedenfalls soweit ich diesen in Erinnerung hatte. Tatsächlich war ich schon lang nicht mehr im Keller gewesen, nicht weiter als bis zur Heizung, mindestens – tja, ca. 16 Jahre. Aber Frau Matts Keller hat mich gleich angezogen, gleich als er mir bewußt wurde. Ich ging von der Küche zum Bad, um ein paar Hygieneartikel unterzubringen und da war sie plötzlich, die Tür. Es war, als ob ich sie bisher nicht gesehen hätte. Ich weiß nicht mehr genau, wann das passierte, aber ich weiß noch, daß ich an diesem Tag ziemlich aufgeregt war. Ich glaube, ich hatte Angelika vor den Frisiertisch gesetzt und sie mit Lippenstift bemalt und der Effekt war irgendwie verwirrend. Es machte mich gierig. Ich öffnete also die Tür und ging die Stufen nach unten, während Frau Matt, die gehört hatte, daß ich zurück war, nach mir rief. Nun, das kümmerte mich wenig. In den Keller einzudringen war wie die Rückkehr in einen sehr vertrauten Raum, wie in ein privates Zimmer. Man brauchte kein Licht dort drunten. Eine staubige, hochgelegene Scheibe ließ genug Helligkeit ein, damit man sich orientieren konnte. Die spiegelbildliche Verkehrung irritierte mich zuerst ein bißchen, aber dann gewöhnte ich mich daran. In diesem Keller fand ich mich besser zurecht, als es mir in dem meiner Mutter gelungen wäre.

Ich atmete tief durch und lauschte. Er machte mich wieder jung.

Frau Matt rief wieder nach mir und für diesmal brach ich meine Erkundungstour ab und ging nach oben. Ich briet ihr ein Kotelett und machte Kartoffelpüree und einen Salat dazu und zum Nachtisch brachte ich ihr eins dieser neuen Fertigdesserts mit Sahne, in das ich ein bißchen Cointreau gemischt hatte. Sie aß alles brav auf und dann wurde sie schläfrig. Ich blieb bei ihr sitzen und sah zu, wie sie dalag und vor sich hindämmerte, während die Nachmittagssonne über ihre Bettdecke wanderte.

An diesem Tag arbeitete ich nichts mehr, ich war einfach zu sehr mit meinen Gedanken beschäftigt. Es kam mir vor, als ob auf der anderen Seite ein paar Mal das Telefon klingelte, aber ich kümmerte mich nicht weiter darum. Seit einiger Zeit ließ ich meinen Beruf schleifen, aber das war nicht besonders wichtig. Mit dem Haus und ein paar Sparbriefen und gut angelegtem Festgeld kam ich auch so einigermaßen über die Runden.

Nach und nach brachte ich ein paar Sachen rüber. Ich hatte sie bis dahin in zwei Koffern in meinem alten Jugendzimmer gehabt. Das war bestimmt der beste Platz, den es drüben dafür gab, aber inzwischen fand ich ihn nicht mehr sicher. Ich erwähnte ja schon, daß meine kleinen Geliebten mir ein bißchen verändert vorkamen seit den ersten Wonnewochen. Falls etwas schief ging, wollte ich nicht unvorbereitet sein.

Nun, das ist, ehrlich gesagt, nicht alles. Es machte mir schon auch Spaß, den Keller für die Party herzurichten.

Angelika erzählte, wie sie sich hinter dem Sofa im Wohnzimmer versteckt hatte, bis ich mit ihm im Schlafzimmer verschwand. Dann war sie in den 1. Stock geschlichen, wo sie sich sicherer fühlte. Während wir unten beschäftigt waren, unterzog sie die oberen Zimmer einer Inspektion.

»Es gibt ein Schlafzimmer, das aussieht, als sei es

seit zwanzig Jahren nicht benutzt worden. Ich hab schon mal kurz reingesehen, aber diesmal war ich drin. Ich habe sogar diese türkisblaue Steppdecke vom Bett gezogen.«

Wir starrten sie fasziniert an, bereit, in Kichern auszubrechen. Auf einmal erschien uns das Ganze wieder wie ein amüsantes Abenteuer.

»Die Matratzen sind nicht bezogen«, gab Angelika bekannt. Wir rutschten erwartungsvoll hin und her. Sie ließ uns zappeln.

»Dann habe ich in den Schrank geguckt. Hast du mich gehört? Die Tür knarrt ein bißchen.«

Ich schüttelte eifrig den Kopf. Er hatte bestimmt nichts gehört; das war die Hauptsache.

»Ein paar alte-Frauen-Sachen hängen drin, aber zur Hälfte ist er leer.«

»Ja, und?« Cora verlor die Geduld. Sie schielte auf einen Keks, als müsse er für den Rest des Jahres reichen. Wenn man bedachte, wie dünn sie war, konnte man die Möglichkeit nicht ausschließen.

Angelika machte Engelsaugen. »Ich sage nur, wie es war. Schließlich kann ich nichts finden, was es nicht gibt. Nichts war da, was Mädchen in unserem Alter tragen.«

»Na schön, das war sicher das eheliche Gemach seiner Eltern, türkis und so. Aber was ist mit den andern Zimmern? Oder dem Bad?«

»Ich konnte sie bloß kurz ansehen. Komisch kam mir nur dieses Nähzimmer vor. Übrigens wurdet ihr deutlich leiser da unten und ich mußte sehr vorsichtig sein. Da hab ich ja auch noch geglaubt, daß er später weggeht und daß ich dann gründlicher stöbern kann.«

»Und was fandest du an dem Nähzimmer komisch?« Ich dachte, daß wir den glücklichen Ausgang unseres schlecht geplanten Abenteuers zwar genießen sollten, daß es aber trotzdem nicht übel gewesen wäre, wenn es uns wenigstens ein bißchen weitergebracht hätte.

»Es hat so was Verkehrtes. Ich glaube, daß es sein altes Zimmer ist.«

Wir nickten. Ich hatte nur einmal sehr kurz in das Zimmer geguckt – der erste Stock war einfach zu weit weg, um ihn während unserer Nachmittage zu inspizieren – aber damals hatte ich etwas ähnliches empfunden. Das Zimmer hatte mich an das Zimmer von Coras Brüdern erinnert, obwohl die keine Kleider und eingewickelten Geschenke horteten. Natürlich hätte ich es Cora nie gesagt, aber bei ihren Brüdern war die Atmosphäre auch – unehrlich? Und gierig. Oder besser: rücksichtslos? Ich habe keine Brüder, bloß eine Schwester, die viel älter ist als ich und schon nicht mehr bei uns wohnt, und ich weiß nicht, ob die Zimmer von Jungs immer so sind. Jedenfalls brauchte ich nur die Augen zu schließen und mir dieses Zimmer vorzustellen und dann hatte ich ein Bild von ihm, als er noch nicht viel älter war als wir jetzt.

»Es gibt auch noch eine Luke, die zum Dachboden führt, aber da konnte ich nicht rauf. Es macht bestimmt einen Höllenlärm, wenn man sie öffnet.«

Wir nickten.

»Im Keller bist du wahrscheinlich nicht mehr gewesen?«, fragte ich mehr pro forma.

»Du hast vielleicht Nerven! Als du weggegangen bist, hat er es sich im Wohnzimmer gemütlich gemacht. Die Tür stand die ganze Zeit sperrangelweit offen und wie du weißt, ist das Bad gleich gegenüber. Er hatte alles ständig im Blick. Ich habe oben an der Treppe gesessen und mich kaum getraut, mich zu kratzen. Nach und nach wurde mir klar, daß er nicht die geringste Absicht hatte, noch einmal wegzugehen. Da oben war es teuflisch überheizt, ich hatte Durst und aufs Klo mußte ich auch. Wenn er nur für zwei Minuten verschwunden wäre, wäre ich abgehauen. Dabei kann ich froh sein, daß er nicht hochgekommen ist. Die Möglichkeiten, sich da zu verstekken, sind ziemlich mager.«

Wir nickten teilnahmsvoll. Die Angst, die Angelikas Pech bei uns ausgelöst hatte, steckte uns immer noch in den Knochen. In Zukunft würden wir vorsichtiger sein.

Die Vorstellung würde irgendwann steigen, das war klar. (Das Leben ist ein Fest, oder nicht? Zumindest sollte es das sein.) Spätestens seit ich den Keller entdeckt hatte, wußte ich es. Schließlich mußte er zu was gut sein und Frau Matt hatte offensichtlich keine Verwendung für ihn gehabt. Das erinnert mich an eine Theorie, die ich mal gehört habe. Sie behauptet, daß Räume, ob es nun künstlich geschaffene oder natürliche sind, nach irgendeiner Funktionszuordnung förmlich schreien, daß sie gegebene Strukturen sind, die wir funktionalisieren. Daran dachte ich oft, als ich den Keller herrichtete. Ich fand wirklich, daß er regelrecht nach etwas schrie. Ich stellte die Koffer vorsichtig in die Ecke und dann stand ich ziemlich lang einfach so da und wartete auf eine Eingebung. Nicht, daß Sie denken, daß ich Stimmen höre, ich bin schließlich nicht verrückt. Es war eher wie bei einem Künstler, einem Theaterregisseur oder so, der im Kopf ein paar Möglichkeiten durchspielt, bevor er weiß, wie er es machen muß, damit es stimmt. Ich wollte, daß es diesmal stimmte, denn bisher hatte es noch nie geklappt. Nicht richtig. Nicht so, wie ich es mir vorgestellt hatte.

Ich bildete mir ein, daß Frau Matt nach mir rief, aber das war eigentlich unmöglich. Ich hatte ihr zwei ordentliche Likör zu ihrem Kuchen gegeben und für die nächsten zwei Stunden war sie erfahrungsgemäß schachmatt. Vielleicht sogar für länger, denn sie ist zuckerkrank. Davon abgesehen klang die Stimme eher wie die meiner Mutter. Ich nehme an, daß ein stiller Raum wie dieser Keller automatisch Geräusche produziert. Es ist sozusagen eine seiner Dimensionen. Einem Regisseur wie mir kommt das sehr entgegen.

Also, schließlich öffnete ich den ersten Koffer. Es war ein großer Moment, ich wurde ganz aufgeregt, obwohl auch eine winzige Wut in mir war. Ich hängte die Kleider auf und verteilte die anderen Sachen auf dem Boden. Ich fügte sie zu verschiedenen Haufen und die Fotos legte ich dann außen herum. Ich probierte ein paar Variationen, bis es mir gefiel. Als ich zufällig auf die Uhr sah, waren drei Stunden verstrichen. Das Licht im Keller war schwächer geworden und plötzlich spürte ich, wie erschöpft ich war. Ich warf einen letzten Blick auf mein Arrangement. Es war nicht perfekt und ich mußte noch eine Weile dran arbeiten, aber es machte mir Spaß und deshalb fiel es mir nicht schwer, so viel Überlegung und Zeit dafür zu investieren.

Nicht, daß ich jeden Tag im Keller gearbeitet hätte. Meine Dekorationseinfälle zogen sich hin und es ging eher langsam vorwärts. Im Sommer war ich allerdings schon fast zufrieden, was man einen glücklichen Zufall nennen kann. Als letztes montierte ich die Türklinke von innen ab. Ich sagte ja, daß es irgendwann immer passiert. Nicht, daß ich einen Plan gehabt hätte, es fügt sich einfach im Lauf der Zeit, sozusagen organisch. Und weil es eben, wie gesagt, diesen Keller gab, der das Spiegelbild unseres alten Kellers war und der förmlich danach schrie, daß man ihn mit Sinn füllte.

4

Wir sind bei ihm eingebrochen. Ich hatte seinen Terminkalender in der Schreibtischschublade gefunden mit einer Eintragung von zwei Terminen hintereinander, so daß wir sicher sein konnten, daß er mindestens zwei Stunden weg sein würde. Alles sah ziemlich einfach aus und nachträglich genierten wir uns, daß wir bei unserem ersten Versuch so unüberlegt vorgegangen waren. Wir lagen pünktlich auf der Lauer. Zuerst ging er ins gegenüberliegende Haus, kam aber schnell wieder zurück. Wir verbrachten fünf bange Minuten, in denen wir fürchteten, daß er seine Termine abgesagt hatte, aber dann erschien er mit seiner Aktentasche, stieg in den Wagen und fuhr davon. Als wir uns sicher fühlten, überquerten wir die Straße und verschwanden in Patricks Garten. Cora hatte damals in der Nacht ein Kellerfenster mit einem losen Gitter entdeckt, an dem sie hängengeblieben war. Tatsächlich waren die Scharniere durchgerostet und das Fenster dahinter war so nachlässig verriegelt, daß wir den Riegel mit einer Gitterkante einfach aufschieben konnten. Es gab zwar noch einen richtigen Kellereingang vom Garten aus, aber der hatte eine feste Tür und so war es viel einfacher. Wir lugten durch das offene Fenster. Von drinnen schlug uns abgestandene Luft entgegen.

Unwillkürlich schauderten wir. Ich überlegte mir, daß es inzwischen schon fast vier war. In einer halben oder dreiviertel Stunde würde es dunkel sein. Wenn wir heute noch irgendwas rausfinden wollten, mußten wir uns langsam beeilen. Schließlich konnten wir im Keller kein Licht anschalten. Wenn einer der Nachbarn gesehen hatte, daß Patrick weggefahren war, würde er womöglich die Polizei rufen. Ich steckte den Kopf durch die Fensteröffnung und versuchte, wenigstens einen Eindruck von dem Raum zu bekommen, aber es war kaum etwas zu erkennen. Höchstens, daß das Fenster ziemlich hoch lag – hoffentlich nicht so hoch, daß wir uns wehtaten. Cora und ich würden einsteigen. Angelika sollte aufpassen, daß uns keiner entdeckte.

Cora legte sich auf den Bauch und rutschte mit den Füßen zuerst in das schmale Rechteck. Mit Herzklopfen sah ich zu, wie sie langsam verschwand bis nur noch ihre Hände zu sehen waren. Dann hörten wir einen dumpfen Aufprall. Ich wollte fragen, ob alles in Ordnung sei, als aus dem Nachbargarten Stimmen zu uns drangen. Ohne zu zögern folgte ich Cora, so schnell ich konnte. Der rauhe Putz schürfte mir die Unterarme auf. Angelika war zur Gartenhecke gehuscht und kauerte sich darunter. Ihre weizenblonden Zöpfe verschwanden zwischen dem gelben Laub.

Während ich mich fallen ließ, hoffte ich, daß Cora inzwischen für Platz gesorgt hatte, damit ich nicht in irgendwelches Gerümpel plumpste; schließlich war ich weniger sprunggeübt als sie. Als ich nur noch an den Händen hing, packte sie mich am Knöchel. Unwillkürlich fuhr ich zusammen, obwohl ich ja wußte, daß es Cora war. Sie sagte etwas, was ich nicht verstand und was, wie sich später herausstellte, eine Warnung sein sollte, aber da war es sowieso zu spät. Ich hatte schon losgelassen. Das ist so meine Art von Mut. Irgendwann schalte ich alle Bedenken aus und mache etwas, wenn es vielleicht klüger wäre, noch abzuwarten, bloß damit die ewige Zauderei aufhört und ich wieder weiß, woran ich bin.

Natürlich ging es schief und ich verstauchte mir den Knöchel.

»Hast du dir weh getan?« Cora hockte neben mir.

»Ich glaube.«

»Zeig mal.«

Sie betastete meinen Knöchel. Ich schnitt ein Gesicht, verschluckte aber meinen Protest und stand auf. Man weiß schließlich, wie die Tänzer sind. Die trainieren auch noch mit dem Kopf unter dem Arm.

»So schlimm wird's nicht sein.« Unauffällig zog ich meine Pulloverärmel über die langen Kratzer, die an meinen Unterarmen brannten. Soweit ich Cora erkennen konnte, wirkte sie unversehrt und ich kam mir neben ihr vor wie ein fünfundzwanzigjähriger Sack. Ich verdrängte mein Unbehagen und sah mich um. Dabei wurde ich so aufgeregt, daß ich den Schmerz vergaß. Der Keller war schmutzig, beinah pelzig, als sei er seit einer Ewigkeit nicht betreten worden. An den Wänden sah man dunkle Flecken, von denen einer abrupt zu laufen begann.

»Spinnen!«

»Iiihhhh!!«

Hektisch fegten wir unsere Kleider ab. Schließlich beruhigten wir uns wieder, behielten die Flecken aber im Auge, während wir versuchten, einen besseren Eindruck von dem Raum zu bekommen.

»Kannst du sehen, was das ist?« Cora starrte auf einen Haufen Zeug in der Ecke neben dem Fenster.

»Ich weiß nicht. Alte Möbel oder so was?« Vorsichtig trat ich näher. Da standen ein altmodischer, halbhoher Schrank, ein Holzsessel und noch ein paar Teile von etwas Auseinandergenommenem.

»Sollen wir da reingucken?« Cora war neben mir.

»Das müssen wir wohl.«

Ich schluckte. Vielleicht war ja nichts drin, was uns über Patrick neue Erkenntnisse brachte, aber dafür bestimmt hundert Spinnen oder Asseln oder sowas, die seit Jahren auf diesen Moment gewartet hatten.

Ich spürte Coras Atem, als sie fragte: »Wer ist dran?«

»Du.«

»Ich bin zuerst in den Keller.«

Das stimmte.

»Na schön.«

Ein dicker Kloß saß in meiner Kehle. Vielleicht waren wir abgebrüht und viel zu neugierig für unser Alter, und wahrscheinlich hatten wir uns in dieses Abenteuer nur geflüchtet, damit wir über andere Sachen nicht nachzudenken brauchten. Trotzdem galt das Abgebrühtsein nicht für jeden Bereich. Ich zog mir den Pulloverärmel über die Hand und faßte den Metallbügel des Beschlags durch die Wolle an. Cora trat einen Schritt zurück. Die Tür klemmte und ich mußte stärker ziehen. Endlich sprang sie auf und ich hüpfte zurück.

Schwärze. Bunte Schwärze.

»Und?«

»Ich – ich bin nicht sicher.« Vorsichtig trat ich näher. Die Sache mit den hundert Spinnen hatte sich Gott sei Dank nicht bewahrheitet – obwohl da schon irgend etwas Dunkles herumhuschte –, aber was sich nun genau in dem Schrank befand, konnte ich nicht erkennen. Ich atmete tief durch – Kellerluft.

»Spiele. Ich glaube, es sind alte Spiele. So Kartons mit –«

Ich griff vorsichtig nach der obersten Schachtel und zog sie heraus. Sie war staubig, aber nicht *so* staubig, der Schrank war doch ein gewisser Schutz. Cora stand jetzt neben mir und wir entzifferten die Aufschrift. Es war ein fast schon antikes »Mensch ärgere dich nicht«-Spiel. Neugierig öffneten wir die Schachtel. Sie enthielt nichts Besonderes, nur das zusammengeklappte Spielfeld und die Kegel. Das machte uns Mut und wir suchten den Schrank durch, der neben den Spielen auch noch ein paar Bücher, Holzspielzeug und so was wie eine Druckerpresse enthielt. Sicher waren das alles seine Sachen. Ich schloß die Augen und verteilte in Gedanken unseren Fund im Nähzimmer. Die Vorstellung war eigentlich ganz in Ordnung. Sie machte mir jedenfalls keine Angst.

Nach dem Schrank sahen wir uns die anderen Möbel an, aber da war nichts Besonderes zu entdecken. Die anderen Sachen, die noch da standen – ein paar rostige Gartengeräte, ein alter Ofen, zwei oder drei vermodernde Kartons mit Zeitschriften, auf die wir nur einen Blick warfen – gaben ebenfalls nichts her und deshalb beschlossen wir, uns lieber den Rest des Kellers anzusehen, solang es hier drunten noch hell genug war. Die Tür lag dem Fenster gegenüber und war nicht abgeschlossen und das war das zweite Mal an diesem Tag, daß ich dachte, wir hätten doch ziemlich Glück.

Sie führte in einen schmalen Gang, von dem noch drei weitere Türen abzweigten. Eine gehörte zum Heizungskeller, eine zu dem Kellerraum, der direkt in den Garten führte, die letzte war abgeschlossen. Der Gang und der Heizungskeller waren nicht so schmutzig wie der erste Raum, in den wir eingestiegen waren. Offensichtlich wurden sie ab und zu gefegt. Das wunderte uns nicht, denn das Haus war ja geheizt und zwar nicht zu knapp, wie wir fanden. Die verschlossene Tür war natürlich eine Herausforderung. Wir probierten eine Weile an ihr herum, aber sie hatte ein Sicherheitsschloß und außerdem war sie aus Metall. Schließlich gaben wir auf, um erst mal oben weiterzuschnüffeln. Wenn dann noch Zeit übrig war, konnten wir ja versuchen, ob wir irgendwo Werkzeug und eine Taschenlampe fanden und die Tür doch noch aufkriegten.

Wir schlichen die Kellertreppe hoch und dann standen wir plötzlich in der vertrauten Diele. Sein Regenmantel hing an der Garderobe (er hatte schon den Wintermantel angehabt), in der Küche stand ein bißchen Geschirr auf der Arbeitsfläche und das Wohnzimmer sah ziemlich staubig aus. Vielleicht fiel es uns nur auf, weil die Sonne schon tief stand. Ihr herbstlicher Lichtguß fiel schräg auf die muffigen Polstermöbel und das dunkle Holz. Eine Gänsehaut überlief uns. Hier, in den vertrauten Zimmern wurde uns richtig bewußt, daß wir hinter seinem Rücken in seinen Lebensraum eingedrungen waren.

Ich lugte vorsichtig aus dem Fenster. Angelika saß immer noch in ihrem dunkelblauen Nylonanorak unter der Hecke. Wir klopften an die Scheibe und machten ihr ein Zeichen, daß wir jetzt hochgehen würden. Zuerst fuhr sie zusammen, als sie uns entdeckte, aber dann nickte sie und signalisierte, daß alles in Ordnung sei. Leiser als nötig schlichen wir die Treppe hoch.

Frau Matt, ja, erinnerte mich auch an früher. Ich sagte ja schon, daß ich sie ganz gern hatte. Das lag unter anderem daran, daß sie zu den Leuten gehörte, die in allen immer nur das Beste sehen. In diesem Punkt unterschied sie sich stark von meiner Mutter. Bei meiner Mutter war eher das Gegenteil der Fall, jedenfalls, soweit es mich betraf. Schön, im entscheidenden Moment hatte sie zu mir gehalten, das stimmt. Die Sache war nur, daß sie sich etwas davon versprach und deshalb, finde ich, kann von mütterlicher Selbstlosigkeit keine Rede sein. Manchmal glaube ich sogar, daß es eine Art Triumph für sie war. Vielleicht habe ich tatsächlich nur ihre Erwartungen erfüllt. So ähnlich, wie sich Mütter heimlich ein behindertes Kind wünschen, das immer von ihnen abhängig bleibt und ihnen mit Haut und Haaren gehört. Vielleicht hat sie es ähnlich empfunden, denn sie hat damals so gründlich und überlegt gehandelt, als hätte sie alles schon lange geplant. Danach hat sie mich immer auf eine bestimmte Weise angesehen. Wenn wir allein waren, aber auch, wenn andere Leute dabei waren, und das ärgerte mich schrecklich. Sie machte dann so einen schmalen, verkniffenen Mund und lächelte halb und seufzte halb, damit alle merkten, wie schwer sie es mit mir hatte und dabei sah sie irgendwie belustigt aus.

Wenigstens bin ich nicht dumm. Immerhin hatte sie sich mitverstrickt und irgendwann bin ich einfach gegangen. Was sollte sie tun? Trotzdem bleibt die Frage, ob ich das alles mache, um es ihr irgendwie recht zu machen. Ob es tatsächlich die einzige Möglichkeit ist, es ihr recht zu machen? Es gibt Hinweise darauf. Davon abgesehen ist es natürlich längst klar, daß es ein Ding der Unmöglichkeit ist, sie mit irgendwas Gewöhnlichem zufrieden zu stellen, das habe ich früh gelernt. Ich bin in ihr gewachsen, aber genauso ist sie in mir gewachsen und deshalb denke ich oft, daß sie mir das Leben mindestens sosehr genommen hat, wie gegeben. Vielleicht muß man es sich selbst nehmen.

Dabei fällt mir auf, daß dieser Ausdruck zwei Bedeutungen hat, einen Januskopf. Ich bin nicht sicher, welche von beiden mich ansieht.

Wie auch immer: Frau Matt ist jedenfalls ganz anders als meine Mutter und wenn ich ihr gegenüber vielleicht trotzdem nicht so eindeutig positiv eingestellt war, wie sie es verdient hätte, dann nur, weil man irgendwann so seine Gewohnheiten hat, die von einem Besitz ergriffen haben, statt daß man sie besitzt. Vielleicht habe ich sogar ein schlechtes Gewissen deswegen.

Zuerst dachte ich damals, daß ein Betrunkener im Garten randaliert oder ein paar gelangweilte Wohnvierteljungs ihren Fußball gegen den Rolladen treten. Als ich hinters Haus kam und diesen Schatten sah, der verteufelt behende über die Hecke sprang, tippte ich auf die Vorstadtjungs, denn er kam mir kleiner vor als der eines Erwachsenen. Natürlich bin ich gleich hinterher, aber leider war er zu schnell für mich. Obwohl ich meine Lunge wirklich bis in die Spitzen ausgepumpt habe. Am nächsten Morgen hatte ich mich dann noch mal im Garten umgesehen. Auf dem Rasen waren keine Fußspuren, aber dann entdeckte ich zufällig welche vor dem Wohnzimmerfenster. Der Regen am Vortag hatte die Erde zwischen den Chrysanthemen aufquellen lassen und die Spuren bildeten deutliche Mulden. Die meisten Abdrücke waren vertreten, aber einen guten fand ich doch und der sah mir nach Schuhgröße 35 oder höchstens 36 aus. Und ziemlich schmal für einen Jungenabdruck. Doch da hatte ich noch nicht mehr als einen ganz leisen Verdacht. Bis Frau Matt mich ansprach. Ich hatte ihre Bettwäsche gewechselt – Gott sei Dank bin ich in diesen Sachen nicht besonders empfindlich – und ihr ein paar neue Zeitschriften gekauft. Sie saß am Fenster in ihren großen Schal gewickelt und sah auf diese Straße, in der es nichts zu sehen gab und auf mein

Haus, wo es ebenfalls nichts zu sehen gab und auf einmal fiel es ihr ein. Sie schien regelrecht froh, mir mal etwas anderes erzählen zu können als Geschichten über die Vergangenheit, die oft wie Filme sind, die nur sie gesehen hat. Sie war ganz aufgeregt.

»Patrick, ich versteh nicht, warum mir das erst jetzt wieder einfällt, neulich war jemand bei dir im Garten. Da war plötzlich so ein Krach und da bin ich aufmerksam geworden; zuerst konnte ich nichts Genaues erkennen, aber dann sah ich dieses Mädchen ...«

Ich merkte, wie meine Hände ganz steif wurden. Langsam drehte ich mich zu ihr um. Vorsichtig, so, wie wenn man über knarrende Dielen gehen muß und kein Geräusch machen will. Denn Frau Matt war oft so unkonzentriert, daß ich sie auf keinen Fall ablenken wollte. Vielleicht lag es am Alkohol oder an ihrem Zucker oder an beidem zusammen. Jedenfalls in diesem Moment wünschte ich, daß es anders sei.

»Am Montag? Da hat jemand einen Stein gegen meinen Rolladen geworfen. Sicher ein dumme-Jungen-Streich.«

Ich dachte an den kleinen, schmalen Schuhabdruck und Erregung durchrieselte mich. Sanft massierte ich Frau Matts Schultern. Mein Blick glitt über ihren Kopf hinweg nach drüben. Das Haus war seltsam entrückt, fern und klein. Wie etwas, das man durch ein umgekehrtes Fernglas betrachtet. Wie eine nicht sehr angenehme Erinnerung. Die Bäume außen herum wurden langsam kahl.

»Nein«, sagte sie nervös und versuchte den Kopf zu wenden um mich anzusehen, aber ich verstärkte meine Massage, so daß sie seufzend aufgab. »Zuerst dachte ich, daß es Einbrecher sind. Ich habe gesehen, wie du aus dem Haus gekommen und nach hinten gegangen bist, und ich dachte noch: hoffentlich ist er vorsichtig. Eigentlich hätte ich die Polizei rufen müssen, aber irgendwie kam ich nicht weg. Und dann habe ich gesehen, wie sie an dein Wohnzimmerfenster geschlichen ist. Ich könnte schwören, daß es ein Mädchen war, trotz der Hosen und der dicken Jacke. Dann ist plötzlich jemand aus deinem Haus gekommen. Zuerst dachte ich, daß du Besuch gehabt hast, aber dann sah ich, wie diese Person zu der Kleinen am Fenster ging und daß es auch ein Mädchen war. Ein halbes Kind noch, bestimmt nicht älter als vierzehn.«

Mein Blick ruhte nachdenklich auf Frau Matts grauem Haar, das am Hinterkopf flachgelegen war. Eine angenehme, diffuse Wärme umhüllte mich.

»Da haben Sie sich bestimmt getäuscht«, sagte ich sanft.

Frau Matts Schulter zuckte wieder.

»Aber nein. Ich habe gesehen, daß sie mit der andern weggerannt ist. Sie ist aus deinem Haus gekommen«, insistierte sie.

»So?«

Jetzt gelang es ihr tatsächlich, den Kopf zu mir zu wenden. Ich lächelte sie beruhigend an. Es kam mir vor, als ob sie sehr weit weg sei, so wie vorhin das Haus, obwohl ich die Wärme ihres verbrauchten Körpers durch den Wollschal genau spüren konnte. Mechanisch massierte ich sie weiter und merkte, wie ihre Anspannung langsam nachließ. Sie kehrte in ihre alte Position zurück wie eine Spirale, die man überdreht und wieder losgelassen hat. Gemeinsam sahen wir hinüber.

»Manchmal glaube ich, Patrick, daß es nicht gut für dich ist, daß du wieder hier wohnst«, sagte sie plötzlich. Meine Hände wurden schlaff. Ihre Stimme war in mir wie etwas, das sich ausbreiten will. Ich sah hinab auf diesen Hinterkopf, auf dem wahrscheinlich bald die Erde liegen würde.

Mir wurde ganz heiß, so wie wenn man bei irgend etwas erwischt worden ist, aber dann merkte ich Gott sei dank, wie die Wut kam und dieses komische Schwächegefühl zog sich zurück. Ich wurde so wütend, daß mein ganzer Körper zu zittern begann. Nachträglich fragte ich mich, was passiert wäre, wenn Frau Matt sich in dem Moment umgedreht und mich gesehen hätte, wie ich da stand und zitterte, fast wie jemand, durch den man Stromstöße jagt. Aber sie drehte sich nicht um. Sie saß sehr klein unter mir in ihrem Sessel und sah auf mein Haus und ich brachte es fertig, etwas zu murmeln und in die Küche zu verschwinden.

Nun, richtig überrascht hatte mich Frau Matts Beobachtung eigentlich nicht, obwohl ich nicht angenommen hatte, daß sie wagen würden, so etwas zu tun. In gewisser Weise haben sie sich damit meinen Respekt zugezogen. Ich versuchte, in Gedanken den Ablauf zu rekonstruieren. Ist die eine von den dreien ins Haus geschlüpft, während ich mich im Garten um den Lärm gekümmert habe oder war sie schon vorher drin? Und wenn ja, wie lang? Ich zerbrach mir den Kopf, ob sie es fertiggebracht haben konnte, längere Zeit unentdeckt im Haus zu sein. Man hält das instinktiv für unmöglich, aber sicher kann man da nie sein, vor allem nicht bei diesen kleinen Hexen, die so leicht und schnell sind, daß man sie tatsächlich aufspießen muß, um sie nur einmal in Ruhe betrachten zu können. Diese Abschweifung brachte mich auf Beatrice. Beatrice war am Montag bei mir gewesen, ganz wie gewohnt. Ich ließ den Nachmittag Revue passieren. Es war unbestreitbar, daß mir nichts aufgefallen war, aber im nachhinein glaubte ich doch, daß diese oder jene Kleinigkeit anders ausgefallen war als sonst. Das kann Einbildung sein, ich weiß, und leider konnte ich mich auch gar nicht an alles so genau erinnern, wie ich es mir in dem Moment wünschte – meine Nachmittage mit ihnen haben absentiale Nachwirkungen, sonst wären sie schließlich nicht, was sie sind –, aber ich kam zu dem Schluß, daß Beatrice irgendwann eine von den andern reingelassen hatte.

Wie ich schon sagte: Respekt, Respekt.

Ganz sicher konnte ich nicht sein, daß ich recht hatte, aber ich glaubte es doch. Ich überprüfte dann sorgfältig die Zimmer, aber sie hatten keine Spuren zurückgelassen. Ich bin sogar in den Keller gegangen und habe dort eine ganze Weile gestanden und nachgedacht. Schließlich entschied ich, daß dort unten nichts sein konnte. Ich bin also wieder hoch. Es war sowieso nicht gut für mich, lang im Keller zu sein.

Gewissermaßen, fand ich, war es nicht schlimm, daß es so gekommen war. Daß sie so mutig waren.

Eigentlich waren sie alle mutig, meine Mädchen. Ein bißchen dumm vielleicht, oder einfach unerfahren. Aber jedenfalls mutig.

Alles in allem fühlten wir uns viel besser, als wir die Treppe hochschlichen. Beinah schon euphorisch. Im Vergleich zum Keller war es oben hell, möglicherweise sogar heller als sonst, denn, wie ich schon sagte, die Sonne stand jetzt so, daß ihr Licht tief in die Räume fiel, so daß die Zimmer regelrecht leuchteten. Die Atmosphäre war ganz anders als sonst, wenn wir hier waren. Das Licht verblendete alles, es sang und rauschte einem in den Ohren und wir fühlten uns fröhlich und sorglos und sicher, während wir uns über das Zimmer hermachten, das wir das Schlafzimmer seiner Eltern nannten.

Alles sah aus wie Angelika gesagt hatte: der Schrank hing voll Kleider. Zuerst schoben wir sie nur zur Seite, um nachzusehen, ob etwas dahinter war, aber dann musterten wir sie genauer. Sie sahen aus, wie wir es von alten Fotos und aus Filmen kannten. Ich fand sie ziemlich hübsch, nicht wie Angelika gesagt hatte. Sie hatten was Besonderes, was vielleicht nur daran lag, daß sie aus einer anderen Zeit kamen. Wir wählten drei aus und legten sie auf die türkise Steppdecke, die sogar im warmen Abendlicht noch wie ein Gletscher wirkte. Dann öffneten wir die Schubladen im Schranksockel. Sie enthielten Schuhe, nicht weniger altmodisch als die Kleider. Wir fanden welche, die zu den Kleidern auf dem Bett paßten und stellten sie auf den Vorleger. Bis auf zwei Stapel steifer weißer Wäsche in den Seitenfächern fanden wir sonst nichts mehr im Schrank. Dann schlenderten wir im Zimmer herum und hoben die Bilder von den Wänden, die neben dem Fenster und dem Bett hingen, in der Hoffnung, einen Tresor dahinter zu finden oder sonst etwas Vielsagendes oder Verräterisches, aber das war natürlich kindisch und wir fanden nichts außer drei Rechtecken hellerer Tapete. Cora hob demonstrativ die Arme und ließ sie wieder fallen. Dieses Zimmer mochte wirken wie es wollte, irgendwie tot wie etwas Ausgestopftes, besonders geheimnisvolle Dinge gab es nicht darin.

»Sollen wir uns jetzt sein altes Zimmer ansehen, dieses Gerümpel- und Nähzimmer?«, fragte Cora und warf einen Blick aufs Bett, wo immer noch die Kleider lagen.

Ich hob eins davon hoch. Es war gelb mit winzigen, pinkfarbenen Röschen und es kam mir ziemlich alt vor. Der Stoff war schon brüchig und fühlte sich an wie getrocknete Blumen. Eigentlich sah es nicht aus wie ein Kleid für eine Mutter, eher wie ein Jungmädchenkleid. Es hatte eine schmale Taille und einen glockenförmigen Rock, feminin und fröhlich. Ich hielt es mir an den Körper und trat damit vor den ovalen Spiegel, aus dem der größte Teil der mittleren Schranktür bestand. Cora beobachtete mich. Sie nagte an ihrer eingezogenen Unterlippe.

»Das würde dir passen«, sagte sie. »Und es würde toll aussehen.«

Ich lächelte gierig.

Cora nahm sich das grüne Kleid, eine Art Tanzkleid, das einen ähnlichen Schnitt hatte wie meines, aber aus mehreren sehr zarten Stoffschichten bestand. Blitzschnell fuhren wir aus unseren staubigen Hosen, Socken und Jacken und ließen uns die Kleider über den Kopf fallen. Sie rochen fremd, ein wenig welk, wie nach lang verdunstetem Parfum. Und sie waren kühl und trocken. In dieses warme, sonnige Zimmer paßten sie viel besser als unsere praktischen Einbrechersachen. Wir zogen uns gegenseitig die langen Reißverschlüsse auf dem Rücken hoch, und dann band ich Coras Taillenschärpe sehr eng um ihre Taille und machte hinten eine große Schleife, die aussah wie ein riesiger Schmetterling, der sich auf ihren Rücken gesetzt hatte. Sie zog den Gummi ab, mit dem sie ihre Haare im Nacken zusammengebunden hatte, schüttelte den Kopf, lächelte und zupfte meinen Ausschnitt zurecht.

Wir schlüpften in die bereitgestellten Schuhe. Sie hatten hohe, dünne Absätze, die völlig aus der Mode und vorn ganz spitz waren. Coras waren ein bißchen zu groß und mein verstauchter Knöchel schmerzte, aber wir fanden sie sehr elegant. Gemeinsam staksten wir vor den Spiegel.

Wir sahen unwirklich aus. Wie zwei Gespenster. Oder wie Schauspielerinnen aus einem alten Film. Meine Geschichtslehrerin hatte mal gesagt, die Menschen seien immer gleich, aber sie interpretierten sich in jeder historischen Epoche anders und davon hänge ab, wie sie handelten – ich glaube, sie formulierte es irgendwie anders, mit »Möglichkeitsspektrum« oder so. Etwas Ähnliches fühlte ich jedenfalls, als ich uns so sah. Die Kleider interpretierten uns anders.

Cora war umwerfend hübsch, höchstens vielleicht etwas kalt mit ihrer dunkelgrünen Wespentaille, neben der rechts und links die halb durchsichtigen Enden der Schleife zu sehen waren, mit ihren in den hohen Schuhen noch längeren Beinen und dem Haar, das durch den Stoff elektrisch aufgeladen worden war und in spinnenfeinen Fäden um ihren Oberkörper abstand, was ziemlich geisterhaft wirkte. Die Farbe betonte ihre weiße Haut und sie stand so grün vor dem silbrigen Spiegel wie ein Insekt, das über einem Teich schwebt.

Ich war halb hinter ihr, ein wenig von ihr verdeckt. Ich fand, ich sah nach Garten und Blumenbeet aus. Das Gelb war hübsch zu meiner bräunlichen Haut, die glatt und schimmernd über dem Ausschnitt zu sehen war, nur die Kratzer von meinem Kellereinstieg störten ein bißchen. Ich bestaunte mich und dachte, daß es vielleicht so ähnlich ist, wenn man alt wird, nur weniger erfreulich. Man ist sich fremd und vertraut zugleich.

Die Sonne konzentrierte sich inzwischen auf eine Ecke des Zimmers. Ich weiß nicht, wie lang wir vor dem Spiegel standen, aber irgendwann bewegten wir uns und der Zauber brach. Es war, als liefe der Film jetzt weiter, der gestoppt worden war, damit wir in die Rollen der Hauptdarstellerinnen schlüpfen konnten. Wir stöckelten im Zimmer herum (es machte Krach auf den Dielen) und schwenkten unsere Röcke und dann gingen wir ans Fenster, um uns Angelika zu zeigen.

Wir brauchten einen Moment, bis wir sie entdeckten. Sie hatte sich noch tiefer verkrochen. Die Hecke lag schon im Schatten und Angelika hielt ihre Knie mit den Armen umklammert. Wahrscheinlich war es draußen jetzt ziemlich kalt, vor allem dort, wo die Sonne nicht mehr hinkam. Aber die wärmte ja sowieso kaum noch, was man bloß hier in diesem überheizten Haus vergaß. Angelika, die sich kaum bewegen konnte, fror bestimmt nicht wenig. Aus einem der benachbarten Gärten schnitt das Heulen einer Motorsäge in den Spätnachmittag. Ich verzog unwillkürlich das Gesicht, weil ich an Angelikas empfindliche Ohren dachte, aber gerade in dem Moment machte die Säge eine Pause und Cora öffnete das Fenster vorsichtig einen Spalt und rief leise etwas nach unten. Angelika fuhr zusammen und dann starrte ihr weißes kleines Gesicht uns ungläubig an. Wir hatten die Hände in die Taillen unserer Kleider gestemmt und wandten uns hin und her und Cora drehte sich, um die Schleife an ihrem Rücken zu zeigen.

Wir mußten wie zwei Irrsinnige auf sie gewirkt haben, die sich am Fenster ihrer Anstalt in einem zusammengeklaubten Putz präsentieren. Jedenfalls zeigte sie uns den Vogel, schüttelte heftig den Kopf und machte uns Zeichen, vom Fenster zu verschwinden. Das alles dauerte nicht mehr als zwei Minuten, aber während sie verstrichen, drang Angelikas Entsetzen allmählich durch meine selbstvergessene Sorglosigkeit. Gerade da schob sie den Anorakärmel vom

Handgelenk und deutete mit dem Finger der anderen Hand auf ihre Armbanduhr – ein Erstkommunionsgeschenk ihrer Patentante – und dabei machte sie ein so ernstes und dringliches Gesicht, daß wir erschrokken die Gardine fallen ließen.

Cora und ich starrten uns an. Die Sonne glitt davon und das Zimmer schattierte sich innerhalb von Sekunden. Die eisige Steppdecke glänzte.

5 Ein Teil von mir versuchte sich vorzustellen, wie alles ablaufen würde, aber ein anderer Teil versuchte, den ersten daran zu hindern. Dieser Teil ist der vernünftige, der, der plant, wenn es wichtig wird zu planen. Auf eine etwas kindische Weise bin ich immer sauer auf ihn, aber natürlich hat er recht und nichts würde klappen, wenn er nicht wäre. Ich habe nämlich eine lebhafte Phantasie, eine sehr lebhafte sogar, und wenn ich mir das alles zu genau ausmale, dann komme ich beinah an den Punkt, wo es gar nicht mehr nötig ist, etwas zu erleben. Das ist natürlich Kokolores, denn die Ausführung in der Wirklichkeit ist dann doch ungeheuerlich, etwas ganz Ungeheuerliches, was man sich in seiner physischen Wirkung kaum vorstellen kann, und deshalb ist es gut, daß dieser zweite Teil mir immer nur soviel Vorstellung erlaubt wie nötig, um einen Plan durchzuführen.

Teil Nr. 2 hat mich z.B. dazu gebracht, nicht einfach zwei Straßenecken weiter unter einem Baum zu parken und abzuwarten, wobei ich mir natürlich in allen Details vorgestellt hätte, was sie gerade machten. Statt dessen habe ich ein paar Besorgungen gemacht, obwohl die Zeit dafür reichlich knapp war. Wenn ich zwischendurch wie durch einen Spion in der profanen Wand der Wirklichkeit auf das geguckt habe, was im Haus gerade passierte, dann war das nicht mehr als ein appetitanregender Aperitif, der den Hunger auf die Wirklichkeit nicht verdarb. Trotzdem war es sehr anstrengend, Teil Nr. 2 zu folgen, es kostete mich eine Menge Kraft und ich sah auch dauernd auf die Uhr, während ich meine Sachen erledigte, ob es nicht Zeit wurde, zurückzufahren. Schließlich erlaubte er es mir. Ich stellte das Auto auf den Parkstreifen der großen Ausfallstraße und ging zu Fuß. Die Gegend kannte ich gut genug, um unauffällig zum Spiegelhaus zu kommen. Es war völlig unverzichtbar, daß ich zuerst dorthin ging, da konnte Nr. 2 sagen, was er wollte.

Auf dem Heimweg wurde mir warm. Nicht nur, weil ich plötzlich Angst bekam, daß ich vielleicht doch zu lang gewartet hatte und ziemlich schnell ging. Es war auch die Aufregung der Vorfreude, die mich schwitzen ließ. Die Straßen und Gärten waren mit Laub bedeckt, und die späte Sonne leuchtete festlich auf all die Vergänglichkeit, was ich ziemlich passend fand. Einerseits war es ja schade, daß wir nicht Sommer hatten, so wie damals, aber dann tröstete ich mich. Jede Jahreszeit hat ihre schönen Seiten und der Sommer ist sowieso bloß ein Vorspiel, also ist es gewissermaßen passender, wie es diesmal läuft.

Als ich bei Frau Matts Haus ankam, war ich naßgeschwitzt und meine Hand zitterte, während ich den Schlüssel ins Kellerschloß steckte. Ich war vom Garagenweg des Nachbarhauses aus direkt durch Frau Matts mit alten Obstbäumen bestandenen Garten gegangen. Die kleine Treppe und der Kellereingang lagen im Schatten und strömten Kälte aus, die in seltsamem Gegensatz zu den leuchtenden Laubflecken stand, die die Wiesen unter den Bäumen und neben den Hecken wie Teppiche bedeckten. Jedenfalls war mir warm, trotz der Kälte des Eingangs. Ich vergaß sie sowieso gleich, als ich aufgeschlossen hatte, denn ich hatte ja dafür gesorgt, daß der Keller gut geheizt war.

Ich ging in den Raum, ohne mich umzusehen. Das Unterhemd klebte mir am Körper und sogar der Pullover fühlte sich feucht an. Normalerweise trage ich ja Oberhemden und Jacketts, aber heute habe ich einen Pullover an, so wie Jugendliche es mögen, und den Mantel hatte ich im Auto gelassen. Das erinnerte mich an früher. Jeder weiß, daß Details wichtig sind, wenn man etwas inszeniert und ich fühlte mich auch tatsächlich ganz wie damals, als ich mich auf die Zehenspitzen stellte und durch das Kellerfenster zum Spiegelhaus sah.

Es dauerte einen Moment, bis ich sie fand.

Sie saß unter der Hecke, ziemlich gut versteckt. Kein Mensch würde sie entdecken, wenn er sie nicht gezielt suchte. Sie hatte sich klein gemacht und ihre Hände unter die angewinkelten Knie geklemmt um sie aufzuwärmen. Es tat mir richtig leid, wie sie so dasaß und die Straße im Auge behielt, immer in der Erwartung, daß mein Auto auftauchen würde. Ich sah ihr eine Weile zu, wie sie da hockte und zwischendurch sah ich auf die einzelnen Fenster, genau wie damals. Mit wurde ganz kribbelig von der Szene. Dann hörte ich über mir plötzlich ein Geräusch und ich fuhr zusammen, ganz instinktiv, als ob es meine Mutter sei, aber da ergriff Nr. 2 wieder das Regiment und erklärte mir, daß sie tot sei und nicht wiederkommen würde und daß ich mich nicht in Phantasien verlieren solle. Ich machte ein paar Bewegungen mit den Armen, um meine Muskeln zu lockern und sah weiter zum Haus und da passierte es tatsächlich. Es war keine Phantasie, wie Nr. 2 gern behaupten würde, es war die pure Erfüllung eines Wunschtraums. Sie erschienen am Fenster, zwei herausgeputzte Hühner, fast erwachsene Hühner. Ich sah, wie sie kicherten und posierten. Cora hatte das grüne angezogen und Beatrice das gelbe, genau, wie ich es gehofft hatte. Soweit ich es erkennen konnte, paßten die Kleider wie angegossen. Sie waren ein neues Element, eine ganz neue Chance für mich und ich spürte richtig, wie sich Vergangenheit und Gegenwart übereinander schoben. Ich freute mich, das ich sie so gut geändert hatte, denn eine Anprobe war schließlich nicht möglich gewesen. Tatsächlich waren sie ja immerhin mehr als zwei Jahre jünger, als sie damals gewesen war und deshalb noch nicht ganz so entwickelt. Sie waren eben in dem Alter, in dem alles noch in Ordnung gewesen war, aber ich kann es nicht machen, wenn sie älter sind, weil ich das ja verhindern muß, das ist so ein Problem, mit dem ich lebe.

Plötzlich wichen die beiden erschrocken zurück. Einen Moment waren noch ihre Schatten hinter der Gardine zu sehen, dann waren die Fenster wieder stumm. Ich konzentrierte mich auf Angelika. Sie wirkte aufgeregt. Es war schade, daß sie nicht auch ihr Kleid trug, aber das war natürlich im Moment nicht zu ändern. Ich schickte ihr trotzdem in Gedanken einen Kuß und dann ging ich zurück durch den Keller zum Garten, denn jetzt wurde es Zeit, etwas zu unternehmen.

Die Sonne war hinter das Dach der Eckvilla geglitten. Nur noch ein paar Lichtzungen schmolzen auf den Ziegeln. Ich ging zwei Häuser weiter durch einen kleinen Gartenweg und schlich mich dann über die Straße. Ein VW-Käfer fuhr vorbei und irgendwo bellte ein Hund. Dann setzte die Motorsäge wieder ein, die ich vorhin schon gehört hatte. Das Geräusch zauberte ein Lächeln auf meine Züge. Ich brauchte mir keine Mühe zu geben, leise zu sein, als ich durch die Hecke schlüpfte und hinter den schon beinah schwarzen Zypressen bis zu der Stelle kam, wo sie saß.

Angelikas Empörung hatte Cora und mich zur Besinnung gebracht und wir stöckelten eilig ins Nähzimmer. Die Luft dort war anders als im Schlafzimmer, wo sie mir richtig leer vorgekommen war vor lauter Aufgeräumtheit. In diesem Gerümpelraum war sie dick von Staub, wahrscheinlich wegen der Kleider, die überall lagen. Wir rümpften die Nasen, als wir näher traten.

»Hier gibt es so viel Zeug. Wie sollen wir das alles durchsuchen und was soll dabei rauskommen?«, sagte Cora, »Angelika hat ja auch nichts gefunden.«

»Sie war aber nur kurz hier«, wandte ich ein. Mit einer Mischung aus Unbehagen und Neugier ging ich zu einem Regal, auf dem in Geschenkpapier eingewickelte Päckchen lagen. Die meisten sahen aus wie Pralinenschachteln, ein paar wie eingepackte Handtücher und dann gab es auch noch ganz flache, bei denen ich mir vorstellte, daß sie Briefpapier enthielten. Ich berührte vorsichtig das dünne Blümchenpapier und die verblaßten Schleifen in lila, dunkelviolett oder rosa. Fast alles sah aus wie Geschenke von alten Leuten. Eigentlich wußte ich auch nicht, was wir hier finden sollten. Die ganze Sucherei kam mir ziemlich sinnlos vor.

»Ob wir die aufmachen sollen?«, fragte ich Cora. »Das merkt er aber bestimmt. Wir würden es kaum schaffen, ohne das Papier kaputtzumachen.«

Cora verzog geringschätzig die Lippen, als sie an mir vorbei einen Blick auf die Päckchen warf. »Was soll da schon drin sein?«

Sie stakste zu der Nähmaschine, die unter dem Fenster stand. »Komm doch mal her.«

Zögernd löste ich mich vom Regal. Mit jeder Minute wurde es dunkler. Bloß die Metallteile der altmodischen Nähmaschine, deren Holzhaube auf dem Boden stand, schimmerten schwach. »Ich glaube, hier drin war schon ewig keiner mehr«, sagte ich. »Wahrscheinlich können wir uns wirklich das Rumsuchen sparen.«

»Ich glaub schon, daß er hier war«, widersprach Cora. »Wenn mich nicht alles täuscht, ist die Nähmaschine sogar vor kurzem benutzt worden. Da ist gar kein Staub.«

Ich ging zu ihr und beugte mich tiefer. Es stimmte. Die Holzplatte der Nähmaschine glänzte. Bloß an den hinteren Rändern sah man graue Staubflecken. Wie ein verzaubertes Tier schien das Gerät darauf zu warten, daß man es zum Leben erweckte. Die Nadel in ihrem Metallgelenk sah aus, als stäche sie blitzschnell zu, wenn man in ihre Nähe käme.

»Da ist ein Faden drin«, murmelte ich. Etwas kribbelte mir die Beine hoch.

»Ein gelber.«

Wir starrten auf die Spule. Cora legte den Arm um mich und ich biß mir auf die Lippen, während ich einen Zipfel meines Kleids anhob und neben das Garn hielt.

»Genau gleich.« Ich flüsterte unwillkürlich. Cora nahm vorsichtig ein Stoffitzelchen auf, das hinter dem Rad lag. Es war grün und halbtransparent.

Eine Gänsehaut überlief uns.

»Ob er die Kleider selbst genäht hat? Oder ob jemand anders hier war?«

»Keine Ahnung. Sie fühlen sich so *alt* an. Sie kommen mir nicht wie etwas Neues vor.«

»Mir auch nicht.« Wir stellten uns enger nebeneinander und sahen auf die Nähmaschine.

»Ich kapier das nicht.«

»Vielleicht ist ja bloß der Stoff alt?« Cora rieb ihr Stoffetzchen zwischen den Fingern. »Und er oder jemand anders hat sie aus dem alten Stoff genäht?«

»Vielleicht«, sagte ich. Mißtrauisch hob ich den Saum meines Kleids. Die Naht kam mir nicht neu vor. An einigen Stellen begann sie aufzureißen und die Einstichlöcher waren sogar in dem schlechten Licht zu groß für etwas frisch Genähtes. »Ich glaube nicht, daß die Naht neu ist«, sagte ich, »der Saum ist nicht gerade perfekt und –« Plötzlich fühlte ich, wie meine Wangen heiß wurden. »Sie passen *zu* gut.«

»Du meinst, daß *er* sie geändert hat?«

Ich nickte.

»Für uns.« Coras Augen, riesig.

»Glaubst du, daß er sie uns schenken wollte? Oder daß wir sie anziehen sollten zum – na, du weißt schon?«

»Vielleicht. Keine Ahnung.« Ich verstummte und versuchte den Gedanken zu begreifen, der in mir aufstieg. Hatten wir gefunden, was wir suchten?

Vielleicht zwei Sekunden bevor ich bei ihr war, hatte ich den Eindruck, daß Angelika etwas spürte. Die Motorsäge schnitt heulend durch den Abend, hören konnte sie mich bestimmt nicht, aber vielleicht spürte sie ja etwas anderes. Jedenfalls richtete sie sich ein wenig auf, aber es war natürlich längst zu spät und selbst wenn sie mich in diesem Moment entdeckt hätte, hätte sie nichts mehr gegen mich ausrichten können.

Gewissermaßen kam mir die Bewegung sogar entgegen, so konnte ich ihren Hals mit einem Griff umfassen. Sie trat mit den Beinen und zog an meinen Armen, aber ich drückte schnell fester zu. Als sie merkte, daß es ernst war, hörte sie auf, sich zu wehren. Dann fühlte ich, wie sie schwer und schlaff wurde. Ich lockerte meinen Griff, nahm sie unter den Achseln und schleifte sie ein Stück. Das war natürlich Unsinn. Ich merkte es auch schnell und hob sie auf. Wie eine Braut trug ich sie dann über die paar Meter Rasen, die mich vom Haus trennten. Ihre Zöpfe baumelten nach unten und ihr Nylonanorak rutschte und ich sah ihre kleinen Füße in den Turnschuhen, die ganz weiß aussahen in der Dämmerung.

Ich wußte nicht recht, wohin mit ihr. Das hätte ich mir früher überlegen müssen, aber manchmal verdränge ich Nr. 2 und dann fällt es mir schwer, mich auf technische Sachen zu konzentrieren. Ins Haus wollte ich sie nicht tragen, weil ich Angst hatte, Lärm zu machen. Also brachte ich sie einfach zu dem Kellerfenster mit dem losen Gitter. Es war schon länger locker und ich dachte mir, daß sie da einsteigen würden. Vorsichtshalber hatte ich auch noch das Küchenfenster aufgekippt, aber das war überflüssig. Es war wie die Falle mit dem Terminkalender: es war so einfach, sie zu berechnen, daß ich es mir hätte sparen können. Ich knebelte Angelika mit einem Taschentuch und wickelte ihr dann ihren Schal um den Kopf und danach band ich ihre Hände und ihre Füße und schob sie so vorsichtig ich konnte durch das Kellerfenster, bis ich sie nur noch an den Händen hielt. Es gefiel mir nicht recht, so vorzugehen, aber schließlich ließ ich sie fallen.

Ich hörte einen dumpfen Aufprall und lauschte. Vermutlich waren die zwei Hühner da oben zu sehr beschäftigt, um ihn mitzubekommen, aber ich konnte nur hoffen, daß mich kein Nachbar oder Passant bei meiner Aktion gesehen hatte. Glücklicherweise liegt der Garten so, daß die Nachbarn wegen der Zypressenreihe nicht reinsehen können, bzw. nur, wenn sie selbst im Garten sind, und da war keiner, da hatte ich vorher aufgepaßt. Am besten wäre es sicher gewesen, ich hätte den Gartenkellerschlüssel benutzt, denn wir haben ja wie drüben einen Zugang zum Keller vom Garten aus, aber das ist nicht mehr möglich. Den Schlüssel hat nämlich damals meine Mutter an sich genommen und eigentlich möchte ich daran gar nicht denken. Ich fühle mich immer schwach, wenn ich an meine Mutter denke. Vielleicht, weil sie bis zu ihrer letzten Minute nichts kapiert hat und weil es ihr immer gelungen ist, ihr Bild von mir durchzuhalten und zu behaupten, egal, was ich tat.

Ich bin dann ums Haus zum Eingang gegangen. Ich habe leise aufgeschlossen und bin rein und dann habe ich die Tür hinter mir wieder abgeschlossen. Oben hörte ich sie stöckeln, taktak, taktak. Wenn sie sich so anziehen, dann sind sie dumme Hühner ohne Gefühl oder Treue und dann staksen sie auf ihren harten, spitzen Absätzen herum wie harte, berechnende Frauen. Sehr leise verschloß ich alle Türen im Erdgeschoß und steckte die Schlüssel zu meinem Haustürschlüssel in die Hosentasche. Ich schwitzte jetzt wieder, aber ich fühlte mich gut und schlau und freute mich richtig, daß ich endlich was tun konnte, statt immer nur rüber aufs Nachbarhaus zu glotzen. Oben war es ruhig. Schön, entweder waren sie im Zimmer meiner Mutter oder in meinem Zimmer oder sie waren im Bad, wo diese Hühner ja meistens sind. Stundenlang. Wie Eveline. Irgendwann sah ich nur noch ihren Schatten hinter der Scheibengardine, wo das Bad war, wie sie hin und her lief und vor dem Spiegel stand und ich wußte, daß sie badete und sich endlos frisierte und schönmachte und sich die Lippen schminkte, obwohl ich das früher immer bei ihr machen durfte. Stunden- und stunden- und tagelang war sie allein in diesem Bad und für mich hatte sie keine Zeit mehr. Manchmal sah ich sie noch im Garten in ihrem gelben Kleid mit den Röschen, aber da trug sie schon diese harten, spitzen Schuhe dazu, die alles verdarben. Man merkte, daß sie eigentlich nur noch zu Besuch war und auf etwas wartete. Meistens lehnte sie am Gartenzaun und sah die Straße runter und machte so ein Gesicht wie jemand, der sich freut, daß er andern eins auswischen kann.

Also, ich bin sehr langsam die Treppe hochgegangen und habe die vierte Stufe ausgelassen, die ein wenig nachgibt. Oben mußte ich erst mal anhalten und tief Luft holen. Ich war ganz aufgeregt, aber gleichzeitig fühlte ich mich wie eine Maschine, wie ein Automat mit einem bestimmten Programm, das einfach läuft. Ich wußte schon, daß ich sie jetzt gleich finden würde und daß ich ziemlich gut sein mußte, wenn alles klappen sollte, schnell und geschickt, aber das machte mir keine Sorgen. Ich wußte, daß ich gut sein *würde*. Es war immer ihr Fehler gewesen, daß sie mich unterschätzt haben.

Die Tür zum Schlafzimmer meiner Mutter hatten sie aufgelassen. Ich warf einen Blick durch den Spalt. Das Zimmer war leer und das war mir ganz recht. Ich denke, daß ich da drin ein wenig gehemmt gewesen wäre, auch wenn ich vielleicht langsam drüber wegkommen sollte. Die Tür zu meinem alten Zimmer war offen und da bin ich gleich zum Bad. In diesen Sekunden verschwand der letzte Rest Schüchternheit. Ich war ganz kalt und voller Triumph, wie eine sehr gute Menschen-Maschine, und als ich den Türriegel auf »Besetzt« sah, schüttelte ich mich vor stummem Lachen, ohne meine Bewegungen zu unterbrechen.

Es war so typisch. Sie sind alle gleich. Sie sind wie Eveline, sie machen alle dasselbe, und das ist schon ziemlich komisch. Von diesem Moment an wußte ich, daß alles klappen würde.

Ich steckte den Vierkantschlüssel vorsichtig ins Schloß, ganz delikat machte ich das. Mir war klar, daß sie nichts anderes erwarteten. Sie hätten versuchen können, das Fenster zu öffnen, aber dieses Fenster habe ich schon vor langer Zeit zugenagelt, und es hat eine dicke Scheibe. Eveline erwartete auch nichts anderes. Natürlich tat sie entsetzt, als ich im Bad erschien, obwohl sie es schließlich gewollt hat, auch wenn sie das nie zugegeben hätte, aber so sind sie ja alle. Sie hatte sich verdoppelt und da stand sie nun einmal in ihrem gelben Kleid und einmal in ihrem grünen, das sie meistens anhatte, wenn sie ausging. Ihre Lippen bewegten sich. Ich hörte gar nicht zu, sondern ging gleich zu ihr, aber ich paßte auf, daß sie nicht an mir vorbeikam. Obwohl ich erst sechzehn war und meine Mutter mich immer noch wie einen kleinen Jungen behandelte, war ich viel stärker als sie. Ich griff sie beide zugleich an. Sie wackelten auf ihren Pumps und versuchten, mir auszuweichen und aus der Tür zu schlüpfen. Wahrscheinlich merkte sie jetzt, wie sie mich unterschätzt hatte. Ich packte ihren Hals und schlug sie gegen den Waschbeckenrand, was ein komisches Geräusch machte und boxte die andere, die versuchte, an mir vorbeizukommen, so daß sie hinfiel und ein Stück über den Boden schlitterte. Sie krabbelte auf allen vieren zur Tür und schaffte es bis auf den Flur.

Ich sah kurz nach der neben dem Waschbecken. Sie blutete ein bißchen, aber nicht schlimm. Ihr Gesicht war ganz entspannt, als würde sie schlafen, das brachte mich einen Augenblick durcheinander. Dann bin ich aber gleich hinter der andern her, die die Treppe runterstolperte. Sie war zäher, als ich erwartet hatte. Ihre Schuhe waren weg und irgendwie lief sie ganz anders als Eveline. Sie stürzte sich unten auf die Tür und rüttelte an der Klinke, aber ich hatte ja abgeschlossen. Ich war auch gleich bei ihr und schlug sie auf den Boden, hockte mich über sie und drückte sie mit dem Knie auf den Teppich. Sie wehrte sich wie ein Schlangenmensch, wand sich und zappelte unter mir herum und hätte es beinah geschafft, mich abzuschütteln, aber ich wurde dann doch mit ihr fertig. Ich verpaßte ihr ein paar Ohrfeigen, daß ihr Kopf hin und her flog und dann schnappte ich mir einen Schal von der Garderobe und stopfte ihn ihr in den Mund und begann sie mit der Schnur zu fesseln, die ich schon für Angelika verwendet hatte. Ihre Augen wurden immer größer, während ich sie festband. Sie hustete und würgte so, daß ich den Schal wieder rauszog und ihn nur über ihrem Gesicht festband.

Wahrscheinlich waren ihr Wollflusen in die Kehle gekommen. Jetzt sah sie zwar nichts mehr, aber sie bekam besser Luft und sie versuchte auch nicht zu schreien oder so was. Es hätte ihr ja sowieso nichts genützt. Ich band noch ihre Beine zusammen und als ich sicher war, daß sie sich nicht mehr bewegen konnte, ging ich wieder nach oben. Eveline lag immer noch neben dem Waschbecken, aber sie stöhnte jetzt. Das gelbe Kleid war ihr hochgerutscht und den einen Schuh hatte sie verloren. Ich fand sie doch ziemlich demontiert und mußte daran denken, wie hochmütig sie gewesen war. Ich tupfte ihr das Blut von der Stirn und dann band ich ihr ein Handtuch um den Kopf und verschnürte ihre Handgelenke und die Fußknöchel. Jetzt konnte sie so hochnäsig sein wie sie wollte.

Inzwischen war es fast dunkel. Das ganze Bad sah grau aus. Ich schaute nach dem Kamm, den Eveline damals benutzt hatte, aber ich fand ihn nirgends.

Dann ging ich erst mal in mein Zimmer und setzte mich aufs Bett. Ich fühlte mich plötzlich ziemlich erschöpft. Ich setzte mich hin, wie ich immer gern gesessen hatte, auch wenn meine Mutter es nicht leiden konnte, so mit angezogenen Beinen gegen die Wand gelehnt, aber irgendwie war es mir unbequem und plötzlich fühlte ich mich richtig alt. Meine Mutter war nicht da, aber der Keller war zu und da erinnerte ich mich, daß ich sie ja rüberbringen mußte. Es wurde mir alles zuviel und beinah wären mir die Tränen gekommen, so schwach fühlte ich mich plötzlich. Ich knabberte eine Weile an meinem Daumen, an dieser Stelle, wo immer ein bißchen Haut absteht und sah auf die Nähmaschine. Das war typisch meine Mutter, die Nähmaschine zusammen mit Evelines Kleidern in mein Zimmer zu stellen. Es paßt mir nicht, daß sie alles so vorhersieht, sogar aus dem Grab raus sieht sie noch alles. Schließlich stand ich aber doch auf und machte mich an die Arbeit.

Zuerst ging ich wieder ins Bad und wickelte sie in ein großes Badetuch und dann nahm ich sie über die Schulter und trug sie die Treppe runter, wo die andere lag. Sie bewegte sich schwach, aber sie wehrte sich nicht. Wahrscheinlich war sie mürbe, weil sie unter dem Handtuch nichts sah. Die unten war zur Eingangstür gekrochen und hatte es geschafft, sich trotz ihrer zusammengebundenen Füße aufzurichten, aber natürlich hatte es ihr nichts genützt, denn es war ja abgeschlossen. Sie hatte sich den Schal halb abgestreift und starrte mich mit aufgerissenen Augen an, als ich mit dem Badetuchbündel die Treppe runterkam. Ich sagte kein Wort, sondern zog ihr den Schal einfach wieder über die Augen und stieß sie auf den Boden. Dann schloß ich die Wohnzimmertür auf und holte die karierte Wolldecke und wickelte sie da rein und schnürte noch ein Stück Seil drum herum. Ich dachte mir, daß das für so ein kleines Biest eigentlich genug sein mußte.

Dann mußte ich in den Keller.

Der Gedanke saß die ganze Zeit in mir wie ein Gnom. Es gefiel mir einfach nicht, obwohl ich ja wußte, daß die dritte nur in dem einen Raum war, den meine Mutter nicht abgeschlossen hatte, sonst hätte ich sie schließlich gar nicht mehr rausholen können, oder? Aber in dem Raum war ich auch schon lang nicht mehr gewesen und ich wußte auch gar nicht, wie es da drin aussah. Alles in allem wäre es mir lieber gewesen, nicht hinuntergehen zu müssen. Ich stand eine ganze Weile oben an der Kellertreppe und horchte. Das mache ich eigentlich immer, bevor ich in den Keller gehe. Er sieht gut aus, einigermaßen sauber, weil ich ja öfter in den Heizungskeller muß, aber trotzdem fühlte ich mich nicht danach, runterzugehen. Ich fühle mich nie danach, aber diesmal besonders wenig, weil ich ja nicht nur in den Heizungskeller mußte, sondern in den andern Raum, um sie raufzuholen. Ich nagte also an meinem Daumen und dachte nach. Dann beschloß ich, zuerst die andern rüberzubringen und die da unten liegen zu lassen, bis ich mich mehr danach fühlte, sie zu holen.

Ein paar Minuten spielte ich sogar mit dem Gedanken, sie einfach zu vergessen. Wahrscheinlich war sie sowieso ziemlich angeschlagen von dem Fall und von meinem Würgen und vielleicht wachte sie gar nicht mehr auf. Ich dachte darüber nach, fand aber dann, daß es wahrscheinlich nicht funktionierte. Sie würde mindestens irgendwann riechen oder so was. Es machte mich wütend, aber dann dachte ich an ihre schönen blonden Haare und war wieder versöhnt mit der ganzen Mühe.

Ich schloß die Kellertür und sah vom Wohnzimmerfenster aus auf die Straße. Es war so, wie ich es mir gedacht hatte.

Alle Farben waren verlöscht. Die zwei Straßenlaternen funzelten vor sich hin. Der Himmel mußte sich zugezogen haben, denn man sah weder Mond noch Sterne. In den Nachbarhäusern brannte Licht, aber über die Nachbarn brauchte ich mir keine Gedanken zu machen. Wenn sie mich sahen, würden sie denken, daß ich mal wieder etwas für Frau Matt erledigte, Teppiche für sie gereinigt hatte oder so und davon abgesehen saßen die meisten jetzt beim Essen und kümmerten sich nicht darum, wer was über die Straße trug. Bei Frau Matt im Zimmer brannte ebenfalls Licht, dieses Nachttischlämpchen mit dem orangefarbenen Schirm, bei dem das Fenster immer aussieht, als würde das Zimmer glühen, aber das bedeutete nichts. Frau Matt schlief oft einfach so ein und das Licht brannte manchmal die ganze Nacht und auch tagsüber und selbst wenn sie gerade mal wach war, würde sie bestimmt nichts mitkriegen. Falls sie doch hörte, wie ich ins Haus ging, konnte ich ja immer noch zu ihr hoch und dafür sorgen, daß sie ruhig war.

Ich sammelte also meine Kräfte und dann schloß ich die Tür auf und nahm eins von den Bündeln und ging den Pfad runter, durch das Gartentor und über die Straße. Kein Mensch ließ sich blicken. Nicht mal ein Auto fuhr vorbei und ich erreichte Frau Matts Haus mit dem Gefühl, daß ich tun konnte, was ich wollte, weil sowieso nie jemand was entdeckte. Man sollte die Risiken nicht überschätzen. Am besten macht man alles so normal wie möglich. Ich muß es wissen, weil ich damals, vor ein paar Jahren in München, als ich Marianne vierzehn Tage in diesem Gartenschuppen gefangengehalten hatte, ja auch in der Gegend aus- und eingegangen bin, als wäre ich dort zu Hause. Bloß hinterher muß man sie wegschaffen. Man darf nicht so weit gehen zu glauben, daß man unsichtbar ist. Wenn sie eine Leiche finden, zu der man paßt, dann wird man sie nicht mehr los.

Also ich bin dann in aller Unschuld ums Haus rum zum Kellereingang. Der Kellereingang hier hat etwas völlig Jungfräuliches, ganz Unschuldiges, deshalb beunruhigt er mich überhaupt nicht. Im Gegenteil, hier fühle ich mich sicher, weil alles so ist wie damals. Ich schloß auf und ging durch den Gang und dann legte ich sie ab. Sie war ziemlich schwer, wenn man sie länger trug, aber nicht zu schwer für mich, obwohl ich schon ein bißchen ins Schnaufen gekommen war, als ich sie runterließ. Ich schloß dann die Tür zu dem Raum auf, den ich vorbereitet hatte, brachte sie rein und ließ sie dort in der Mitte liegen. Dann ging ich rüber, um die andere zu holen.

6 Cora und ich hatten ein mieses Gefühl, obwohl wir es nicht zugeben wollten. Die Entdeckung mit dem Faden und den Kleidern beunruhigte uns. Er hatte einen Plan, den wir nicht durchschauten. Während wir noch überlegten, was wir tun sollten, hörten wir es. Ein kaum wahrnehmbares metallisches Reiben – das Reiben eines sehr vorsichtig im Schloß gedrehten Schlüssels. In Panik sahen wir zum Fenster. Warum hatte Angelika uns nicht gewarnt? Sollten wir rausspringen? Es war immerhin der 1. Stock. Und vielleicht wußte er ja gar nicht, daß wir da waren und Angelika war nur eingeschlafen. Dann würden wir uns durch unsere Flucht verraten. Es ging alles so schnell, daß wir kaum einen klaren Gedanken fassen konnten.

»Wir verstecken uns«, flüsterte Cora in mein Ohr. »Wie Angelika. Und warten, bis wir abhauen können.«

»Aber nicht hier. Hier kommt er rein.«

»Im Bad.« Cora schlich auf Zehenspitzen zur Tür. »Er benutzt immer das unten.«

Ich folgte ihr so leise ich konnte. Wir zogen nicht mal die Schuhe aus, weil wir uns so beeilten und ich finde immer noch, daß es einem Wunder glich, daß wir kaum ein Geräusch machten, während wir den

Flur überquerten. Es wäre egal gewesen, aber das wußten wir ja noch nicht. Atemlos vor Anspannung erreichten wir das Bad und drehten den Riegel. Das war geradezu unglaublich naiv, aber schließlich wäre die ganze Geschichte nicht passiert, wenn wir nicht naiv gewesen wären. Das Leben kann sich darauf verlassen, daß es immer genug Dumme gibt.

Wir hörten ihn. Es war ein merkwürdiges Gefühl. Ich weiß noch, daß ein Teil von uns die ganze Situation nicht ernst nahm, sogar jetzt noch. Als sich der Riegel an der Tür wie von Geisterhand drehte (wie wenn ein Klavier in einem Alptraum von selbst zu spielen beginnt), standen mir die Haare zu Berge, aber zugleich fand ich es komisch und hätte fast gekichert. Es war einfach nicht *echt.*

Bis ich seine Augen sah.

Er lächelte, als er eintrat, aber es war ein fremdes Lächeln, kein echtes und keines, das wir bei ihm kannten. Es war boshaft und kindisch. In diesem Moment begriff ich, daß der Tod boshaft und kindisch sein konnte.

Seine Haare waren verschwitzt und durcheinander und fielen ihm in die Stirn, was ihn jünger aussehen ließ. Sogar seine Bewegungen wirkten irgendwie schlaksig. Das jüngste an ihm aber waren seine Augen, die Augen eines verrückten Kindes, schlau und rachlustig. Man sah ihnen an, daß Bitten sie amüsieren würden (wie einer Katze zuzusehen, die erwürgt wurde). Es waren nur ein oder zwei Sekunden, in denen diese Eindrücke Zeit hatten, das Kind in mir zu zerstören, aber sie reichten aus, daß ich in einem ungehemmten Fluchttrieb an ihm vorbei zur Tür stürzte. Dann sah ich bloß noch seine Hand, eine ganz und gar nicht jungenhafte Hand.

Ich weiß nicht, wieviel Zeit verging, bis ich wieder zu mir kam. In meinen Kopf schnitt etwas, oder besser, es war, als stäke was drin, und als ich die Augen aufschlug, war es dunkel. Er hatte mir etwas um den Kopf gebunden, so daß ich nichts sehen konnte. Die Luft kam mir knapp vor. Ich konnte mich kaum bewegen, meine Hände und Füße waren aneinandergefesselt und meine Seite war kalt von den Fliesen, auf denen ich lag.

Alles tat mir weh, vor allem mein Kopf. Ich versuchte, das Handtuch runterzuschieben, aber immer wenn ich mich bewegte, wurde mir schlecht, so daß ich schließlich einfach liegenblieb. Ich begann zu weinen. Ich hoffte, daß Cora oder Angelika ihm entwischt waren, aber wenn ich ehrlich war, glaubte ich es nicht, denn wenn es einer von den beiden gelungen wäre, dann hätte sie schon dafür gesorgt, daß ich nicht hier lag, an Händen und Füßen gefesselt einem Irren ausgeliefert.

Schließlich sagte ich ein paar Mal Coras Namen, aber es kam keine Antwort und da heulte ich noch mehr. Ich begriff, daß es wirklich war, was ich erlebte, wirklich und gefährlich. Daß es vielleicht sogar das letzte war, was ich erleben würde und daß nie jemand erfuhr, wie schrecklich verzweifelt ich war und wie allein. Dann muß ich wieder ohnmächtig geworden sein, denn ich kam zu mir, als ich spürte, wie er mich in etwas einwickelte und wegtrug, die Treppe hinunter und mich dort wieder hinlegte. Ich spitzte die Ohren. Tatsächlich gab es ein paar Geräusche und dann war es, als ob etwas Schweres neben mir auf den Boden geworfen wurde, aber ich traute mich nicht zu sprechen, denn ich glaubte, daß es besser sei, wenn er mich für bewußtlos hielt. Vielleicht stellte ich mich auch einfach nur tot. Die ganze Zeit stak dieses Ding in meinem Kopf, so daß mir immer wieder schwindlig wurde. Wahrscheinlich wäre es besser geworden, wenn ich hätte sehen können, aber in der Dunkelheit gab es nichts, woran ich mich orientieren konnte. Dann fühlte ich, wie seine Hand über das Handtuch tastete. Ich spürte sie durch das Frottee auf meinem Gesicht und dann legte sich von außen etwas über meinen Mund. Er mußte mir einen Schal um den Kopf gebunden haben, so eng, daß ich kaum noch Luft bekam, dann hob er mich wieder auf. Ich hörte, wie er die Tür öffnete und sorgfältig wieder abschloß. Kühle Luft drang durch das Badetuch. Ich versuchte herauszufinden, in welche Richtung er ging. Wollte er wegfahren und mich in den Kofferraum seines Autos sperren? Ich fühlte jetzt schon, wie ich langsam erstickte, den Geruch von Gummi und Benzin in mir. Durch meine Angst verlor ich die Orientierung, obwohl er mich bestimmt nicht viel mehr als fünf Minuten trug. Ich hörte seinen Atem, schnaufend und angestrengt, aber nicht *zu* angestrengt und ich fühlte seine kräftigen Muskeln unter mir wie die eines Pferdes. Ich stellte mir vor, wie seine spitzen, vergnügten Augen aussahen. Dann wurde die Luft wieder warm. Meine Füße streiften an etwas Hartem entlang. Er legte mich ab, schloß eine Tür auf, nahm mich wieder hoch und ging noch ein paar Schritte, bevor er mich ziemlich unsanft auf den Boden gleiten ließ. Nachlässig lockerte er den Schal, den er um mein Gesicht gebunden hatte. Dann hörte ich, wie seine Schritte sich entfernten.

Als ich sicher war, daß er weg war, rieb ich so lang den Kopf über den Boden, bis ich den Schal los geworden war und versuchte dann, das Handtuch abzustreifen. Von den Bewegungen beim Tragen hatten die Stricke sich gelockert und es gelang mir, von Übelkeitsanfällen unterbrochen, mein Gesicht zu befreien. Der Raum war aber so düster, daß ich kaum etwas sah. Wehende Fetzen geisterten über mir und einen grauenvollen Moment lang glaubte ich, daß es Erhängte seien. Bis mir klar wurde, daß es sich um Kleider handelte. Sie hingen an Fäden von der Decke, über Kleiderbügel drapiert und sie bewegten sich mit der Schwerelosigkeit von Geistern. Ich riß mich von ihrem Anblick los und konzentrierte mich auf den Boden. Anscheinend war ich in einem Keller. Nicht weit von mir gab es eine Tür. Die Wände sahen sämtlich grau und kahl aus, aber überall verteilt befanden sich dunkle, ca. zwanzig bis dreißig Zentimeter hohe Ansammlungen. Ich versuchte den Strick zu lockern, mit dem meine Hände und Füße gefesselt waren, aber er hatte ihn zu gut geknotet. Als ich merkte, daß ich nicht weiterkam, robbte ich so zu einem der Haufen. Vielleicht enthielt er ja etwas, was ich benutzen konnte? Ich wußte, daß ich mich beeilen mußte. Wenn er vorgehabt hätte, mich länger allein zu lassen, hätte er meine Fesseln und den Sitz des Handtuchs bestimmt noch einmal überprüft. Ich kniff die Augen zusammen und starrte auf dieses graue Ding, dem ich am nächsten gekommen war. Es war eine Puppe mit Zöpfen, die in der Dunkelheit wie zwei gebogene Halbkreise von ihrem Kopf abstanden.

Ich hörte ihn erst, als er den Schlüssel ins Schloß steckte. So schnell ich konnte kroch ich an meinen alten Platz zurück, faßte das Handtuch mit den Zähnen und wendete den Kopf, so daß es ihn einigermaßen bedeckte. Wenn er nachsah, würde er natürlich merken, was los war, aber vielleicht sah er ja nicht nach? Immerhin war es dunkel. Ich dachte ein Stoßgebet, während sich die Tür öffnete.

Ich ging wieder rüber und holte die zweite. Mein Haus war dunkel, ich hatte nirgendwo Licht gemacht und es war alles wirklich wie früher. Bloß das Lämpchen bei Frau Matt brannte, das war nicht wie früher und es war auch nicht Sommer, leider. Damals war das Haus leer gewesen. Ich kann mich nicht erinnern, ob wir oben Licht gemacht hatten oder ob es dunkel gewesen war. Wichtig war bloß, daß meine Mutter nicht da war und daß von ihr nicht mehr zu sehen war als ihre Sachen, die mir dann immer wehrlos ausgeliefert waren, zum Beispiel ihre Duschhaube mit dem kleinen Plastikspitzenrand oder die Cremepröbchen, die sie sammelte. Diesmal hatte ich aber keine Zeit, mich um diese Sachen zu kümmern, das ging mir so durch den Kopf, während ich die zweite über die Straße trug, in die große karierte Wolldecke gewickelt. So kurz hintereinander wurde die Schlepperei richtig anstrengend und ich war froh, als ich sie ablegen konnte. Ich stand dann ein paar Minuten da und sah sie nur an, zwei dunkle, gekrümmte Rollen in einem fast dunklen Raum. Das Haus über mir türmte sich still und steinern und reglos und ich fühlte die Zeit wieder stückchenweise von mir abfallen. Ich hätte mich gern gehen lassen und gewartet, bis sie ganz versunken war, aber in einem kleinen Winkel meines Verstands glimmte etwas wie Frau Matts Lämpchen oben – das war Nr. 2 – und hinderte mich daran, nachzugeben. Nicht wegen Frau Matt. Die war so gut wie nicht vorhanden in ihrem Zimmer, in dem sie verdämmerte oder vergammelte wie ein ausgestopfter Morgenrock. Es war wegen Angelika, die noch drüben im Keller lag, in diesem mistigen, von meiner Mutter beherrschten Keller, in den ich nicht runter wollte. Ich tröstete mich damit, daß es doch eigentlich perfekt war mit den dreien, so perfekt wie noch nie, schon wegen der Kleider und daß so eine Gelegenheit bestimmt nicht so schnell wiederkommen würde, aber es kostete mich trotzdem viel Willenskraft, mich von den zwei Bündeln zu lösen und noch mal rüberzugehen. Vorher tastete ich die beiden ab. Die erste hatte ihren Schal und das Handtuch abgestreift und ich stopfte ihr ein Taschentuch in den Mund und band den Schal wieder drüber. Als ich schon auf der Straße war, fiel mir ein, daß ich noch mal hätte nachsehen sollen, ob die Fesseln saßen, aber richtig beunruhigt war ich deswegen nicht. Ich hatte gute Knoten gemacht und die in der Wolldecke war noch bewußtlos. Außerdem hatte ich nicht vor, länger wegzubleiben als nötig.

Drüben brauchte ich einen Moment, bevor ich aufschließen konnte, weil ich wieder angefangen hatte, am Daumen zu nagen; es war wie ein Zwang. Ich konnte einfach nicht aufhören und den Schlüssel aus der Hosentasche ziehen und aufschließen und so stand ich bestimmt eine oder zwei Minuten direkt vor meiner Tür und bearbeitete einen Hautfetzen, der mir auf die Nerven ging und kämpfte dagegen, bis ich es endlich schaffte, aufzuschließen. Drin wäre ich am liebsten wieder in mein Zimmer gegangen und hätte mich aufs Bett gesetzt und nichts gemacht, bis meine Mutter zurück war, aber ich ging trotzdem an der Treppe vorbei zum Kellereingang und machte die Tür auf und knipste das Licht an und atmete tief durch, diese Kellerluft, und ging die Treppe runter und bis zu der Tür, hinter der sie lag.

Dort blieb ich wieder stehen. Die Tür sieht anders aus als die hintere, aber kaum anders, als die hintere ausgesehen hat, bevor meine Mutter sie sicher machte. Es ist eine feste, glatte, dicke Holztür, nicht so ein Lattending wie in den Kellern von Mietshäusern. Ich legte das Ohr an das Holz und horchte eine Weile, so wie ganz früher, wo ich immer an der Schlafzimmertür meiner Mutter gehorcht hatte, ob sie noch atmete oder ob sie tot war, wie sie gedroht hatte. Ich hörte aber gar nichts, was ebenfalls so war wie früher, denn damals mußte ich auch immer bis zum Morgen warten, bis ich sicher sein konnte, daß meine Mutter noch lebte. Die andere Möglichkeit war, reinzugehen bis an ihr Bett, aber das habe ich nur ein- oder zweimal gemacht, weil sie dann jedes Mal aufgewacht ist und immer so befriedigt aussah, wenn sie merkte, was für Angst ich gehabt hatte und dafür haßte ich sie dann und wünschte mir oft, daß sie wirklich sterben würde und malte mir aus, was dann geschehen würde und fand es gar nicht schlecht, ehrlich gesagt.

Jedenfalls hörte ich nichts und deshalb drückte ich schließlich die Klinke und ging rein, bevor ich wieder anfing, am Daumen zu nagen, was mich immer blokkiert.

Ich sah Angelika auch gleich da liegen, unter dem Fenster, durch das die Nachtluft ungehindert eindrang, zusammen mit ein wenig Licht von der Straßenlaterne. Sie wirkte wie ein knochenloser Haufen, ein Haufen Knochen, kaum größer als meine Arrangements, aber sie wimmerte schwach vor sich hin. Sie war also nicht mehr bewußtlos, wie ich angenommen hatte und ich gratulierte mir, daß ich gekommen war, um Ordnung zu machen, bevor sie aufwachte und schrie, durch das offene Kellerfenster die Nachbarn zusammenschrie und meine schöne Inszenierung störte.

Also ging ich zu ihr und sicherte erst mal wieder den Schal, inzwischen hatte ich ja Übung. Während ich darüber nachdachte, wo noch eine Decke war, in die ich sie einwickeln konnte, musterte ich automatisch den Raum. Von der Straßenlaterne kam genug Licht, daß ich mein altes Schränkchen erkannte und den Stuhl, in dem angeblich mein Vater immer gesessen hatte. Daran konnte ich mich zwar nicht erinnern, denn mein Vater verschwand, bevor ich drei war, aber meine Mutter hat es mir mehr als einmal erzählt und den Stuhl dabei angeguckt wie einen krebskranken Verwandten, den sie aus Pflicht pflegte und am liebsten umgebracht hätte. Natürlich war es typisch für sie, daß sie ihn nicht »umgebracht« hat, zersägt und verfeuert oder wenigstens zum Sperrmüll gegeben, sondern daß sie ihn in den Keller stellte, damals, beim großen Aufräumen. Als wenn er wie eins dieser Dinge in den Märchen von Andersen darunter hätte leiden können, hundert Jahre und eine Ewigkeit. Ich bekam jetzt richtig ein bißchen Lust, mich in den Sessel zu setzen und meinen Vater zu spielen, wie er meine Mutter beobachtet, aber das machte ich doch nicht, weil Nr. 2 dagegen war. Außerdem reizte mich das Schränkchen mehr als der Sessel. Was sie wohl da drin verstaut hatte? Meine Babykleider oder Sachen von meinem Vater oder andere Sachen von mir, von denen ich nichts wußte? Es juckte mich richtig, nachzusehen, wo ich schon mal hier war. Zuerst legte ich Angelika aber noch anders hin, damit sie es bequemer hatte. Ihre Hände fühlten sich eiskalt an und als ich sie ausstreckte, stöhnte sie. Vielleicht hatte sie sich beim Fallen was gebrochen? Wie auch immer, ich mußte nachsehen, was in dem Schrank war und ließ sie deshalb liegen und ging hin.

Die Schranktür knarrte als ich sie öffnete und mir wurde flau. Dann entdeckte ich die Spiele. Es traf mich wie ein Schlag, weil plötzlich eine Menge in mir hochkam. Ich erinnerte mich, wie ich damals nach

Haus kam und die Spiele waren alle weg und meine Mutter sagte in diesem bestimmten Ton, sie habe mein Zimmer aufgeräumt und mal gründlich »ausgemistet« und die Spiele dem Roten Kreuz gegeben, »weil ich ja jetzt zu groß dafür sei«. Ich wollte sie anbrüllen, was ihr einfiel und wieso sie über meine Sachen bestimmte, aber sie sah mich nur mit diesem verkniffenen, erwartungsvollen Ausdruck an, richtig lauernd, daß ich tobte oder weinte und da ballte ich bloß die Fäuste in den Hosentaschen. Mein Hals war so eng, daß ich glaubte, ich würde ersticken, aber ich schaffte es, rauszugehen, ohne ein Wort zu sprechen. Nun, sie hatte die Spiele einfach in den Keller gebracht, statt sie dem Roten Kreuz zu geben. Schließlich wußte sie, daß ich nicht runtergehen würde. Eigentlich ist es ganz typisch, eine ihrer typischen Gemeinheiten, wie mit dem Stuhl meines Vaters. Natürlich hatte sie mitgekriegt, daß Eveline schon eine ganze Weile nicht mehr mit mir spielen wollte und wieviel es mir ausmachte. Sie wußte immer, wieviel jemand was ausmachte, dafür hatte sie einen siebten Sinn. Vielleicht waren die Sachen ja wie ein Voodoo-Ding für sie, ein Teil von uns, den sie quälte und verhexte, indem sie ihn in den Keller sperrte. Ich überlegte mir das, während ich die Spiele durchsah. Ich holte eins nach dem andern raus und wurde dabei regelrecht von Erinnerungen überschwemmt. Jedes davon hatte ich mit Eveline gespielt. Stundenlang konnten wir spielen, sogar, als sie schon vierzehn und ich dreizehn war, der letzte Sommer, an dem wir noch fast täglich zusammen ins Schwimmbad fuhren. Die letzte Zeit, als noch alles in Ordnung war und sie noch keine hohen Schuhe trug und noch die langen Zöpfe statt ihrer blöden Erwachsenenfrisur.

Es war wie eine Inspiration, diese Spiele gerade jetzt zu finden, sie waren eine Bereicherung, ein neues Element meiner Installation. Ein heißes Gefühl durchströmte mich. Ich nahm die Schachteln und brachte sie hoch. Statt einer Decke holte ich den Baumwollteppich aus der Diele, um Angelika einzuwickeln. Ich überlegte mir, wie es oben aussah und daß ich unbedingt aufräumen mußte, aber das hatte ja Zeit. Bloß ein paar Sachen durfte ich nicht vergessen und deshalb legte ich Eveline in der Diele noch mal ab. Sie stöhnte wieder, als ob ihr etwas ziemlich weh täte, aber darauf konnte ich jetzt keine Rücksicht nehmen. Sie hätte es sich früher überlegen können, ob sie so dumm erwachsen werden mußte, oder?

Ich ging also schnell noch mal hoch und nahm die Schuhe für Angelika und die von den andern und das Kleid für Angelika und stopfte alles zusammen mit den Spielen in eine Tüte. Ich wollte nicht mehr herkommen, bevor alles vorbei war. Im Zimmer meiner Mutter lagen Coras und Beatrices Sachen und das Bad sah auch nicht gut aus, aber das sah ja keiner. Schließlich würde meine Mutter diesmal nicht plötzlich heimkommen.

Ich schob mir die Tüte über den Arm und legte mir Eveline über die Schulter und dann brachte ich sie rüber, damit die Party steigen konnte.

Es war alles noch wie vorhin. Anscheinend hatte ich es mit dem Handtuch und dem Schal diesmal richtig gemacht. Mir war wieder heiß und mein Gesicht glühte. Als ich sie zu den andern gelegt hatte, setzte ich mich erst mal hin und verschnaufte. Langsam wurde es Zeit, daß Nr. 2 sich verabschiedete und ich wollte ihm die Gelegenheit dazu geben.

Es klappte wohl auch, denn ich merkte, wie ich scharf wurde. Es machte, daß ich mich gut fühlte wie in der Sonne im Schwimmbad, sexy, wie ganz am Anfang, bloß ein bißchen nervöser, weil es jetzt wirklich soweit war. Es macht mich immer nervös, wenn es soweit ist, nach all den Vorbereitungen. Bis ich richtig dabei bin, aber das ist ja nicht schlimm, weil mir ja keiner zusieht und ich tun kann, was ich will, wenn ich die Szene nur aus dem richtigen Blickwinkel betrachte. Ich stand also auf und zündete die Kerzen an. Ich hatte sie schön an den Wänden entlang verteilt und ein paar um meine Erinnerungen. Ich nehme immer dicke, ungefähr fünfzehn Zentimeter hohe, gelbe Kerzen, die sehen richtig gut aus. Ich stelle sie auf irgendwas drauf, so daß sie zwischen einem halben und einem ganzen Meter über dem Boden sind, und ich nehme genug, daß man alles schön sehen kann, ohne daß das Licht grell wird, weil Mädchen das nicht mögen, grelles Licht. Der Keller sah gleich ganz anders aus, festlich und romantisch. Jetzt konnte ich meine Arrangements zum ersten Mal richtig begutachten, ob sie so wirkten, wie ich es mir vorgestellt hatte. Zentral bleiben natürlich Evelines Sachen, ich bin eben ein treuer Typ. Aber ich vergesse die andern auch nicht und ich gebe mir mit ihnen ebenfalls viel Mühe, das kann keiner bestreiten.

Ich sah mir alles eine Weile an und eigentlich war ich wirklich zufrieden, aber dann nahm ich doch noch das Honigglas und tröpfelte ein bißchen was über die Fotos, die ich von Marianne gemacht hatte, das war ich ihr schuldig, weil sie so süß war.

Schließlich seufzte ich und wickelte Beatrice aus dem Teppich. Immerhin war es doch erst die Bühne, und die Darstellerin war noch nicht auf ihrem Platz. Sie stellte sich tot, als ob sie nicht abwarten konnte, bis es soweit war. Ich lächelte sie an, als sie endlich die Augen aufschlug.

Ich versuchte es, bis mir klar wurde, daß es nicht klappen würde. Dann gab ich auf und öffnete die Augen. Plötzlich war es so, daß ich es nicht nur tun konnte, sondern auch tun mußte. Vielleicht weil es unsere Macht ist. Weil wir, wenn wir denken, wenigstens die Macht haben, zu begreifen was geschieht, statt es nur zu erdulden. Das ging mir durch den Kopf, während ich im flackernden Kerzenlicht alles betrachtete. Ich fühlte mich wie betäubt von diesem Licht und den seltsamen Dingen, die darin zu einem unheimlichen Leben erwachten. Mein Wille war wie ausgelöscht, alles erschien mir so hoffnungslos und seine Gestalt, die vor dem Kerzengeflacker über diese Haufen aus Spielzeug und Knochen, Kleidern und Fotos tanzte, wirkte auf mich wie die eines Wilden bei einem schrecklichen Ritual. Ich begriff, daß er taub war für alles, was nicht zu diesem Ritual gehörte und daß er mich gar nicht sah, jedenfalls nicht MICH.

Sein Gesicht glänzte vor Schweiß, ich roch ihn, als er mich nahm und aufsetzte. Er sprach kein Wort dabei, er lächelte nur so verwegen und in sich gekehrt. Wie eine Mahnung hob er den Zeigefinger, bevor er mir den Schal und den Knebel abnahm und mit unheimlicher Geschicklichkeit einen breiten Klebestreifen über meinen Mund klebte. Er löste mir die Fesseln und bog meine Beine, bis ich im Schneidersitz in der Mitte des Kellers saß, dann fesselte er mich wieder. Das Handtuch faltete er sorgfältig und schob es mir wie ein Kissen unter. Danach zupfte er mir das Kleid zurecht und die Haare und starrte mich mit zur Seite gelegtem Kopf an wie ein Vogel, bevor er pickt. Endlich wandte er sich ab und wickelte Cora aus. Ich beobachtete, wie er dasselbe mit ihr tat, während der Schweiß mir die Seiten herunterrann. Der Knochen in dem Haufen links neben mir bleckte. Um ihn herum waren Fotoschnipsel verteilt und auf einem davon erkannte ich ein halbes Mädchengesicht. Wahrscheinlich hatte ihr das Plastikportemonnaie mit den Disney-Figuren gehört, das dabei lag. Mein Herz wurde eng, während ich versuchte, den Gedanken an den Knochen zurückzudrängen. Ich blinzelte nach den Bestandteilen einer anderen dieser schrecklichen Fetischinseln. Mein Herz setzte wirklich kurz aus, als ich meine Haarbürste erkannte, die ich schon eine ganze Weile vermißt hatte und gleich daneben die Söckchen von Angelika. Inzwischen hatte er Cora mir gegenüber hingesetzt, genau wie mich mit gekreuzten Beinen und genau wie bei mir zupfte er ihr das Kleid zurecht, so daß es rund um sie herum lag.

Offensichtlich war sie zu sich gekommen. Sie starrte mich an mit Augen wie große Kohlenstücke. Mit ihrem Klebeband über dem Mund sah sie in dem unruhigen Licht aus, als sei die ganze untere Hälfte ihres Gesichts geschlossen, als habe sie keinen Mund. Ich wußte, daß ich genauso wirkte. Er hatte uns die Sprache geraubt, uns zu Dingen in seiner Geschichte bestimmt, ohne eigene Kraft oder Willen. Ich versuchte, Cora mit den Augen Zeichen zu geben, daß sie die Sachen um uns herum ansehen sollte, vielleicht weil es der einzige Widerstand war, den wir leisten konnten; darauf beharren, daß er verrückt war. Aber sie starrte mich nur an wie ein Gespenst. Er zog jetzt Angelika an, die er aus einer Art Teppich gewickelt hatte. Er machte es weder vorsichtig noch grob, eigentlich so, als sei Angelika eine Puppe, als gehöre es nicht zum Spiel, was er gerade tat und als wolle er es deshalb möglichst schnell hinter sich bringen, damit es weiterging.

Ich hörte sie stöhnen, als er sie bewegte. Er streifte ihr ein Kleid über wie Cora und ich es anhatten. Ich erinnerte mich, daß es auch im Schrank gewesen war. Es war blau und hatte einen weißen Kragen, aber keine Ärmel und sah aus wie ein Kleid, das man in die Kirche anzieht oder wenn man zu einer langweiligen Erwachseneneinladung geht. Als er Angelika schließlich zu uns setzte, kippte sie mehrmals um. Aber er richtete sie unermüdlich auf, ohne die Geduld zu verlieren, und schließlich blieb sie wirklich sitzen, mit geschlossenen Augen, die Beine gekreuzt wie wir. Trotz des fackelnden Lichts erkannte ich Würgemale an ihrem Hals über dem adretten Kragen und als ihr Kopf, der unsicher schwankte, sich einmal nach hinten legte, sah ich zwischen ihren fast geschlossenen Lidern das Weiße. Er stand jetzt eine Weile nur so da mit seinem schiefgelegten Kopf und betrachtete unsere Gruppe und lächelte richtig entzückt. Wir bildeten einen fast geschlossenen Kreis auf dem Boden, wie Kinder, die sich zum Spielen zusammengesetzt haben, bloß eine Lücke gab es noch und es gehörte wenig Phantasie dazu sich vorzustellen, wer sie besetzen würde. Er kramte geschäftig herum und holte die Sachen, die ich vorhin als unsere erkannt hatte, die Haarbürste und die Söckchen und ein Schulheft von Cora und anderes, bei dem ich eine Weile brauchte, bis ich kapierte, was es war. Ein Grasbüschel, das schon ziemlich vertrocknet wirkte, war darunter und ein kaputtes Gummi, mit dem man Gepäck auf dem Fahrrad befestigt und dann legte er eine Pappschachtel auf alles drauf und ganz zuletzt stellte er die drei paar Schuhe, die zu unseren Kleidern gehörten, vor uns hin. Die Haare fielen ihm ins Gesicht und seine Hände spielten nervös und sehr geschickt mit einem Nylonseil.

7

Damals hatte ich keine Ahnung. Ich schwöre, daß ich keine Ahnung hatte. Er war immer so lieb zu Eveline, und sie kannten sich ja auch schon ewig und außerdem war es so ein Schlag für mich, als sie verschwand, daß ich zehn Jahre brauchte, um mich einigermaßen damit abzufinden, daß sie weg war und wahrscheinlich nie mehr wiederkommen würde. Nie mehr.

Es macht mich heute noch verrückt vor Kummer und schnürt mir die Kehle zusammen und ich weiß, daß ich ganz allein bin mit diesem unmenschlichen Schmerz, der mein Herz wie ein widerstandsloses Stück Stoff dreht, so daß mir jetzt noch manchmal ein Laut aus der Kehle schlüpft, so ein kleiner Laut ohne Sinn, wie bei einem eigentlich stummen Tier, dem die äußerste Not einen Ton abpreßt. Als sei der Anfang der Sprache nichts als Schrecken und die Erfahrung, daß Schrecken und Leben dasselbe sind. Bis auf eine kurze Zeit in meiner Jugend fand ich eigentlich immer, daß Leben Schmerz bedeutet, Anstrengung und am Ende Enttäuschung, weil alles einen verläßt, was man liebt. Es gibt kein Wort dafür, wie ich Eveline liebte. Sie war so anders als ich. Es war, als hätte ich etwas geschaffen, das tauglicher ist, in der Welt zu bestehen, als ich es war, tauglicher zum Glücklichsein.

Ich bewunderte sie schon als sie ein kleines Kind war. Sie schien den Schmerz kaum zu kennen und wenn ihr tatsächlich etwas wehtat, reagierte sie mit kaltem Zorn und Verachtung. Sie war das schönste kleine Mädchen, das ich je gesehen hatte. Ihre Schönheit war ihr schon als Kind so selbstverständlich, daß sie über ihre Wirkung mit gerunzelten Brauen hinweg-ging, den Blick mit einem Schulterzucken ins Weite gerichtet, als wolle sie sagen: Starr mich an, wenn du willst, aber steh mir nicht im Weg. Sie war zart, richtig dünn, dabei fest und biegsam, blond und hell, ganz anders als ich. Viele behaupten, auch ich sei früher schön gewesen, aber selbst wenn sie recht haben, dann war es eine andere Schönheit, so eine scheue, eher heimliche Schönheit und ich bin dann auch recht schnell in die Breite gegangen, na ja, das ist ja auch nicht mehr wichtig. Bei Eveline sah man gleich, daß sie nie in die Breite gehen würde, niemals, und daß ihre Schönheit nie scheu sein und sich verstecken würde. Sie war zielstrebig und eigenwillig, was viele Männer ja eigentlich erschreckt, aber manche zieht es auch an, und der Schönheit verfallen sie alle. Nun, ihr Vater mochte lieber das Scheue, womit ich nicht sagen will, er sei nicht ernsthaft gewesen, oder zielstrebig. Aber wir hatten so wenig Zeit, uns kennenzulernen. Er mußte zur Wehrmacht und verschwand dann irgendwo in Rußland an einer endlosen Elendsstrecke aus Eis und Schnee, Feuer und Stahl. Was genau passiert ist, habe ich nie herausgefunden. Man teilte mir mit, daß er vermißt wurde und leise und gnadenlos gefror dieses Wort zu einer Tatsache, die doch nie die Sicherheit letzter Gewißheit bekommen konnte. Eine ganze Weile hoffte ich noch, daß er zurückkommen würde, plötzlich da wäre wie ein Gespenst, aber dann wieder hatte ich Alpträume, wie er irgendwo bei einem dieser Elendsmärsche einfach umfiel und die andern an ihm vorbei weiterliefen und weiterliefen, bis er allein zurückblieb, von allen verlassen und darauf wartete, daß ich auftauchen würde, um ihn zu retten, so wie die Jungfrau Maria mit einem warmen, großen, blauen Mantel, der die Kälte und das Elend aufnahm und in etwas Wundervolles verwandelte, in wundervolle Geborgenheit. Ja, so unsinniges Zeug überlegt man sich. Es war eben einfach das, was ICH an seiner Stelle geträumt hätte, während ich einsam und langsam in Schnee überging, aber vielleicht war ja alles ganz anders für ihn. Eveline vermißte ihn, glaube ich, auch sehr, obwohl sie ja noch klein war damals und wir genug Sorgen hatten, die uns in Atem hielten. Jedenfalls führte Walters Verschwinden dazu, daß sie weitgehend ohne Vater aufwuchs, genau wie Patrick, wenn auch aus anderen Gründen, und damals dachte ich immer, daß das die beiden zusätzlich verband und daß es ihnen gut tat, obwohl sie ja nie darüber redeten, soweit ich das mitbekam. Nun ja, man muß auch nicht über alles laut reden, bestimmt verständigten sie sich ohne Worte über ihren heimlichen Kummer, während sie die Bäume hochkletterten oder in Evelines oder Patricks Zimmer mit ihren Sachen spielten. Meistens waren sie ja bei uns und Patrick brachte seine Spiele mit. Patricks Mutter war nicht ganz einfach, in diesem Punkt hat er es immer schwer gehabt. Obwohl ich nicht den Eindruck hatte, daß Eveline sich von ihr einschüchtern ließ. Sie kam ganz gut mit Patricks Mutter zurecht, vielleicht sogar am besten von uns allen. Sie starrte ihr einfach mit einer ausdruckslosen Miene ins Gesicht und manchmal kam es mir fast so vor, als ob Patricks Mutter Respekt vor ihr hatte, ein bißchen wie bei einer Rivalin, denn Evelines Macht wuchs mit jedem Tag und Patricks Mutter wirkte doch schon ziemlich verbittert mit zwei scharfen Falten von den Nasenflügeln zu den Mundwinkeln, obwohl sie auch eine hübsche Frau gewesen war, das sah man. Ich kam nicht so gut mit ihr aus, auch wenn ich zugeben muß, daß sie eine Menge Pech hatte. Der Mann, den sie sich ausgesucht hatte, war ein stumpfer und gleichgültiger Kerl, der am liebsten mit ein paar Flaschen Bier zuhause saß und Zeitung las oder im Kino verschwand. Es mußte sie einfach krank gemacht haben bei ihrem Ehrgeiz und den Verhältnissen, aus denen sie kam, als sie erkannte, daß die Zeit durch sie hindurchging und daß sie älter wurde, ohne eins ihrer Ziele erreicht zu haben. Ich weiß nicht genau, was geschah, aber eines Tages wurde mir bewußt, daß ich ihn schon eine ganze Weile nicht mehr gesehen hatte und er tauchte dann auch nicht wieder auf. Ich habe nie gewagt, Patricks Mutter zu fragen, was passiert war. Sie war nicht der Typ, den man nach persönlichen Dingen fragt, sie hatte immer etwas Distanziertes und Herrschsüchtiges und ich dachte oft, daß Patrick es nicht leicht mit ihr hatte. An seinen Vater wird er sich wohl kaum erinnern können, aber unsichtbar war er natürlich gegenwärtig, nämlich in Patrick, der ihm ziemlich ähnlich sah; wahrscheinlich betrachtete seine Mutter ihn deshalb als ihren Widersacher, den es auszutilgen galt. Ich hatte immer den Eindruck, daß sie ihren Sohn als ihr Eigentum ansah, daß er ganz und gar das Ergebnis ihrer Erziehung und ihres Einflusses sein sollte und daß es sie krank machte, eines Tages zu entdecken, daß er trotz aller Fügsamkeit einen eigenen Willen hatte, der sich nicht völlig beherrschen ließ.

Patrick war eigentlich ein lieber Junge. Ich finde ja fast alle Kinder lieb, Kinder sind für mich etwas ganz Besonderes und Beglückendes, etwas, dem ich mich ganz und gar hingeben kann, und ich habe Eveline wirklich alles gegeben, was ich konnte. Mein Mann hat immer gesagt, ich sei blind für die Fehler anderer. Da ist vielleicht was dran, aber ganz stimmt es nicht. Ich finde nur, daß es nicht unbedingt meine Sache ist, zu urteilen und ich gehöre auch nicht zu denen, die immer alles, was sie denken, verkünden müssen und außerdem bin ich schwach. Das weiß ich sehr wohl, auch wenn die Leute immer glauben, ich wüßte es nicht und es mit Dummheit verwechseln. Im Lauf der Jahre bin ich sogar immer schwächer geworden, vor allem nach Evelines Verschwinden trugen mich meine Beine kaum noch und obwohl ich alle Leute schrecklich fand, ganz schrecklich und sie am liebsten angeschrien hätte, warum ihnen Evelines Verschwinden eigentlich so gleichgültig sei, sagte ich nichts und nahm ihre Neugier und falsche Anteilnahme einfach hin, wie ich das ganze Leben hingenommen hatte; es war eben so für mich bestimmt.

Natürlich merkte ich in den letzten zweieinhalb Jahren, daß sie sich ein wenig entfremdet hatten. Manchmal kam Patrick rüber und setzte sich zu mir und unterhielt sich ein bißchen mit mir oder half mir im Garten, wenn Eveline nicht da war. Es war klar, daß er die ganze Zeit darauf hoffte, daß sie auftauchen würde und irgendwas mit ihm machen, so wie früher, aber sie hatte dazu keine Lust mehr. Es war auch ein bißchen komisch, daß Patrick immer dasselbe machen wollte, dasselbe, was sie mit zehn und zwölf und vierzehn gemacht hatten, immerhin wurde er ja auch älter, nicht nur Eveline. Damals war sie eine echte Prinzessin, launisch und schnippisch. Manchmal stand sie ein paar Minuten bei mir in der Küche wie ein schöner Schmetterling, bevor sie abschwirrte, ohne ein Tröpfchen Schweiß auf ihrem glatten Hals, nicht mal an den heißesten Sommertagen. Die Jungs standen Schlange nach ihr, das konnte niemand entgehen und ich hoffte bloß, daß sie sich den richtigen aussuchte und bei all ihrer kühlen Überlegenheit nicht von einem älteren, kaltschnäuzigen, mit allen Wassern gewaschenen Routinier zerstört wurde, denn, wie gesagt, sie war eine richtige Prinzessin und eigentlich furchtbar empfindlich, wie aus Glas.

Das waren damals so meine Gedankengänge, diese beiden und Evelines andere Verehrer und Patrick tat mir wirklich oft leid, wenn er so jungenhaft und irgendwie idealistisch, wenn auch ein wenig verquer, meine Kirschen pflückte oder sogar für Eveline etwas nähte, was für einen Jungen ziemlich ungewöhnlich war. Ich versuchte ein paar Mal, mit Eveline darüber zu reden, mit diesen einfachen Worten, in denen ich immer mit ihr geredet hatte, denn ich finde, daß die einfachen Worte und Sätze sehr gut dazu taugen, die wesentlichen Dinge des Herzens zu sagen und Eveline wußte wohl, daß es böse war, wenn sie dann tat, als ob sie mich nicht verstünde oder naiv fände. Genützt hat es jedenfalls nichts.

Patricks Mutter wirkte zu dieser Zeit irgendwie verrückt, obwohl es mir schwer fällt zu sagen, warum. Sie sah immer korrekt aus in ihren geraden Röcken und den engen Pullovern aus dünner Wolle und mit Pumps, wenn sie zum Einkaufen ging oder die Rosen schnitt oder die Stufen vor dem Haus wischte. Wir grüßten uns und manchmal wechselten wir auch ein paar Worte, aber sie bat mich nie herein. Ein paar Mal kratzte sie sich, während wir sprachen, blitzschnell völlig unvermittelt an einer kleinen Stelle am Hinterkopf, wie besessen von einem nervösen Juckreiz. In diesem Moment erschien sie mir hoffnungslos irrsinnig. Einmal bemerkte ich, daß sie dort blutete, der schreckliche Tick mußte sie also dauernd quälen, aber das war ja alles nichts, was man jemandem vorwerfen kann, nichts, was richtig auffällt.

Ja, und Patrick hatte sich auch verändert, heute weiß ich erst, wie sehr. In seiner leidend-naiven Jungenhaftigkeit steckte schon ein haßerfüllter, gieriger, herrschsüchtiger Mann. Heute glaube ich, er versuchte es eben zuerst mit der Methode, die seine Mutter ihm andressiert hatte und daß er immer nervöser wurde, weil er allmählich begriff, daß es nicht funktionierte. Irgendwie erwartete er wohl auch von mir, daß ich ihm half, aber ich konnte ihm nicht helfen und Patrick mußte irgendwann verstehen, daß Eveline nicht zu den Mädchen gehört, bei denen es etwas nützt, sie unter Druck zu setzen, ganz anders als bei mir. Vielleicht war sie auch wirklich ein wenig grausam, wenn sie so am Zaun stand, und gegenüber sah ich Patrick am Fenster, der hinter dem Vorhang hervorlugte, aber letztlich hatte sie wahrscheinlich recht. Ich vermutete, daß zwischen den beiden etwas vorgefallen war, worüber sie eben nicht sprechen wollte, so war sie nun mal. Patrick war krank, es war wahrscheinlich schon zu spät, ihm zu helfen und wenn, dann hätte sich ein Profi darum kümmern müssen und nicht eine siebzehnjährige Prinzessin. Wie soll man ausgleichen, was dreizehn oder vierzehn Jahre grausamer Erziehung angerichtet haben? Es ist einfach unmöglich, aber ich hätte es trotzdem nie geschafft, ihn fallen zu lassen. Vielleicht war er krank, aber er war doch irgendwo ein lieber Junge, dachte ich.

Er war still, ich sah ihn fast nur mit gesenktem Kopf, nachdem Eveline verschwunden war. Natürlich kam die Polizei und hörte sich in der Gegend um und sie befragten auch Patricks Mutter und Patrick, aber nach einer Weile verlief die Untersuchung im Sand. Man ging davon aus, daß Eveline abgehauen war, um ihr eigenes Leben zu leben, immerhin war sie ja schon siebzehn. Natürlich bin ich von Pontius zu Pilatus gelaufen, aber es hat nichts genützt. Nach den ersten

Wochen hörten mir alle bloß noch mit so einem milden Lächeln zu, als sei ich eine arme Irre, die nicht begreifen wollte, daß ihre Tochter lieber ihr eigenes Leben lebte und mit ihrer alternden Mutter nichts mehr zu tun haben wollte. Ich habe sie angefleht, weil ich sicher war, daß Eveline etwas passiert sein mußte, aber die allgemeine Meinung und die Gleichgültigkeit und der Alltag sind starke Gegner und irgendwann begann ich selbst halb zu glauben, was alle sagten. Ganz heimlich hoffte ich auf ein Lebenszeichen von Eveline, aber die Jahre vergingen, die Häuser bekamen neue Anstriche, die Gardinen und die Autos änderten sich, Patrick verließ unser Viertel und das Leben löste sich einfach im Licht der Tage auf. Mit Evelines Verschwinden hatte für mich das Sterben begonnen.

Als Patrick zurückkam, war ich schon ziemlich weit damit. Die Gicht hatte ihre knochigen Finger um mich geschlossen und sie preßte sie langsam enger zusammen. Manchmal fühlte ich mich wie eine lebende Tote oder eine versteinerte Untote und ich kann mich nur wundern, wie sich die Schmerzgrenze immer noch weiterschieben läßt, auch wenn man längst glaubt, daß man es nicht mehr aushalten kann. Oft war jede einzelne Stelle in meinem Körper Schmerz, aber am Schlimmsten war seine Vitalität. Er war nichts als Leben, bösartig tobendes Leben von vormenschlicher Kraft, das sich an mir vergnügte wie ein Hund an seiner Beute, mich im Maul schüttelte, bis der letzte Rest Individuum verschwunden war. Von meinen früheren Nachbarn waren inzwischen nicht mehr viele übrig und für die Leute, die nachgezogen waren, war ich nur eine hinfällige und überflüssige Frau, die sie kaum zu Gesicht bekamen. Natürlich konnte ich das Haus nicht mehr richtig pflegen, ich bewohnte nach und nach immer weniger Zimmer, aber weg wollte ich nicht, ich dachte, ich würde es schon noch aushalten, bis es mit mir vorbei war. Dann tauchte Patrick auf. Es war, als würde die Vergangenheit wiederkehren, fast ein bißchen, als würde Eveline wiederkommen und manchmal stellte ich mir heimlich vor, daß sie ihn geschickt hatte, damit er sich um mich kümmerte.

Nun bin ich eine kranke Frau, nur mittelmäßig gebildet, aber ich bin nicht dumm, trotz meiner Schwäche. Ich hatte viel Zeit, die Menschen zu beobachten. Ich wollte gern noch ein bißchen träumen, von einer Zeit träumen, die es nur noch in meiner Erinnerung gab und ich dachte, daß Patrick mir dabei Gesellschaft leisten würde. Nachdem seine Mutter tot war, wurde er ziemlich schnell bei mir heimisch und half mir bei vielen Sachen. Aber obwohl ich mehr als bereit war, nur das Beste in ihm zu sehen, merkte ich, daß es mit ihm nicht stimmte.

Nicht weil er mir Alkohol an die Desserts mischte. Das schmeckte ich zwar sofort und mir war klar, daß er es tat, obwohl er über meine Diabetes Bescheid wußte, aber das nahm ich noch als heimliche Machtlust hin und ich dachte es bliebe im Rahmen, eine gemäßigte Bösartigkeit, die sich keine Rechenschaft ablegt. Er hatte mich ja gleichzeitig gern, das spürte ich sehr wohl, und sein Bedürfnis, bei mir die Vergangenheit wiederauferstehen zu lassen, war vermutlich nicht weniger stark als meins. Auch als er heimlich begann, das Haus zu inspizieren, interpretierte ich das noch als sentimentale Geste. Wir sprachen ja nie über Eveline, aber sie war doch immer gegenwärtig, für ihn wie für mich.

Nein, was mich mißtrauisch machte, war etwas Irreales.

Es gibt ja für jede Merkwürdigkeit eine Menge vernünftiger Erklärungen, aber es gibt auch immer noch den Instinkt, der uns sagt, daß sie alle falsch sind. Pseudovernünftig. Wenn Patrick wiedergekommen wäre als verklemmter Sonderling, wäre ich nicht mißtrauisch geworden, schließlich kannte ich seine Geschichte. Neurotisch wirkte er zwar schon, aber auch seltsam vergnügt und selbstsicher. So offensichtlich von sich überzeugt, so zufrieden mit sich und mit seiner Wirkung. Natürlich dauerte es eine Weile, bis ich diesen Gedanken in mir zuließ, es war so angenehm, daß jemand da war. Nicht zuletzt deshalb saß ich oft am Fenster und sah zu Patricks Haus und stellte mir mit diesem leisen Wahn, den man sich im Alter erlaubt, vor, daß Eveline plötzlich drüben aus der Tür käme. Ich sagte, ich stellte es mir vor und deshalb glaubte ich zuerst tatsächlich, daß es Einbildung sei, eine herbeigewünschte Vision, als ich das Mädchen zum erstenmal sah. Von Weitem sah sie Eveline ziemlich ähnlich, sie hatte genauso blonde Zöpfe und war schlank und bewegte sich ein wenig verträumt, als sei sie in Gedanken woanders. Im ersten Moment wollte ich aufspringen und sie anrufen, dann schloß ich die Augen, damit die Vision verschwände, denn ich merkte, wie mir die Tränen kamen. Als ich sie wieder öffnete, ging sie die Straße entlang, und erst da begriff ich, daß sie wirklich da war, ein Mädchen, das Eveline ähnlich sah, aber nicht Eveline war, und das aus Patricks Haus gekommen war.

Natürlich mußte das nichts bedeuten. Wie gesagt, es gibt die vernünftigsten Erklärungen für die verrücktesten Sachen, trotzdem ließ die Beobachtung ein winziges Korn des Mißtrauens in mir zurück. Was hatte eine dreizehn- oder vierzehnjährige bei Patrick zu suchen? Bei einem Mann, der schon über dreißig war? Es war reiner Zufall, daß ich sie gesehen hatte, normalerweise schlief ich nachmittags zwei, drei Stündchen und hörte zwischendurch Radio. Aber damals hatte der Arzt mir eine neue Sorte Tabletten verschrieben und ich fühlte mich munterer als sonst. Ich hatte mir angewöhnt, einen Kaffee zu kochen, wenn Patrick gegangen war und am Fenster zu sitzen, den Stuhl ein wenig abgerückt und die Gardine halb vorgezogen, so daß man mich nicht sah.

Die Mädchen kamen und gingen regelmäßig, still, unauffällig. Es waren drei, alle ungefähr im selben Alter und ich fand, jede von ihnen hatte was von Eveline. Vielleicht bilde ich mir das Letzte ja nur ein, aber mir kam es eben so vor. Die Blonde mit den Zöpfen sah ihr äußerlich am ähnlichsten, aber die mit den langen dunklen Haaren hatte Evelines Unbeirrbarkeit und die Goldbraune, die war vielleicht so, wie Eveline mal hätte werden können, wenn sie ihre Prinzessinenphase hinter sich gebracht hätte. Je öfter ich sie sah, desto mysteriöser erschien mir das Ganze.

Wenn sie im Haus waren, starrte ich auf die Mauern und Fenster, als könnte plötzlich eine Wand hochklappen und das Innere zeigen. Im Lauf der Zeit begann die Beobachtung mich immer schwerer zu belasten. Wenn ich die Mädchen sah, wurde ich unruhig und ich überlegte mir mehr als einmal, ob ich sie rufen und zu mir bitten sollte, aber das wagte ich dann doch nicht.

Sie taten, was sie taten, wie Eveline ja auch immer getan hatte, was sie für richtig hielt und ich war bestimmt nicht die einzige Erwachsene, mit der sie hätten sprechen können, wenn sie nur wollten. Es mußte Gründe geben, die ich nicht durchschaute, warum sie Patrick besuchten.

Ich dachte an Eveline, die ihn nicht mehr hatte besuchen wollen.

Nun, Patrick war älter geworden. Er hatte studiert und soweit ich es beurteilen konnte, war er nicht dumm. Und er hatte das Unsichere und Geduckte abgelegt, das ihn als Junge so schwierig gemacht hatte und diese falsche Selbstsicherheit erworben, die auf kleine Mädchen vielleicht echt wirkte oder jedenfalls interessant. Der schreckliche Verdacht, daß etwas passierte, was mit Evelines Vergangenheit zu tun hatte, hatte sich da schon in mir festgesetzt. Ich sah die Chance, etwas aufzuklären, was ohne mich nie mehr ans Licht kommen würde; die Chance, Eveline zu rechtfertigen; die Chance zu verhindern, daß es wieder geschah. Nachdem sich meine erste Aufregung gelegt hatte, war es, als sammelten sich meine Lebenskräfte noch einmal für diese Aufgabe. Ich wußte, ich mußte vorsichtig sein und ich wurde, das sage ich nicht ohne Stolz, mehr als das: ich wurde raffiniert. Ich hörte auf, Patricks Desserts zu essen und achtete darauf, mein Insulin in einer möglichst exakten Dosis zu spritzen.

Die Desserts löffelte ich in eine Plastiktüte, wenn er nicht hinsah und versteckte sie später unter dem Müll in der Küche. Natürlich fiel es mir schwer, mich zu bewegen, aber meine neue Aufgabe gab mir Kraft, und ich entschädigte mich für die Anstrengung, indem ich mich in Patricks Gegenwart umso hinfälliger benahm. Manchmal fühlte ich mich richtig schlecht deswegen, aber meine Abneigung gegen Heuchelei verging, wenn ich an Eveline dachte. Daran, daß jeder sie in schlechter Erinnerung behalten hatte. Daß dies von ihrem Leben in den Köpfen der Leute zurückblieb, während ihr Mörder als gutgelauntes Monster weiterlebte. Ja, irgendwann sprach ich es sozusagen zum erstenmal laut in mir aus: daß Eveline tot und daß Patrick wahrscheinlich ihr Mörder war.

Er trieb sich immer länger im Keller herum. Während er glaubte, ich dämmere vor mich hin, lauschte ich auf die leisen Geräusche, die zu mir drangen. Ich begriff, daß er den Keller für etwas vorbereitete und von da an konnte ich sein Haus nicht mehr ansehen, ohne daß mein Blick an den Kellerfenstern hängenblieb.

Dann beobachtete ich die Sache damals, wie das Mädchen mit den blonden Zöpfen aus Patricks Haus kam und mit der andern wegrannte. Es war eine willkommene Gelegenheit, Patrick zu testen. Ich vermutete, daß er auch für mich gefährlich werden könnte, wenn mein Verdacht begründet war, wenn er merkte, daß ich etwas ahnte. Aber was hatte ich zu verlieren? Trotzdem werde ich nie vergessen, wie er damals meinen Nacken massierte. Ich spürte die verhaltene Kraft seiner Hände und seinen nachdenklichen Blick auf meinem Kopf, aber ich hielt meine Rolle durch und ich wagte sogar einen Appell, um ihm eine Chance zu geben. Die Chance, seine Schuld zu erkennen und einzugestehen und freiwillig das Urteil der andern zu ertragen, was meiner Meinung nach das ist, was ein Mensch, der diesen Namen verdient, tun muß, wenn er etwas so Schreckliches gemacht hat, wie ich es bei Patrick vermutete.

Auf der anderen Seite überlegte ich mir, daß ich, wenn ich ihm meine Beobachtung erzählte, seine Absichten wahrscheinlich beschleunigen würde, wenn ich sie nicht verhinderte. Wenn die Mädchen sich ohne sein Wissen bei ihm einschlichen, mußten sie auch einen Verdacht haben und deshalb würde Patrick handeln. Mein Appell an seine Einsicht war vergeblich gewesen, aber ich spürte, daß meine Erzählung der Funken war, der die lang gelegte Zündschnur von Patricks Plänen in Brand setzte. Von da an beschleunigte ich meine Vorbereitungen und ich wagte es kaum noch, mich vom Fenster wegzurühren, um die entscheidenden Stunden nicht zu versäumen. Zwei oder dreimal hörte ich ihn im Keller singen. Entweder fühlte er sich völlig sicher und hielt mich für taub und blind, oder seine Selbstkontrolle nahm ab. Vielleicht war er aber auch nur sorglos, weil er immer erfolgreich gewesen war? Weil niemand sich um etwas kümmert, wenn es ihn nicht gerade selbst betrifft.

Ich sah, wie er wegfuhr, scheinbar unbekümmert, aber die umständliche Art, wie er aus der Parklücke steuerte, verriet mir, daß er nervös war. Es dauerte nicht lang, da tauchten die Mädchen auf. Wie Klavierschülerinnen wanderten sie mit gesenkten Köpfen die Straße entlang und verschwanden hinter seiner Gartentür. Zur Haustür gingen sie nicht, und wegen der Hecke konnte ich nichts mehr sehen, aber die Mädchen blieben verschwunden. Vermutlich waren sie auf irgendeine Weise ins Haus gekommen und ich geduldete mich, so gut ich konnte, obwohl mein Herz heftig klopfte und ich am liebsten aufgesprungen und rübergegangen wäre. Dann tauchten plötzlich zwei der Mädchen oben am Fenster auf. Sie sahen verändert aus. Ich brauchte ein paar Sekunden, um zu begreifen, warum, aber dann traf es mich wie ein Schlag. Sie trugen Evelines Kleider. Die Kleider, die Patricks Mutter mir nach ihrem Verschwinden abgeschwätzt hatte, »um es mir leichter zu machen«. Es versetzte mir einen Stich mitten ins Herz, sie nach so langer Zeit wiederzusehen. Meine Lippen preßten sich aufeinander und mein ganzer Kiefer verkrampfte sich vor Haß. Patricks Mutter und er hatten all die Jahre Evelines Kleider gehütet, ihre schönen Kleider, die ich in einem Anfall von Schwäche und blindem Kummer weggegeben hatte. In diesem Moment wurde ich mir sicher, daß sie unter einer Decke gesteckt hatten: Patricks verrückte Mutter und ihr mörderischer Sohn.

Die Mädchen verschwanden schnell wieder hinter der Gardine, und dann passierte ziemlich lange nichts, aber die Sache mit den Kleidern hatte mir die ganze Vergangenheit zurückgebracht, und die Zeit verging wie im Flug. Ich fuhr zusammen, als ich ein Geräusch unter mir hörte. Patrick mußte zurückgekommen sein, ohne daß ich es bemerkt hatte, und war jetzt in meinem Keller, nur wenige Meter unter mir. Ich horchte gespannt. Wenn er hochkam, mußte ich mich schlafend stellen. Ich war so aufgeregt, daß ich zweifelte, daß es mir gelingen würde und ich bekam Angst, im letzten Moment könnte alles noch schief gehen. Aber dann sah ich ihn plötzlich mit ein paar langen Schritten die Straße weiter oben überqueren, dort, wo die Kinder ihn nicht erwarten konnten, denn er war ja mit dem Wagen weggefahren und mußte wegen der Einbahnstraßenregelung aus der andern Richtung auftauchen. Lautlos wie ein böser Geist hatte er den Keller verlassen und beinah hätte ich ihn übersehen, denn das Überqueren der Straße war eine Sache von ein paar Sekunden und es wurde schon dunkel. Wie ein Schatten verschwand er in einem Garten und egal, wie sehr ich mich anstrengte, die nächste halbe oder Dreiviertelstunde sah ich nichts als die Dunkelheit und die fliegenden Blätter einer Herbstnacht.

Ich tastete nach dem Tablett, das ich unter der Decke versteckt hatte, ob alles da war, wie ich es vorbereitet hatte. Am liebsten hätte ich das Lämpchen im Zimmer ausgeschaltet, dann hätte ich besser sehen können, was draußen vorging, aber ich hatte es extra schon seit Mittag brennen lassen, damit Patrick dachte, ich dusele vor mich hin und wenn ich es jetzt ausschaltete, würde er merken, daß ich wach war. Die Nacht war trüb und meine Augen sind nicht mehr die besten, aber meine Aufgabe hielt mich wach und es erfüllte mich mit einer wilden Freude, als ich Patrick mit einem Bündel über der Schulter aus dem Haus kommen sah. Mein Verdacht war richtig gewesen und der Beweis, daß etwas Irrsinniges möglich und wirklich war, entschädigte mich für eine Menge quälender, empörter, vorwurfsvoller Stunden, seit Eveline verschwunden war.

Ich hörte ihn im Keller und ich sah ihn wieder die Straße wechseln und mit einem zweiten Bündel zurückkehren und dann dauerte es ein Weilchen, bis er tatsächlich zum drittenmal kam, seine Rolle über der Schulter.

Mit zitternden Händen raffte ich die Sachen vom Tablett und steckte sie mir in die Morgenrocktasche. Es war Zeit zu handeln und ich stemmte mich aus dem Sessel, aber ich hatte unterschätzt, wie sehr mich das lange Sitzen versteift hatte. Es fiel mir viel schwerer als in meiner Vorstellung, mich aufzurichten und meine Hände von der Sessellehne zu lösen. In meinen Gedanken war ich als unaufhaltsamer Racheengel in den Keller gerauscht und jetzt schleppte ich mich langsam mit vor Anstrengung verzerrter Miene zur Tür. Vor lauter Schmerzen hielt ich die Luft an und mir wurde so schwindlig, daß ich stehenbleiben und mich ausruhen mußte. Ich sagte mir, daß es nach den ersten Metern sicher besser gehen würde, das war meistens so, der Schmerz ist wie ein Joch, unter das man sich beugen muß. Immerhin hatte ich es nicht weit und mein Wille war stark. Nach ein paar Minuten löste ich mich vom Türstock und ging weiter. Ich ging so leise ich konnte, damit Patrick da unten mich nicht hörte und als ich die Kellertür ohne ein Geräusch erreicht hatte, klopfte mein Herz vor Triumph. Die Sanftmut, die mich mein Leben lang hilflos und unterlegen gemacht hatte, war von mir abgefallen und in mir brannte das lautere Feuer einer Kriegerin. Es loderte in mir, gefangen in meinem vom Schmerz gekrümmten Körper, der nur mit äußerster Anstrengung den Schlüssel ins Schloß der Kellertür brachte und umdrehte. Es war Eveline. Jetzt wußte ich, daß Eveline in mir steckte, ihre ganze Stärke und Kraft hatten immer in mir geschlummert, ich war es, von der sie sie geerbt hatte.

Es war für mich ungefähr so kompliziert wie die Entschärfung einer Bombe, den Schlüssel im Schloß zu drehen. Schweißnaß horchte ich auf das Geräusch der Türangeln. Nun, sie waren beinah lautlos. Patrick hatte dafür gesorgt, daß sie genau wie das Schloß gut geölt waren, damit ich nicht aufwachte, wenn er sich nach dem Mittagessen in den Keller verdrückte, und ich spürte, wie ein hämisches Lächeln auf meinen Zügen erschien. Ich war so in die Vorstellung von Patrick verbissen, von Patrick, der glaubte, er könne alle Welt zum Narren halten und für seine Zwecke benutzen, daß es mich kalt durchzuckte, als mir die Mädchen einfielen. Während ich hier oben herumkroch, waren sie unten mit ihm eingesperrt, genau wie Eveline damals.

Auch wenn viele es verurteilen werden, ich will nicht verschweigen, daß ich es extra so weit hatte kommen lassen. Nicht nur, um Patrick in flagranti zu ertappen, das hätte ich sicher auch erreichen können, wenn ich die Polizei eingeschaltet und ihr alles erklärt hätte, was ich wußte. Es hätte mir diesen Kreuzgang in den Keller erspart, die Tränen, die mir übers Gesicht liefen, weil meine Gelenke nur noch aus Nadeln bestanden. Nein, ich wollte es selbst sehen. Ihn, ihren Mörder, wie er zu Werk ging. Ich wollte das sehen, was Eveline in der letzten Stunde ihres Lebens gesehen hatte, in jener letzten Stunde, die sie dort drüben im Keller verbracht hat, ohne die Möglichkeit, sich bemerkbar zu machen. Wenn alles vorbei war, würde ich die Polizei rufen. Sie würden den Keller drüben aufbrechen und wahrscheinlich würden sie finden, was von ihr übrig war. Vielleicht hatten sie die Leiche ja auch weggeschafft, Patricks verrückte Mutter und ihr verrückter Sohn, aber ich war inzwischen sicher, daß es dort geschehen war und irgendwelche Spuren würde es geben.

Jetzt tat er es wieder. Jetzt in diesem Moment. Und ich würde seine kranke Schande sehen, seine schäbige Lust und Gier und Unfähigkeit. Und dann würde ich ihn umbringen.

Ich schaffte die Treppe und den Kellerflur, aber es dauerte länger, als ich mir vorgestellt hatte, es dauerte eine halbe Ewigkeit. Mein Atem ging leise und scharf und ich versuchte, meine rechte Hand in Bewegung zu halten, damit sie im entscheidenden Moment nicht versagte. Der heikelste Moment würde sein, wenn er die Tür hinter sich abgeschlossen hatte. Ich hatte zwar einen Schlüssel, es gab zu allen Türen im Haus zwei Schlüssel, aber es würden kostbare Sekunden verstreichen, während ich die Tür aufschloß, und ich mußte damit rechnen, daß er mich angreifen würde. Ich hatte mich darauf vorbereitet, aber es war nicht das, was ich wollte. Ich wollte nur eins, so sehr, glaube ich, wie noch nichts im Leben: ich wollte die Tür öffnen und sehen.

Mein Wunsch wurde erfüllt. Er hatte nicht abgeschlossen und ich erschien zu unerwartet für ihn, als daß er hätte reagieren können. Ganz offensichtlich war er in einer eigenen Welt, verwirrt und versponnen. Er saß mit zweien der Mädchen auf dem Boden in einem Kreis um ein altes Mensch-ärgere-dich-nicht-Spiel. Die Mädchen trugen Evelines Kleider und er hatte ihnen ein breites Klebeband über den Mund geklebt, so daß nur ihre Augen sprachen, Augen, in denen soviel Entsetzen stand, wie sich niemand vorstellen kann. Das dritte Mädchen hing an der Decke. Er hatte sie an einem starken Haken mit einem Strick aufgehängt, und sie war tot, das sah ich sofort. Einer von Evelines Pumps war ihr vom Fuß gefallen, der andere hing nur noch lose an den Zehen und ihre schönen Zöpfe glitten hell über den dunkelblauen Stoff von Evelines Sonntagskleid.

Patrick starrte mich verwirrt an, durch eine in die Stirn gefallene Haarsträhne, während ich auf ihn zuging, die Spritze in der Hand. Ich stieß sie ihm ohne Zögern in den Arm und er griff mit einer erstaunten Geste und einem kleinen Winseln nach der Stelle.

Ich beobachtete ihn gespannt, bereit, mich mit der Spritze zu verteidigen, wenn es sein mußte. Ich hatte eine ganze Tagesdosis Insulin aufgezogen, aber ich war nicht sicher, ob es reichte. Würde er sterben, einen Schock bekommen oder würde er einfach aufspringen, als sei nichts passiert und mich erschlagen wie einen alten Hund? Aber nicht einmal in diesem Moment, in diesem Moment, in dem mir klar wurde, daß ein Fehler von mir die beiden Mädchen das Leben kosten konnte, bereute ich, was ich tat. Ich wollte nicht, daß er starb, noch nicht. Ich wollte, daß er lebte, daß er lang genug lebte, um mir alles zu erzählen, was ich wissen wollte, und ich wollte alles wissen, alles was *er* wußte, er, der Killer. Ich wollte sein Geheimnis, das Geheimnis, wie es möglich war, sich ohne die Fähigkeit des Mitempfindens an seinen Mitmenschen zu vergehen, zur eigenen Lust und Freude und Befriedigung. Er sollte es mir erzählen, mit dieser Stimme, die vorgab, die Stimme eines Menschen zu sein. Ich spürte, wie ich ihn mit einem grenzenlosen Haß beobachtete, mit den Augen einer Toten.

Ich bekam, was ich wollte. Er fiel fast sofort ins Koma, mit offenem Mund sackte er weg. Er lag auf der Seite und ich beugte mich über ihn mit meinen schreienden Gelenken und fesselte ihn, obwohl jeder Knoten, den ich knüpfte, mich einen Finger zu kosten schien. Als er zu einem hilflosen Bündel verschnürt auf dem Boden lag, richtete ich mich auf. Die beiden Mädchen hatten mich die ganze Zeit mit ihren entsetzten Augen beobachtet, aber erst jetzt, jetzt, wo ich sicher war, daß er mir nicht mehr entkam, zerschnitt ich ihre Fesseln, so daß sie sich von dem Klebeband befreien konnten. Als wäre ein Zauber aufgelöst worden, standen sie da mit ihren Mündern, die zu einem stummen Ausdruck erstarrter Angst geformt waren. Sie sahen zu, wie ich den Strick durchschnitt, an dem ihre tote Freundin hing und sie niederlegte, aber sie blieben stumm wie die Fische und ich sah ihnen an, daß sie nicht begriffen, was geschah. Nun, dafür verstand ich es um so besser, man muß alt werden, um zu verstehen, was alles möglich ist. Manche begreifen es nie und die haben viel Glück, aber mir blieb es nicht erspart und deshalb werde ich gern sterben. Ich nahm ein Stück Würfelzucker aus der Tasche und bedeutete den Mädchen, still zu sein und uns nicht zu stören, mich und den Mörder meiner Tochter. Als ich merkte, daß er wieder zu sich kam, erklärte ich ihm leise, was ich wollte. Ich saß da, inmitten der Knochen und Fotos und hängenden Geister, beleuchtet von den Totenkerzen unbekannter Opfer und erklärte ihm, daß er mir alles erzählen sollte, alles was er wußte. Dann band ich ihm einen Schal über die Augen, damit er nichts mehr sah als sich selbst und Patrick begann zu sprechen, zu sprechen wie jemand mit einer Vision. Ich glaube, daß er schon nach den ersten Worten vergaß, daß ich da war. Er sprach wie einer, der sehr weit weg ist, mit einer süßen hellen, bösen Stimme beschrieb er seine Welt und ich hörte ihm so regungslos zu, wie nur die absolute Verzweiflung zuhören kann.

Als die alte Frau im Keller erschien, dachte ich einen Moment, ich sei verrückt geworden. Aber dann rammte sie Patrick mit einer so umstandslosen Zielstrebigkeit die Spritze in den Arm, daß ich wußte, sie mußte echt sein. Sie sah entsetzlich aus, völlig zerstört und ich werde nie vergessen, welche Angst ich plötzlich davor bekam, daß ich so enden würde wie sie. Nie werde ich vergessen, was geschah. Immer werde ich Patricks Stimme hören, wenn ich in diesem Heft die erste und einzige Geschichte lese, die ich je geschrieben habe und jemals schreiben werde. Die Stimme eines Irren, der von seinem Planeten erzählt, der dem meinen in vielem wie ein Zwilling gleicht und den er heimsucht wie ein böser Geist, der zwischen den Welten wandelt.

Ramona Diefenbach

Die Schneckenspur

Roman

Weltbild

MIT BESONDEREM DANK AN PETER M. FÜR
ROTWEIN UND ZUSPRUCH

Die Dämmerung schlich sich ein wie ein Schatten, der auf die Seele fällt. In jener Nacht saß ich nur da und rauchte und spürte, wie die Farben aus den Dingen verschwanden.

Nebenan stand noch das Bett. Als der Pflegedienst es brachte, begriff ich, dass es der Anfang vom Ende war, aber da lebte sie noch, wenn auch schon abgemagert bis zum Skelett mit einem gelben Vogelkopf und Wunden am Rücken. Sie sah kaum noch aus wie ein richtiger Mensch, niedergemacht und entstellt durch die Zerstörungslust ihrer Krankheit, die sich an ihr austobte wie ein unbeherrschter Tyrann. Diese letzten Wochen waren das einfache, ursprüngliche Grauen, das wohl auf die meisten von uns wartet, aber ich hielt es aus.

Ich habe lange geglaubt, dass man irgendwann seinen Teil des Schreckens abbekommen hat und es damit genug ist, aber das ist ein Irrtum; er hat zu viele Gestalten.

Augustes zu Tode terrorisierter Körper war jedenfalls die Hölle, für mich, vor allem aber natürlich für sie, und wenn sie für etwas büßen musste, dann tat sie es jetzt. Es kostete eine Menge Anstrengung, in diesem versagenden, vermodernden Fleisch, diesem Monster, in das die Krankheit uns verwandeln kann, die zu erkennen, die sie früher war. Auguste ging es wie dem Käfer in Kafkas Erzählung, und wenn ich diesen Text, der von der Grausamkeit und der Einsamkeit der Geschöpfe handelt, nicht gekannt hätte, hätte ich es vielleicht nicht geschafft, ihr bis zum Schluss beizustehen.

Meiner Meinung nach gab es nichts, wofür sie hätte büßen müssen.

Es war sehr still, nachdem man sie abgeholt hatte. Ich hatte das Licht nicht angeschaltet und das Zimmer war schon fast dunkel, bis auf den glühenden Punkt meiner Zigarette, der in regelmäßigen Abständen einen Bogen zum Aschenbecher beschrieb. Ich sah mich selbst dort sitzen, allein, inmitten der Schatten. Vierundzwanzig Jahre alt. Spröde. Literatursüchtig. Eine überdurchschnittlich begabte Semiotikerin in einer Welt voller Zeichen, die man entschlüsseln musste.

In der Schachtel vor mir auf dem Tisch waren nur noch fünf Zigaretten, aber ich hatte noch zwei neue Päckchen im Schrank. Das war ausreichend, um die Nacht zu überstehen. Die erste Nacht allein in diesem Haus.

Noch nie war es hier so still gewesen, stundenlang so still, sogar von draußen kam kaum ein Geräusch. Das Einzige, was in regelmäßigen Abständen zu hören war, war das Summen des Kühlschranks. Man hätte glauben können, die Welt sei verschwunden und auch ich sei gestorben und säße in einem Geisterzimmer, einem untoten Zimmer mit einer Uhr, die ein leerer Kreis war. Alles schien unterweltlich um mich herum, farblos und fahl. Während ich rauchte, stellte ich mir Auguste vor, allein und schwach in ihrem Nachthemd, wie sie mit jener rührenden Hilflosigkeit, die alte Leute manchmal haben, darauf wartete, dass jemand sich um sie kümmerte.

Es war gut, nichts mehr tun zu müssen und zu glauben, dass jemand anders sich ihrer annahm. Ich hoffte, dass ein paar liebevolle Geister kämen, ihr Mann vielleicht, vor allem aber ihre Tochter, neben der man sie begraben würde. Sie wäre sehr froh, müde und erschöpft, wie sie war, wenn ihre Tochter kommen würde. Wenn sie sich um sie kümmern würde, so, wie sie es sich immer erträumt hatte, liebevoll und nachsichtig. Vielleicht lag es an dieser Vorstellung, dass sie so lang geduldig blieb, sie genierte sich sogar für ihre Krankheit. Erst ganz am Schluss wurde sie barsch. Sie hatte Angst vor dem Sterben, aber ich glaube auch, dass es ihr ganz recht war, als sie begriff. Sie wollte es dann nur noch hinter sich haben. Als sie tot war, sah sie erlöst aus.

Damals hätte niemand erwartet, dass sie noch so lang leben würde, am wenigsten sie selbst. Ganze acht Jahre verbrachte sie weiter in diesem Haus; sie weigerte sich, es zu verlassen, trotz allem, was geschehen war.

Sie hätte nichts dagegen gehabt, Patrick umzubringen, aber er hatte es überlebt, mit Insulin ist das so eine

Sache. Es gab einen großen Prozess mit einer Strafe für sie, die auf Bewährung ausgesprochen wurde, und einem Platz in der geschlossenen Abteilung einer Psychiatrie für Patrick. Als alles vorbei war, erholte sie sich bis zu einem gewissen Grad, es ging ihr gut genug, um wieder mit dem Haushalt zurechtzukommen und Evelines Grab zu besuchen. Dieses Grab war ein Monument für Auguste. Es rechtfertigte das Verschwinden ihrer Tochter im Nachhinein, wofür Auguste trotz allem dankbar war. Wir sprachen kaum miteinander, während die Verhandlung lief, aber als sich der Rummel gelegt hatte, telefonierten Cora und ich mit ihr, und ab und zu besuchten wir sie.

Es war ungerecht, sogar unheimlich, dass Patrick nicht gestorben war. Es war wie ein Beweis, dass das Böse überlebt. Ich konnte mir gut vorstellen, wie er mit einem Psychiater umging, kooperativ, dankbar, lauernd. Manchmal denke ich, wir sorgen dafür, dass das Böse überlebt. Wir schützen es. Wir geben ihm immer wieder eine Chance. Wie Kinder, die nicht begreifen, wie gefährdet sie sind.

Bei Augustes Beerdigung war es eiskalt. Der Friedhof war ein Wintermärchen mit bereiften Zweigen und gefrorenen Blumen, die wie Zuckernaschwerk die Gräber schmückten. Es wirkte verzaubert und romantisch, als sei es die Dekoration in einem altmodischen Ballett, in dem der Tod ein kalter, aber formvollendeter Kavalier ist. Es hätte ihr sicher gefallen. Ein paar Nachbarn waren gekommen und Konrad und Aaron, Coras Brüder, die während der Abschiedsworte des Priesters verlegen von einem Fuß auf den anderen traten. Cora fehlte, sie tanzte für eine Saison in New York. Aber sie hatte ein großes Gesteck aus weißen Kamelien geschickt, das ein Vermögen gekostet haben musste. Der Frost drang uns schnell durch die Sohlen, kroch höher und bohrte uns seinen Eisfinger ins Kreuz, an eine zentrale Stelle. Mein Gesicht schmerzte, und ich ertrug es kaum, mir vorzustellen, dass Augustes erschöpfter Körper da unten im Sarg lag, aber alle hielten es aus, und deshalb tat ich es auch. Es gibt eine Menge im Leben, vor dem man resignieren muss, sonst übersteht man es nicht. Sie wusste das und wir wussten es auch, und das war sicher einer der Gründe, warum wir zusammenhielten, trotz allem.

Danach war nur noch das Bett übrig. Ein überflüssiges Bett in einem leeren Haus.

Ich betrachtete meine Hände in dem schwachen Laternenlicht, das durchs Fenster sickerte. Sie sahen glatt und schmal aus, ganz ohne Zeichen oder Adern oder Linien. Wie bei einem Geist. Aus der Zeit genommen. An diesen Ort gebannt, dessen Stille sich bis zu den Sternen dehnte.

Ich erinnere mich, wie ungewohnt es war, in dem leeren Haus den Tag zu beginnen, Teewasser aufzusetzen, allein zu frühstücken, die Fenster zu öffnen und Augustes Pflanzen zu gießen, mit der Vorstellung ihrer Gegenwart im Kopf, die von irgendwo hoch droben zusah, wie ich mir durch die Haare fuhr und wie nachlässig mein Bademantel gebunden war. Wir hatten nicht viel gesprochen während der letzten Wochen, aber ich wusste, dass sie mich stumm um Verzeihung bat. Wegen Angelika, aber auch wegen Cora und mir. Sie hatte unser Leben riskiert, um Patricks Schuld zu beweisen, und das bedrückte sie. Ich hatte sie beruhigt, so gut ich konnte.

Vielleicht werden manche denken, es hätte uns lieber sein müssen, dass sie weg war, die letzte intime Zeugin. Aber so war es nicht.

An jenem Morgen fing ich an, in meinem Inneren mit ihr zu sprechen. Es beunruhigte mich nicht. Ich fand, so bliebe sie gegenwärtig und das Haus war nicht ganz so leer.

Manchmal hatte sie vor sich hin gesummt, alte Lieder aus der Zeit, in der ihre Tochter klein war. Sie hatte eine warme, altersraue Stimme. Die Lieder hingen im Haus, kuschelten sich in die Ecken, ein Refrain brummte unter den Mänteln an der Garderobe hervor, als ich sie verschob. Wenn ich den Wohnzimmerschrank öffnete, erklangen sie wie die Melodie der Spieluhr, die dort stand, und irgendwann begann ich sie mitzusingen.

You better take up your Homburg, ist es nicht so?

Das spielten sie oft und *A Whiter Shade Of Pale*, alte Songs von Procol Harum, die den Klangraum mit rotem

Licht überzogen, dem roten Licht süßer Geborgenheit. Die Musik löschte die Zeit, das rote Leuchten löschte die Tage draußen und ich stand da in diesem winzigen Raum hinter der kleinen Scheibe, schob meine Hand in den Hosenschlitz und beobachtete die Körper, die sich auf der mit Kunstfell bezogenen Plattform drehten. Alles glühte, Flaumfedern streichelten Schenkel und Schultern mit ihren Spitzen, und die Blicke der Mädchen waren schwarz und gingen durch alles hindurch. Sie hatten keine Persönlichkeiten, diese Mädchen, sie waren nichts als Gegenwart, und die Musik wiegte mich, zeitlos und sanft.

Mir schienen sie nie mehr als ein lässlicher Abstecher, diese Ausflüge. Selbstverständlich hatte Lise keine Ahnung davon, ich tat es selten, und nichts folgte daraus. Es wäre mir nicht eingefallen, meine Familie zu gefährden, auch wenn es manchmal schwer war, sie auszuhalten, die Kinder mit ihrem Geschrei, die Küche voll angetrockneter Breinäpfe, Saftgläser, fleckiger Handtücher, die Spielsachen auf der Treppe, im Wohnzimmer, und Lise, die morgens im Bademantel das Frühstück richtete, die Haare strähnig und das Gesicht so müde, wie ich früher nie gedacht hätte, dass es einmal werden könnte. Dabei rührte sie mich. Oft strich ich ihr über den Rücken oder legte meine Hand auf ihren Nacken. Sie kümmerte sich um die Kinder, es war ihre Aufgabe, und sie erfüllte sie. Sie erfüllte ihre Pflicht und ich erfüllte meine, das waren die Tatsachen, aber manchmal kam es mir vor wie ein sehr ferner Traum, dass wir zusammen am Baggersee gelegen und uns geküsst hatten, als die Sonne fast senkrecht vom Himmel fiel und wir alles, einfach alles dafür getan hätten, ungestört in einem Zimmer zu sein. Lise mit ihren hellblonden Haaren, dem geröteten Gesicht und den geschlossenen Lidern halb unter mir, während ich versuchte, meinen Daumen unter den Rand ihres Bikinihöschens zu schieben, ohne dass es jemand sah, und dann der nasse Ball, der meinen Rücken traf, weil die Jungs, die ein paar Meter weiter Fußball spielten, es komisch fanden, ein Liebespärchen zu stören.

Der Himmel war grau und hing tief. Meine Füße gingen regelmäßig, ganz gleichmäßig schritten sie auf dem leicht ansteigenden Weg, bogen nach links, gingen wieder ein paar Meter und zwischen zwei Gräbern hindurch zu dem Gebirge aus Kränzen.

Der Friedhof war eine eigene Landschaft, eine sehr regelmäßig angelegte Landschaft. Er wirkte zwar verwinkelt durch die Baumgruppen, aber trotzdem schien es, als ob er unabsehbar weiterging, über die ganze Erde. Das ist eine Illusion, gerade neulich habe ich gelesen, dass das Versenken aller Toten der Vergangenheit im Bodensee den Wasserspiegel nicht mehr als zwei oder drei Meter ansteigen ließe. Erstaunlich, wie wenig von uns übrig bleibt.

Ich starrte auf die Kränze und Blumen auf Augustes Grab. Sie waren gefroren, der Boden sah hart aus, und die scharfen Schatten der Grabsteine unterteilten das Gelände wie ein Spielbrett in helle und dunkle Felder. Während ich es ansah, fragte ich mich, was Patrick hinter seinen Türen und Gittern und Türen und Gittern und Medikamenten erfuhr. Wusste er, dass sie gestorben war? Ich sah ihn vor mir, wie er an seinem Daumen nagte, immer an derselben Stelle, an der die Haut schon dick und hornig war.

Die Luft war regungslos, der Winter atmete über die Gräber.

Es war nicht so, dass ich mich nicht gewehrt hätte, damals, als das Spiel wieder begann. Zumindest versuchte ich es. Aber alles war so perfekt. Alles fügte sich so perfekt zusammen. Wie eine Verschwörung.

Auch der Supermarkt, in dem ich an jenem Tag auf dem Heimweg einkaufte, erschien mir mit seinen schattenlosen Gängen, seiner seichten Musik und den grellen Farben wie ein triviales Jenseits, eine Totenwelt voll bunter Schachteln, unwirklich und leer. Schnell griff ich nach ein paar Bananen, Milch, zwei Flaschen Wein und Zigaretten, bezahlte und eilte zurück ins Haus. Die ruhige Straße entlang. Vorbei an den Hecken und Vorgärten. Wie damals.

Dann kamen die Männer, um das Bett zu holen. Stumm beobachtete ich, wie sie es demontierten, um durch den engen Flur und die Treppe nach unten zu kommen. Als sie weg waren, nahm ich den Staubsauger, aber er war so betäubend laut, dass ich ihn schnell wieder ausschaltete. Ich setzte mich in Augustes Zimmer, rauchte, sah zu, wie das Licht verging, und später holte ich mir eine Flasche Wein und trank die Hälfte.

Die Nacht verbrachte ich auf dem Sofa. Unter der Wolldecke verkrochen, beobachtete ich die Schatten, bis ich einschlief. Am nächsten Tag musste ich über den Staubsauger steigen, um ins Bad zu kommen, und ich nahm mir vor, nach dem Frühstück endlich sauber zu machen, die Zeitungen runterzubringen und die Handtücher zu wechseln, aber tatsächlich tat ich nichts von alldem. Schließlich hatte ich Zeit. Auguste hatte uns das Haus vererbt, Cora und mir, das hatte sie mir drei Wochen vor ihrem Tod gesagt. Sie meinte, wir könnten damit machen, was wir wollten, wir könnten es verkaufen oder vermieten, bewohnen oder abreißen, es sei ihr egal, aber es sei nun einmal das Einzige, was sie habe, und sie wolle es uns schenken.

Manche Geschenke kann man nicht ablehnen.

Beim Aufwachen sah ich Augustes Schultertuch und ihre ausgetretenen Pantoffeln. Dann versuchte ich wieder einzuschlafen, aber irgendwann stand ich doch auf, ging nach unten, setzte Teewasser auf und spülte die Kanne, in der noch ein Rest vom Vortag schwamm. Der Tee ging zur Neige, aber ich hatte keine Lust, einkaufen zu gehen. Während ich frühstückte, sah ich auf das Weihnachtsbild des Kalenders neben dem Küchenschrank. Inzwischen musste der dritte oder vierte Februar sein.

Es war seltsam, dass ich plötzlich so viel Zeit hatte, Zeit ohne Pflichten. Die Kommission, die über meinen Antrag für ein Promotionsstipendium entschied, würde erst in zwei Monaten tagen, mein Examen war abgeschlossen und Auguste war tot. Meine Eltern waren schon kurz vor Weihnachten nach Lanzarote geflogen, um meiner Schwester beim Aufbau eines Immobiliengeschäfts zu helfen. Sie hatten gefragt, ob ich nachkommen wollte – sie glaubten, dass ich ein wenig Erholung dringend nötig hatte –, aber ich hatte abgelehnt. Nun überwiesen sie mir meinen üblichen Betrag, bis über das Stipendium entschieden war. Wenn ich schon keine Lust auf Urlaub hatte, sagten sie, brauchte ich wenigstens nicht zu jobben.

Tagsüber saß ich meistens herum und sah aus dem Fenster. Es war kalt, so kalt wie die letzten Wochen, aber es gab klare, nervtötend sonnige Tage, die ich vom Zimmer aus unbehaglich betrachtete, bis das Wetter wieder umschlug und der Schnee zurückkehrte. Manchmal liefen mir Tränen übers Gesicht. Dann verkroch ich mich unter Augustes Decke auf das Sofa und trank den Rest des Weins vom Vortag. Wenn das Licht schwächer wurde, ging ich zum Friedhof. Ich begriff, dass es schwierig werden würde durchzuhalten, bis Cora kam.

Auf dem Friedhof war es immer leer, leer und eisig.

Vor dem sanften Weiß des Schnees wirkte das Holz der Bäume dunkelviolett, samtig, mit schwarzgrünen Moospolstern auf der Rinde. Die Tannen und Kreuze und Steine standen wie Scherenschnitte vor ihrem Hintergrund. Augustes Grab neben dem von Eveline blieb unverändert, der Frost verhinderte jede Verwandlung, er konservierte alles, sicher auch sie. Auf den Grabsteinen, den Engeln und den Brunnenrändern hockten die Amseln, und kalt und süß wie eine Totenspeise warteten die gefrorenen Blüten im Schnee.

Manchmal nahm ich mir auf dem Rückweg vor, mich in einem Café aufzuwärmen, aber ich hatte keine Lust, mit jemandem zu sprechen, nicht mal mit einer Kellnerin, also ging ich nach Hause.

In der nächsten Woche schneite es weiter, still und dicht. Wenn ich draußen war, hefteten sich die Flocken an meine Wimpern und schmolzen auf meinen Lippen. Mir wurde schwindlig, wenn ich ihnen zusah, aber trotzdem betrachtete ich ihr Gewirbel von Augustes Zimmer aus, bis es nur noch im Laternenlichtpegel zu sehen war. Es erinnerte mich an den *Nussknacker*, das Weihnachts-Ballett, in dem Cora als Klara ihre erste große Solistenrolle hatte. Ich wusste noch, wie ich sie von meinem Samtsessel aus mit den Augen verfolgt hatte, hingerissen wie alle anderen. Kleine Blumensträuße regneten auf die Bühne, als Cora sich am Ende verneigte, ein rosa Figürchen, das einen Zentimeter über dem Boden zu schweben schien. Ich trank Wein und sah nach draußen und dachte an Cora in dem Mädchenkleid mit Samtbändern und Schleifen und Rüschen am Saum und an Drosselmeyer, den dämonischen Onkel mit den Geschenken, die in den Träumen lebendig werden. Cora war damals achtzehn, ein aufgehender Stern, ein Phänomen an unserem kleinen Theater. Eine Spielzeit später wechselte sie nach Hamburg, tanzte in München, Gastrollen in Stuttgart, wurde langsam ein Begriff. Wir waren einundzwanzig, als ich sie an der Pariser Oper in *Petruschka* tanzen sah, eine fehlerlose Puppe, so perfekt, wie nur Kunstfiguren sein können, so dass das Publikum manchmal zweifelte, ob sie echt war. Die Franzosen waren verliebt in sie, la pouppée mit dem Kindergesicht und dem schönen Mund. Ich war im dritten Semester und dachte an Kleists Marionettentheater.

Es schneite. Still und dicht. Die Erinnerung wurde körnig wie die Welt hinter den Flocken und löste sich auf.

Das Brot schimmelte, und ich warf es weg. Ich ging ins Bad, zog mich aus, holte mir einen Schlafanzug und bürstete meine Haare, aber mein Arm war zu schwer für die Bewegung, und ich ließ ihn sinken. Nachdenklich sah ich auf meine Füße, Füße mit sehr dunkelroten, beinahe schwarz lackierten Nägeln. Ich erinnerte mich, wie sie damals ausgesehen hatten, in eine Satinwäschewolke geschmiegt, in Kerzenlicht gehüllt, hilflos. Es war wie der Ausschnitt eines Gemäldes, dessen übrige Partien verhüllt waren. Das Bild unserer Vergangenheit, in dem einiges sich verbarg, anderes hinter halb durchsichtigen Schleiern lag, während manche Szenen scharf und klar vor dem Betrachter leuchteten. Ich legte mich hin, zog die Beine an, schloss die Lider und dachte gar nichts. Es war eine alte Übung. Ich wollte nicht denken.

Es überraschte mich jedes Mal, wenn Lise leidenschaftlich wurde. Sie schloss dann die Augen, ihr Gesicht wurde tiefrot, und sie handelte direkt, beinah gierig. Es erschreckte mich fast. Andererseits kann ich nicht bestreiten, dass ihre Leidenschaft mich manchmal mitgerissen hatte, aber das war die Ausnahme, und je länger wir zusammen waren, desto seltener kam es vor. Insgesamt war Lise zurückhaltend und still. Sie fiel nie aus der Rolle, und sogar meine Eltern, die sich eine etwas eindrucksvollere Frau für mich gewünscht hatten, mussten zugeben, dass Lise ein angenehmer Umgang war, ein sanfter Mensch, der sich allem fügte.

Das blieb sie, gewissermaßen wurde sie immer sanfter im Lauf unserer Ehe. Als Moritz ein Baby war, zog sie ihm manchmal niedliche Sachen an und machte sich hübsch, und wir trafen uns nach dem Büro in der Stadt und aßen zusammen ein Eis, während Lise, lebhaft geworden, mir ihre Einkäufe zeigte, Lederhandschuhe oder eine leicht transparente Bluse. Aber nach und nach fand sie diese Treffen zu mühsam. Moritz ist ein sehr unruhiges Kind, anders als Konstantin mit seiner zarten Gesundheit, und als er nicht mehr im Wagen saß, war es Lise beinah unmöglich, mit ihm einkaufen zu gehen. Einmal in der Woche fuhren wir alle zusammen zum Großmarkt, wo ich die schweren Sachen schleppte und die Windelpakete im Auto verstaute, und danach waren wir immer ziemlich erledigt, aber es sparte Geld. Das Leben zu viert war teuer, der Kredit für das Haus musste abbezahlt werden, mein Gehalt als Sozialarbeiter war nicht schlecht, aber doch knapp für eine große Familie. Ohne meinen Schwiegervater, der uns eine erhebliche Summe im Vorgriff auf Lises Erbschaft für den Hauskauf überlassen hatte, hätten wir wahrscheinlich in einer Mietwohnung ohne Garten gesessen. Seit Konstantin da war, sprach Lise kaum noch davon, wieder in ihrem Beruf zu arbeiten. Sie war Krankenschwester in der chirurgischen Abteilung der Städtischen Klinik gewesen, aber eigentlich hätte sie lieber Jura studiert. Sie sagte, Gerechtigkeit habe sie schon immer interessiert, aber ihre Mutter hatte entschieden, juristische Berufe seien unweiblich, und deshalb war Lise dann eben gerecht bei der Verabreichung von Medikamenten und anderen Dingen. Allerdings erwähnte sie öfter, die mit den physischen Unzulänglichkeiten verknüpften Aspekte ihrer Tätigkeit seien ihr eher unangenehm.

Aber das war, bevor sie Kinder hatte, wo man ja auch

eine Menge nicht besonders appetitlicher Dinge tun muss, und vermutlich war die Entscheidung von Lises Mutter die richtige, weil sie Lise jetzt bei der Kindererziehung zugute kam. Ich selbst hatte wenig Talent zum Wickeln oder Füttern, obwohl ich es ab und zu übernahm. Lise machte es gut, mit einer gewissen Professionalität, schnell und geschickt, wenn auch schweigend.

Wie seltsam, hier zu sein, ohne Pflichten, ohne Gespräche. Die Stunden und Tage verstrichen immer lautloser. Meistens ließ ich den Fernseher ohne Ton laufen und beobachtete stumm die Bilder aus einer exotischen Welt, die mich nichts anging. Ab und zu besuchte ich Augustes Grab, aber vor allem ging ich durchs Haus, bestrebt, kein Geräusch zu machen, und spähte in die Zimmer und aus den Fenstern wie ein heimlicher Besucher. Dann öffnete ich Augustes Schränke und betrachtete summend ihre Kleider, die sie schon so lang nicht mehr getragen hatte. Nicht einmal ihre eigenen Nachthemden hatte sie während der letzten Wochen angehabt, man konnte sie nur noch in den Krankenhaushemden pflegen. Die Zimmer verkamen. Ich hörte auf, die Krümel von der Küchenarbeitsplatte zu wischen oder die Haare im Bad zu entfernen. Der Staubsauger lag immer noch im Flur. Je öfter ich mir vornahm, ihn zu benutzen oder wegzuräumen, desto amüsanter fand ich es, dann doch nicht zu tun. Amüsant oder interessant? Ein paar Mal nahm ich mir vor, mir die Haare zu waschen, aber es war mir zu viel Aufwand.

Ich dachte oft daran, wie die Polizei damals den Keller gestürmt hatte. Es war, als ob in einem Zimmer, in dem endlos ein schrecklicher Film läuft, das Licht angeht. Patrick erzählte und erzählte, entwickelte seinen Monolog, ein endloses Band, eine Möbiusschleife, und irgendwann brachen sie ein in diesen Raum voller Kerzen und Haufen von Dingen, Fetischen, Überbleibseln, Patricks entsetzlichen Installationen und der toten Angelika im Sonntagskleid einer fremden Toten, und holten uns raus.

Sie machten das Licht an.

Nach der Aufklärung waren Cora und ich ganz starr. Einsilbig, unzugänglich. Die Psychologin, zu der man uns schickte, erreichte uns nicht. Alle erwarteten, dass wir zusammenbrachen, aber dazu waren wir zu stolz, weder Cora noch ich brachen zusammen. Stattdessen wurde die Vergangenheit ein Geheimnis, eine irgendwie schändliche Geschichte, die man so geschickt wie möglich verbarg. Wir beschlossen, sie als eine heilsame, wenn auch bittere Medizin zu betrachten, die uns unverwundbar gemacht hatte wie ein Drachenblutbad.

Meistens hielt ich mich in Augustes Zimmer auf. Ich aß das Obst, dann den Zwieback, schließlich die Kekse. Die Milch wurde sauer, die übrig gebliebenen Bananen faulten. Ich rauchte. Die Asche fiel auf die Wolldecke und auf den Boden, sie hinterließ überall Spuren, auf dem Sofa, auf dem Küchentisch, im Waschbecken, am Schlafanzug. Das Waschbecken bekam Ränder, die Seife legte eine schmierige Spur auf die Ablage, die Schnekkenspur ihrer Seifenzeit, die jeden Tag ein bisschen zäher wurde. Ab und zu lief ich durchs Haus, barfuß und fröstelnd, und sah aus den Fenstern. Meine Kopfhaut juckte, und meine Füße waren kalt. Ich beobachtete, wie meine Fingernägel wuchsen. Ich aß die Fischkonserven und die Nudeln.

Alle paar Tage setzte ich mich in die Badewanne und ließ heißes Wasser über mich laufen, minutenlang. Über meinen Kopf und mein Gesicht, bis ich das Gefühl hatte zu ertrinken. Danach zog ich mich an und wanderte weiter.

Aaron rief an. Vermutlich hatte Cora ihm gesagt, dass er sich um mich kümmern sollte, bis sie kommen konnte, aber vielleicht tat er es auch von selbst. Er und sein Bruder gehörten zu denen, die damals auf eine scheue, aber hartnäckige Weise zu ihrer Schwester Cora und mir gestanden hatten, und das war so geblieben. Ich glaube nicht, dass sie zu jener Zeit begriffen, was uns passiert war, aber vielleicht begriffen sie auch mehr, als sie zeigten, das ist schwer zu sagen. Vielleicht war es eine Art Scham, die sie auf unsere Seite trieb. Sie hielten zu uns, als hätten sie Schuld, weil sie Männer waren und ahnten, dass fast alle Männer Jäger sind, von Beute- und Machtlust bestimmt. Sie wollten nie eine

Erklärung hören, sie betrachteten uns von der Seite, wenn sie dachten, wir merkten es nicht, reparierten unsere Fahrräder und tauchten später auf den Festen auf, wo wir herumstanden und Cola mit Schuss tranken, und hielten uns die Jungs vom Leib, mit denen wir sowieso nichts anfangen konnten.

Es gelang mir, Aaron abzuwimmeln.

Danach wurde das Haus langsam kälter. Kälte ist lähmend, Kälte rollt einen zusammen wie ein dürres Blatt, Kälte macht gleichgültig und klein, passiv und mutlos. Ich hatte die Heizung hochgedreht, aber es änderte nichts. Die Kälte war wie ein Gift, sie durchdrang mich von innen, bis ich mich im Liegen unter der Decke schüttelte, meine Füße umeinander gewunden, eine kalte Nasenspitze unter den Haaren. In der Ecke wechselte der Fernseher seine Farben in Bruchteilen von Sekunden, ein elektronisches Feuer, das niemanden wärmte. Manchmal dachte ich, dass Auguste es sah von da oben, wo einen nichts mehr berührt, und ich fragte mich, ob sie verstand, was passierte. Helfen konnte sie mir nicht.

Es gefiel mir, beim Laufen meine Haarsträhnen schaukeln zu sehen, wenn ich den Kopf senkte.

Irgendwann war es kaum noch möglich, herumzugehen, das Haus war wie eine Sperrzone, es war, als leiste es Widerstand. Unberührbar der Boden, die Teppiche unberührbar, meine Schritte Eingriffe. Es war ein Frevel, den Wasserkessel aufzustellen, eine Grausamkeit, das Fenster zu öffnen. Manchmal dachte ich an die Universität, in der ich die letzten Jahre verbracht hatte, dieser baufällige Kasten mit den beschmierten Wänden und den staubigen Fenstern. An die Bibliotheken der Institute und die Gespräche über Leihfristen und Seminare und Sekundärliteratur. Alles, was mich noch vor drei Monaten ganz ausgefüllt hatte, war unbrauchbar in die Ferne gerückt.

Ich saß in der Ecke und roch an meinen Händen. Der Müll begann zu stinken. Als ich ihn endlich raustrug, war es, als ob die frische Luft mich zur Besinnung brächte, und ich lief, rannte beinahe die Straße entlang um die Ecke bis zu dem kleinen Lebensmittelladen von Frau Gritz und kaufte Obst, Brot, Kekse, Tee, Zucker, Zigaretten und Wein, zwei prall gefüllte Tüten. Mein Portemonnaie hatte ich vergessen, aber Frau Gritz meinte, ich könne ein anderes Mal bezahlen. Während ich ihr zuhörte, wurde mir plötzlich ihr Blick bewusst, und ich fühlte mich schutzlos und ausgesetzt. Ich hatte Angst, dass sie anfangen würde, etwas zu sagen, das die Vergangenheit berührte oder die Art, wie ich aussah, vielleicht sogar roch. Wenn sie es täte, würde ich sie ohrfeigen, zack, zack, ich sah den Fingerabdruck auf ihren prallen Backen mit den geplatzten Äderchen. Aber so etwas geschieht immer nur in der Fantasie oder im Film. Frau Gritz lächelte mechanisch, eine neue Kundin erschien, ich nahm meine Tüten und ging. Im Rücken glaubte ich Augen zu spüren, die mir folgten, sogar als ich längst das Blickfeld des Ladens verlassen hatte.

Ich nahm mir vor, nicht mehr dort einzukaufen.

Zu Hause wollte ich die Sachen wegräumen, aber dann ließ ich das meiste liegen und ging wieder nach oben. Das Zimmer war unverändert. Es stank. Ich war erleichtert.

Seit langem lagen Lise und ich nun nachts in unserem Zimmer, allein und ungestört. Ich hörte ihren Atem, das sanfte Grunzen, wenn sie sich umdrehte, und dachte an die Mädchen im roten Licht.

Dabei fiel mir die Kleine von gegenüber ab und zu ein, die kaum das Haus verließ. Sie hatte Auguste Matt gepflegt, bis sie gestorben war. Aber wie eine Pflegerin sah sie nicht aus, dazu wirkte sie zu fein und zu spröde. Außerdem war sie nach dem Tod von Frau Matt geblieben. Manchmal hatte ich sie vor dem laufenden Fernseher beobachtet, wenn sie versäumte, die Vorhänge zuzuziehen. Wie in einem Guckkasten saß sie dann dort. Es erinnerte mich an die Peepshow Mädchen, und ich stellte mir vor, dass meine Hand und dann mein Arm sich rot färben würden, wenn sie in ihre Zone tauchten.

Als ich den Kopf wandte, sah ich Lises Profil gegen das Fenster, ihren leicht geöffneten Mund, die gerade Nase. Ich schloss die Augen, und Moritz' Babyschühchen am Rückspiegel meines Kombi tanzte vor meinem inneren Blick. Moritz' erstes Schühchen. Es hüpfte vor meiner Nase, wenn ich fuhr, es sorgte dafür, dass ich nicht vergaß, was aus meinem Leben geworden war. Tagsüber hätte ich es nicht zugegeben, aber er war mir unheimlich, der kleine Moritz, mehr als sein Bruder. Vielleicht weil ich spürte, dass er mein Nachfolger war. Die Art, wie Lise ihn umhegte, sich um seine Gesundheit sorgte und seine Fortschritte beobachtete, erschien mir übertrieben. Wie kurz war die Zeit, als ich für Lise das Wichtigste auf der Welt war, und wie seltsam war es, den kleinen Moritz zu beobachten, als er zum ersten Mal an der Brust seiner Mutter lag, von diesem Tag an für alle Zeiten mit mehr Berechtigung als ich.

Es war immer enger geworden mit den Jahren. Es gab immer mehr, was ich nicht mehr bekam. Man erwartete von mir, dass ich meinen Tod vorbereitete, indem ich meinen Nachfolger großzog. Und ich sehnte mich zurück in die Zeit, als alles noch spannend gewesen war, und es kein vorher oder nachher gab, nur Hitze, Hitze und den Duft nach Sonnencreme und Wasser.

Im Haus verkrochen, wartete ich und aß die Sachen von Frau Gritz, jedenfalls das, was genießbar aussah, denn die Äpfel wurden schnell hässlich. Ich fror weiter, aber ich machte mir trotzdem nicht die Mühe, mich richtig anzuziehen, meistens ging ich sogar ohne Socken, aber unter den Armen und im Gesicht schwitzte ich.

Die Orangen hielten sich ziemlich gut, sie wurden nur kleiner und die Schale sah dünner aus. Am einfachsten waren die Kekse.

Vor mich hin summend betrachtete ich das Haus gegenüber, Patricks Haus. Es war renoviert worden, rosa gestrichen und wurde von einer Familie mit zwei Kindern bewohnt, die bestimmt keine Ahnung hatte, auf welchem Fundament sie lebte. Ich sah auf das Fenster, an dem wir gestanden hatten, verkleidet in die Gestalt einer Toten, und alles wurde wieder lebendig.

Wie schnell Cora damals reagiert hatte. Ich spreche nicht von der ersten Zeit, von den ersten Wochen unter dem Mikroskop bei gnadenloser Beleuchtung, als niemand mit uns umgehen konnte, den verführten Verführerinnen, die ihre Unschuld bei einem Mörder verloren hatten. Aber ich erinnere mich, was ich dachte, als ich eines Tages – es kann nicht mehr als zwei oder drei Monate nach dem Prozess gewesen sein – zufällig Cora auf dem Weg zum Theater sah. Sie wusste nicht, dass ich sie beobachtete. Ich lehnte faul vor einer roten Ampel auf dem Lenker meines Fahrrads, gereizt von der Aussicht auf einen bücherlosen Nachmittag, weil meine Mutter mit mir einkaufen wollte. Cora ging kerzengerade nur ein paar Meter entfernt über den Zebrastreifen. Sie ging ohne echte Bodenberührung, sie wäre an Tigern und Löwen vorbeigeschwebt wie diese Märchenfiguren in den Balletten, die wissen, dass alle Hindernisse nur Prüfungen sind, die man bestehen muss.

Ich bewunderte sie, nicht nur in diesem Moment, denn ihr Märchenglaube erwies sich als gutes Fundament. Als ich ihr ein Jahr nach den Ereignissen beim Training zusah, ausnahmsweise geduldet auf einem Stuhl neben dem Klavier, küsste der Ballettmeister ihr die Hand, als sie den Saal betrat. Wie eine Königin führte Bela sie an ihren Platz an der Stange. Seine scherzhafte Übertreibung kaschierte nur unzulänglich, wie glücklich er über Cora war. Die anderen Mädchen und die zwei Jungs der Klasse beobachteten die Szene, ein bisschen neidisch, aber auch bewundernd. Ich meine, ein Tänzer merkt schnell, wo sein Platz ist. Ich hatte Cora lang nicht mehr beim Training gesehen, aber in diesem Moment begriff ich, dass ihre Alltagserscheinung nur noch eine Verkleidung war. Sie gehörte in dieses weiße Trikot, in das ausgewaschene Rosa der Strumpfhosen, die jeden Muskel und ihre feinen Knochen durch das dünne, elastische Gewebe abbildeten. Ihre Rippen und die Hüftknochen und ihre kleine runde Brust. Sie war jung genug, um trotz ihrer extremen Schlankheit nicht mager zu wirken. Ein Granatanhänger, ein dunkelroter Stein zwischen zwei Goldblättchen, war der einzige Schmuck, den sie trug.

Sie wurde ein wenig verlegen bei Belas scherzhaft übertriebener Verehrung, lächelte flüchtig und stellte sich dann in die erste Position, das Gesicht nah am Spiegel, in dem es für sie von diesem Augenblick an nichts mehr zu geben schien als sie selbst zwischen den

Diagonalen der Ballettstangen und perspektivisch verzogenen Fenstern und Lichtflächen, die Spiegelungen von Spiegelungen zu sein schienen in einem Zaubersaal, in dem man sich nur mit komplizierten Schrittfolgen bewegen durfte. Als die Musik einsetzte, schuf Cora das erste Grand plié mit einem abwesenden Ausdruck, fügte es genussvoll in seine imaginären Linien und Zirkel, verschmolz mit dem Klang. Der Stein mit der dunklen Herzfarbe auf ihrem Dekolleté funkelte. Ihr Developpée à la seconde war atemberaubend. Ein einziges Mal lächelte sie nach einer Folge von schnellen kleinen Sprüngen, Entrechat royal, lächelte Bela zu, der sich verlegen durch die Haare strich, schwarze Haare, die sich bis zu seinen Schultern lockten. Man sah ihm an, wie Cora ihn verzauberte, ihm den Glauben seiner Jugend wiedergab, das Leben sei wie die Geschichten auf der Bühne. Meine Schneekönigin, nannte er sie und küsste ihre Fingerspitzen.

Sie arbeitete. Sie drehte drei Touren auf Spitze und setzte weich wieder ab. Es wirkte mühelos. Ich nickte ihr heimlich zu. Patrick hatte es nicht geschafft, ihr das zu nehmen, was sie ausmachte. Er hatte es nicht geschafft, sie zu zerstören.

Es muss zwei oder drei Jahre später gewesen sein, als wir zusammen in einer Hotelbar saßen und die Cocktails durchprobierten. Ich rauchte schon, aber für Cora kam das nicht in Frage, was sie allerdings nicht daran hinderte, sich manchmal zu betrinken. Ich nehme an, es war ihre Art, für ein paar Stunden die Spannung loszuwerden, in der sie lebte, aber natürlich gelang es ihr nicht wirklich. Sie versuchte wie früher zu sein, hintergründig und ironisch affektiert, das war von ihrer kindlichen Versnobtheit geblieben. Ohne sie wäre ich damals nie auf die Idee gekommen, eine Bar zu betreten, aber Cora war schon daran gewöhnt, in teuren Hotels zu übernachten, Spitzenwäsche zu kaufen oder kleine Lederhandtäschchen, die ein Vermögen kosteten und die sie in einer Parodie auf die Regeln der Eleganz mit abgeknicktem Ellbogen am Unterarm spazieren trug, als seien sie Luxushündchen. Ein verwöhntes Geschöpf, das bekam, was es wollte, so wirkte sie auf den ersten Blick, aber ich wusste es besser. Ich erzählte ihr, dass ich versucht hatte, mich mit einem Studenten einzulassen, der zwei Semester weiter war, und dass es mir nicht gelungen sei, so viel Vertrauen aufzubringen wie nötig. Damals begann ich zu ahnen, dass wir allein bleiben würden. Dass es uns nie gelingen würde, einen Partner zu finden und eine Familie zu gründen, und dass der ganze Schatz an Gefühlen, der damit verbunden war, unberührt blieb wie kostbarer Schmuck, wenn man keine Gelegenheit hat, ihn zu tragen.

»Es ist sinnlos, nehme ich an«, sagte Cora, mit dem Strohhalm in ihrem Mai Tai stochernd, wobei das zerstoßene Eis leise klirrte. »Es geht mir genauso. Drosselmeyer regiert unsere Träume. Er ist ein Meister der Nerven und ein mächtiger Fürst vergangener Spiele.«

»Hm.« Ich war ein bisschen hilflos. Mir war klar, was sie meinte, aber es war nicht einfach, in ihren Stil einzusteigen. »Du meinst: no sex?«

Cora wedelte mit der Hand durch die Luft und kicherte. »Die meisten Tänzer sind sowieso schwul. Tja …« Als sie hochsah, war ich überrascht vom düsteren Ausdruck in ihrem kleinen, disziplinierten Gesicht. Es machte ihr mehr zu schaffen, als sie zugeben wollte. In unserem Alter war es nicht normal, keinen Freund zu haben, nicht verliebt zu sein und ohne Sex. Es war nicht normal und zeigte, dass wir nicht normal waren. Das machte mich wütend.

»Und?« Ich blies meinen Zigarettenrauch in den Raum und sah auf eine Gruppe sich lümmelnder Geschäftsherren an einem der Tische, die um den Flügel gruppiert waren. Soweit ich es beurteilen konnte, sahen sie normal aus, aber das bedeutet nichts, dachte ich misstrauisch. Cora beobachtete die Gruppe nun ebenfalls, eine steile Falte zwischen den Augenbrauen. Durch die sanften Schleier von zwei Pina Coladas hindurch bedachte ich die Möglichkeiten, die sich ergaben.

Eine Halbglatze mit Kränzchen, zwei dunkelblonde, verschmitzt und schlaff wirkende Schwaben, ein hübscher Bursche Ende zwanzig mit einem schönen Mund und ein untersetzter, sportlich wirkender Brillenträger. Natürlich hatten sie uns längst mehr oder weniger dezent gemustert, Cora mit den Traumbeinen in Wildlederpumps und ich, ein bisschen sophisticated in meinem dunkelroten Kleid, das so gut aussah zu meinen Goldaugen.

Wir starrten auf die Versammlung, die erste Auflösungserscheinungen zeigte. »Welcher?«, flüsterte Cora so laut, dass ich glaubte, man würde es im ganzen Hotel hören.

»Was?!«

»Sag schon. Aber nicht den Hübschen. Der ist zu eitel.«

Ich musterte die Gruppe, zweifelnd, welche Kriterien ich anlegen sollte. Kühl bleiben, sagte ich mir, einen klaren Kopf behalten, schließlich ging es um Medizin, es war einen Versuch wert. Am sympathischsten war der Untersetzte, sicher über vierzig, zu alt, um uns gefährlich werden zu können. Er wirkte zurückhaltend, aber energisch. Alles in allem nett und solide, eher väterlich. So ziemlich das genaue Gegenteil von Patrick.

»Der mit der Brille?«

Cora nickte und lächelte ihm zu, schwebend auf ihrem Barhocker, das Hälschen gereckt. Er hätte ein kompletter Idiot sein müssen, um dieser Aufforderung nicht zu folgen. Ich sah, wie sich die Lippen der Schwaben unter den Schnurrbärtchen zu einem anerkennenden Pfiff spitzten. Einen Moment lang wäre ich am liebsten abgehauen, aber stattdessen wartete ich, bis sich durch den Rauch meiner Zigarette zwei Füße in schwarzen Herrenschuhen näherten.

Cora hatte Recht. Es war Zeit, dass wir etwas unternahmen. Dies war eine gute Gelegenheit, und wir waren betrunken genug, um sie wahrzunehmen.

Ich weiß nicht mehr genau, wie das Procedere ablief, aber es dauerte nicht mehr als zwanzig Minuten, bis wir in seinem Zimmer waren. Vermutlich wusste er kaum, wie ihm geschah. Die meisten Männer hätten an ihren unwiderstehlichen Charme geglaubt, aber ich denke, er sagte sich einfach, dass man die Feste feiern soll, wie sie fallen. Ich erinnere mich, dass ich sofort im Bad verschwand, wo ich halb benommen sein Rasierwasser, seine Zahncreme und den Bademantel betrachtete, der ordentlich auf einem gepolsterten Bügel an der Tür hing. Komische Geschichte. Ich sollte mit einem netten Jungen auf einer Matratze in einer Studentenbude liegen, mit einem Jungen, in den ich mich verliebt hatte, der ein paar Semester weiter war, der wusste, was er wollte, und es ertrug, dass ich gut war, belesen genug, um im zweiten Semester in Hauptseminaren zu sitzen und mit den Oberseminaren zu liebäugeln. Zwei Profs hatten mir zu verstehen gegeben, dass sie sich um mein Fortkommen kümmern würden. Kein Wunder, wenn man nur las, kein Buch aus der Hand legen konnte, ohne zu wissen, wie es endete.

Aus dem Zimmer kamen Geräusche, die ich mit angehaltenem Atem verfolgte. Ich versuchte sogar, durchs Schlüsselloch zu gucken, aber der Ausschnitt zeigte nicht mehr als ein Stück Tapete. Irgendwie hoffte ich, dass mich die beiden da drin vergessen würden, dass alles nicht wahr sei oder dass Cora nicht Cora, sondern irgendein Mädchen sei, das zu viel getrunken hatte und Unsinn machte, aber mir war klar, dass es nicht so laufen würde. Ich trank ein bisschen Wasser und rieb mir die Zähne mit der Zahnpasta unseres Gastgebers ab, denn ich hatte einen seltsamen Geschmack im Mund, einen leichten Metall- oder Blutgeschmack. Ich war einfach ziemlich nervös.

Gerade hatte ich mich entschlossen, wieder ins Zimmer zu gehen, als Cora die Tür aufriss. Sie stand da und starrte mich mit weiten Augen und einem halb stecken gebliebenen Kichern an, und hinter ihr sah ich den Typ, der ratlos wirkte, in Hemdsärmeln, wie er seinen Reisewecker auf dem Nachttisch ein wenig verrückte.

Er muss uns für zwei ziemlich blöde Hühner gehalten haben. Dass wir keine Hotelnutten waren, war ihm spätestens in den letzten zehn Minuten klar geworden.

Cora drehte sich um und wir betrachteten ihn wie eine Sorte exotisches Tier, mit dem man nichts Rechtes anzufangen weiß.

Er murmelte etwas von »Minibar« und »Whisky« und schenkte den Inhalt von drei lächerlichen Fläschchen in Gläser, die er auf dem Tisch am Fenster bereitgestellt hatte.

Wir gingen hin und kippten das Zeug hinunter. Es brannte in der Kehle und legte seine Feuerspur bis in den Magen. Ich war entschlossen, mit einer gemurmelten Entschuldigung zu verschwinden – das Ganze war einfach peinlich –, und Cora würde mir folgen und der Typ würde den Fernseher einschalten und sich die Sportnachrichten ansehen und vermutlich froh sein, dass an ihm vorübergezogen war, zwei Zwanzigjährigen zu beweisen, was für ein großartiger Liebhaber er war.

Cora setzte sich rittlings auf ihn, fast zeitgleich, als er in den Sessel plumpste. Ich wollte nicht zusehen, aber ich tat es.

Sie ließ sich stoßen, trotzig, teilnahmslos. Sie lag auf dem Bett und hatte ihm den Rücken zugewandt, und ich sah in ihr bleiches kleines Gesicht mit dem verschmierten Lippenstift. Er gab sich Mühe, an ihm lag es nicht, dass sie kalt blieb, wenn auch bereitwillig. Ich beobachtete ihn, die Szene, das hässliche Nachttischlämpchen, das die ganze Zeit brannte, den Franz Marc-Druck über der Kommode, das große Fenster mit den langweiligen Gardinen und Coras verstocktes Gesicht; ich spürte seine rauen Hände, die versuchten, zärtlich zu sein. Natürlich ließ ich mich auch mit ihm ein. Es wäre mir nie eingefallen, Cora im Stich zu lassen. Danach gab ich auf.

Hatte Patrick es eben doch geschafft? Nicht in jeder Hinsicht, aber er wirkte schleichend, indirekt. Das dachte ich, als ich in jenen Tagen aus dem Fenster sah, auf das Haus gegenüber, das rosa gestrichen worden war, in einer Mädchenfarbe.

Sicher war nicht er es, der das Haus hatte verkaufen wollen. Sicher war es eine Entscheidung seines Anwalts oder Vormunds oder wie auch immer man den nannte, der seinen Besitz verwaltete, solange er in der Anstalt saß, was hoffentlich lebenslang war. Dr. Markus, sein Psychiater, hatte jedenfalls dazu geraten, er hatte es uns bei einem Treffen ungefähr ein Jahr nach den Ereignissen erzählt. Patrick wollte das Haus behalten, es war ein Teil von ihm, ein Seelengehäuse und ein System, das es ihm leichter gemacht hatte zu glauben, sein Verstand funktioniere und alles, was er tue, sei irgendwie logisch und gerechtfertigt.

Ich zupfte an meinen Haaren, stundenlang. Ich stand im Dunkeln hinter der Gardine. Ich aß den Reis, der noch da war, aber ich ließ ihn nicht lang genug kochen. Er lag mir im Magen, und schließlich übergab ich mich.

Damals hatte ich schon aufgehört, zum Friedhof zu gehen. Es gab eine Ecke am Fenster, an der sich ein Spinnennetz gebildet hatte. Ziemlich oft saß ich davor und betrachtete die Obstfliegen, die sich darin gefangen hatten, ein langsam wachsendes Heer winziger Obstfliegenleichen sammelte sich in und unter dem Netz. Augustes Erzählungen fielen mir ein. Wie Patrick sich um sie gekümmert hatte, ihre Pflanzen goss, für sie einkaufte, ihre Schultern massierte. Wie er durchs Haus geschlichen war und den Keller hergerichtet hatte. Ich saß da, wo sie oft gesessen hatte. Ich hatte ihre Decke um die Schultern gezogen und flocht Zöpfchen in die Fransen, bis es Nacht war. Ich wollte mich nicht daran erinnern, wie Patrick mich gestreichelt hatte, wie raffiniert er mich gestreichelt hatte.

Irgendwann klingelte das Telefon so hartnäckig, dass ich abnahm. Aaron war wieder dran. Er sprach von Cora, und ich brauchte ein paar Minuten, bis ich begriff, was er sagte. Sie hatte sich am Knie verletzt und Tanzverbot. Der Arzt bestand auf weitergehenden Untersuchungen. Ich fühlte so etwas wie ein Alarmzeichen.

Also das Leben war schwer, und ich litt darunter. Ich brauchte ein wenig Entlastung, und vermutlich deshalb hatte ich irgendwann diese Spielchen mit Lise begonnen. Zuerst waren es eher Andeutungen, völlig harmlos. Aber nachträglich denke ich, dass die Spiele eher eine Fortsetzung waren, eine Entwicklung, wenn man so will.

Wenn sie die Arme ausgebreitet hatte, die Hände etwas über Kopfhöhe, das Gesicht abgewandt, wenn ich ihre Handgelenke festhielt und sie in die Kissen presste, während ich sie stieß, das machte mich an. Es war nichts Ungewöhnliches, viele machen so etwas, fast jeder, oder? Lise hatte nichts dagegen, ich denke, irgendwie gefiel es ihr auch und wenn nicht – jedenfalls protestierte sie nicht. Sie scheute sich, über so etwas zu sprechen, das war mir klar. Und selbst wenn es ihr nicht gefiel, diese Sachen und ein paar ähnliche, die beinah genauso harmlos waren – sie fühlte sich wohl dadurch entschädigt, am Morgen an meiner Schulter liegen zu können, oder dadurch, dass ich Konstantin fütterte, während sie Moritz die Schuhe zuband. Dass wir gemeinsam die Abende mit Gesprächen über die Kinder verbrachten, wenn sie endlich schliefen.

Lise brauchte Sicherheit und ich brauchte ein wenig mehr Abenteuer. Denn nach den ersten zwei oder drei Jahren verbrachten wir fast alle Abende gemeinsam. Seit Konstantin da war, traf ich mich kaum noch mit Freunden, obwohl ich es manchmal vermisste. Diese Familiensituation war wie ein Sog, und außerdem war ich träge geworden. Träge, aber gleichzeitig unzufrieden. Ich meine, Lise hatte die Kinder, aber was hatte ich?

Wohl deshalb ging ich nach und nach bei meinen Spielchen mit Lise weiter, und dabei schob sich das Bild der Kleinen von gegenüber immer häufiger vor meine Frau. Sie war jung, hübsch und einsam. Und sie wirkte anders als die Frauen, die ich kannte, spröde, exotisch, aber irgendwie hilflos. Ich begann mich auf sie zu konzentrieren. Sie saß in ihrem Haus wie ein korrigiertes Spiegelbild der Innenwelt meines eigenen Hauses, wie ein Fleisch gewordener Wunschtraum, in den ich wechseln konnte. Diese Straße und ihre Häuser haben etwas Besonderes, dachte ich damals. Ich wusste nicht, woran es lag, aber es war, als ob hinter den altmodischen Fassaden vieles schlummerte, was man sonst nirgends bekam.

Zuletzt bekam ich Angst, den Geruch zu verlieren, den Geruch von Auguste, den das Haus noch hielt, der in den Polstern und Vorhängen und dem Teppich hing, deshalb gewöhnte ich mir an, an ihren Sachen zu riechen. Ich betrachtete die Obstfliegen und meine ausgefallenen Haare im Waschbecken. Aaron meldete sich noch einmal, aber als ich den Hörer aufgelegt hatte, wusste ich nicht mehr, worüber wir gesprochen hatten. Anscheinend hatte ich genug gesagt, um ihn zu beunruhigen, denn am selben Abend standen er und Konrad vor der Tür. Ich las eine Illustrierte, mit der Auguste den Küchenschrank ausgelegt hatte, als das Klingeln mich aus den verblassten Seiten schreckte, die nicht weniger verblasste Wunschträume zeigten, bestäubt mit der getrockneten Erde aus dem Kartoffelkorb, unter dem die Zeitschrift gelegen hatte. Der Klingelton war so laut, er tobte so rücksichtslos durchs Haus, dass ich die Hände auf die Ohren presste.

Vorsichtig lugte ich aus dem Fenster. Da standen sie, Coras Familienriesen, die Pranken in den Hosentaschen. Nicht mal ein Erdbeben hätte sie vertrieben. Ich ergab mich und ließ sie herein.

Konrad sammelte den Müll ein und Aaron riss die Fenster auf. Sie lärmten mit dem Staubsauger herum, wischten die Küche, das Bad und den Flur, ungeschickt, aber gründlich, während ich an der Wand lehnte, in Augustes Decke gewickelt, mich weigerte, etwas zu sagen, und sie mit den Augen verfolgte, erbost, aber hilflos. Ich fragte mich, wann ich sie wieder los sein würde.

Sie sprachen von Coras Rückkehr. Was für ein Glück es sei, dass die meisten ihrer Vorstellungen in den USA schon gelaufen waren, als der Unfall passierte. Ich nickte nur, aber die Neuigkeiten der Brüder weckten mich langsam auf. Cora ohne Training, ohne die Bühne? Verschwommen erinnerte ich mich, wie wir einmal zusammen in ihrem riesigen, spärlich möblierten Wohnzimmer auf dem Parkett gesessen hatten inmitten von Tellern mit Kuchenkrümeln, halb leeren Kaffeetassen und Zeitschriften.

»Die Bühne ist wie der Weltraum, wenn man oben steht«, hatte Cora damals erklärt, »und die Staubkörnchen treiben in den Scheinwerferbahnen wie Sterne. Sie flimmern und glänzen und bilden kleine Systeme. Dieses Weltall gehört mir, ich weiß es, wenn ich den Fuß auf die Bretter setze. Dieser ganze Raum mit der Musik, das ist alles für mich. Wenn das Scheinwerferlicht mir folgt, wirkt es wie ein Vergrößerungsinstrument, es macht mich sichtbar und gibt mir Farbe. Ohne seine Aufmerksamkeit«, hatte Cora geflüstert, »bin ich nur eins der Stäubchen.«

Damals war ich manchmal besorgt gewesen, weil Cora in einem Elfenbeinturm lebte. Ihre Garderoben, die vielen Trikots, die Regale mit den Pyramiden der eingetanzten und neuen Spitzenschuhe, der Geruch nach Schminke, Puder, Lotion, der mich immer ganz benommen machte, wenn ich sie, selten genug, in einem der Theater besuchen konnte, in dem sie gerade tanzte, das alles war weltfern. Sie lebte in diesen Opernhäusern, riesigen Kästen aus dem 19. Jahrhundert mit verwinkelten Treppen, engen Nebenfluren, Kulissenteilen, die an den Wänden lehnten, Kapitelle, Türen, Stuckprospekte in Trompe-l'œil-Malerei, wie in einer Traumwelt. Ihre fast leere Wohnung mit dem Schrank voll teurer Sachen, der Spitzenwäsche, den Strümpfen in Kartons, war eher ein Aufbewahrungsort als ein Zuhause. Vielleicht hing sie ein bisschen an den Unmengen von Platten, die sie hatte, aber eigentlich lebte sie vor allem vor den Spiegeln, vor den Spiegelwänden der Ballettsäle, diesen Zauberdingern, in denen sich alles wechselseitig durchdrang und die Welt eine Blendung zu sein schien. Wie gesagt: manchmal machte es mich besorgt, aber es schien zu funktionieren.

Als ich ihr am Telefon von Augustes Tod erzählt hatte, war sie stumm geblieben bis auf ein trockenes Räuspern. Wahrscheinlich hatte sie es erst später begriffen, vermutlich in dem Moment, in dem der Unfall geschah. Ich sah es wie in einem Film: Cora auf der Bühne im Scheinwerferlicht. Sie sprang, drehte sich wie eine Spindel, und plötzlich traf sie der Stich der Erinnerung. Sie verlor ihren Mittelpunkt. Cora hatte immer gesagt, das sei entscheidend, um Touren drehen zu können, man musste in seinem Zentrum sein. Ich sah, wie sie versuchte, den Fehler abzufangen, aber es war zu spät. Sie stürzte.

Aufregung. Küsschen. Tröstende Worte. Dann war sie draußen, ausgeschaltet. Ich sah sie vor mir, wie sie auf den Abflug wartete, inmitten von teurem Ledergepäck, ungeduldig, verstört. Es war zu schnell gegangen, als dass sie hätte begreifen können, was passierte. Was mit uns geschah. Er war virulent geworden. Nach acht Jahren Inkubationszeit, in der wir reifen durften.

Ich spürte es, während ich zusah, wie Aaron die Badewanne schrubbte. Der große, hübsche Aaron mit den Spiegelaugen, der immer aussah, als lächelte er. Er suchte frische Handtücher, ließ Wasser ein und schüttete etwas Grünes dazu, das er im Spiegelschrank fand und von dem er entschied, dass es gut für mich sei. Dann ließ er mich allein. Vorsichtig stieg ich in das duftende Wasser, schloss die Augen und versuchte mich zu entspannen.

Als die Brüder gingen, lag ich in dem frisch bezogenen alten Ehebett im hinteren Zimmer, das vor langer Zeit Augustes Schlafzimmer gewesen war und das ich benutzt hatte, während ich sie pflegte. Ich sah auf den Fleck an der Wand und summte ein Lied, erschöpft und froh, dass Cora bald hier sein würde. Aber natürlich wusste ich, dass es besser gewesen wäre, ihr Knie hätte durchgehalten.

In gewisser Weise funktionierte es, und ich näherte mich dem, was ich wollte. Die Dinge änderten ihre Funktion oder sie verschoben sich, zum Beispiel, als ich auf der Suche nach etwas Kleber die Küchenschublade aufzog, wo Lise Pack- und Geschenkpapier aufbewahrte. Ich starrte auf das dicke Knäuel Paketschnur zwischen den verschiedenen Rollen und überlegte mir, dass es für mehr taugte als für das, was seine sozusagen bürgerliche Bestimmung war. Gewissermaßen war es ein Kreativitätsschub, und es kam mir ein wenig vor wie bei diesen Wilden, die mit den Gebrauchsgegenständen eines Missionars die abenteuerlichsten Dinge anstellen, Dinge, die ihnen sehr viel nützlicher erscheinen als das, was der Missionar damit tut. Ich überlegte zum Beispiel, wie die Schnur an Lises Handgelenken aussehen würde, wenn ich sie damit festband. Oder wie es aussehen würde, wenn ich ihr die Fußknöchel verschnürte mit einem kleinen Stück Strick dazwischen, so dass sie noch trippeln konnte wie eine dieser Chinesinnen mit verkrüppelten Füßen. Würde es gut aussehen? Oder würde sie mir besser mit Lederfesseln gefallen oder aus Stoff gerissenen Bändern? Es waren Fantasien, nicht mehr, sie hingen mit meiner Unzufriedenheit zusammen, meiner Unruhe, meiner Stagnation im Beruf, und wenn ich mich in ihnen verlor, verging die Zeit wie im Flug. Nachträglich betrachtet hätte ich merken können, dass meine Gedanken immer ausdauernder um solche Möglichkeiten kreisten, dass sie immer mehr Raum einnahmen, und dass ich kaum Anstrengungen unternahm, sie zu unterdrücken. Im Grunde ging es niemanden etwas an, was Lise und ich in unserem Haus taten. Ich fand, es war unsere Privatsache, und Lise hatte schließlich, was sie wollte, Lise hatte Sicherheit. Aber oft wünschte ich mir, dass es nicht nur Lise wäre, mit der ich herumspielen konnte. Ich meine, ich wusste, dass ich die Zeit nicht zurückdrehen konnte und dass der romantische Teil des Lebens gewissermaßen für immer vorbei war, aber das bedeutete nicht, dass ich mich nicht amüsieren wollte, wenigstens ab und zu.

Als Cora am nächsten Tag vor der Hecke erschien, die Reisetasche über der Schulter, verschwörerisch lächelnd trotz ihrer umschatteten Augen, stürzte ich ihr mit ausgebreiteten Armen entgegen. Wie damals, wenn ich vom Beckenrand sprang.

Nach der ersten hektischen Begrüßung richteten wir uns in der Küche ein. Ich kochte Tee, während Cora sich entspannte, indem sie ihren Oberkörper drehte, bis die Wirbelsäule knackte. Obwohl wir uns so lange kannten, hatte ich mich immer noch nicht daran gewöhnt, dass sie solche Bewegungen ohne Schäden überstand. Während ich die Tassen aus dem Küchenschrank nahm, schielte ich auf das staubige Fensterbrett. Würde Cora merken, wie vernachlässigt alles war? Ich fühlte mich, als hätte ich eine Verabredung nicht eingehalten, einen Vertrag, den Cora und ich miteinander hatten.

»Wie geht's dir, Beatrice?«, fragte sie, als hätte sie meine Gedanken gelesen. Ihre Stimme war belegt, und obwohl sie versuchte, so beiläufig wie möglich zu klingen, hörte ich ihre Anspannung.

»Einfach war es nicht. Aber eigentlich erst, seit sie tot ist. Sie war wie ein guter Geist, sogar als es ihr richtig schlecht ging. Sie ist übrigens nicht leicht gestorben, aber der Arzt meinte, gerade rechtzeitig, um sich das Schlimmste zu ersparen. Sie hätte dich gern noch einmal gesehen, aber dann ging plötzlich alles so schnell ...«

Cora sah aus dem Fenster, Augen wie Kohlen in einem blassen Gesicht. »Ich habe noch nie jemanden sterben sehen. Außer damals, Angelika. Aber das war etwas anderes. Es tut mir Leid, dass ich dir nicht geholfen habe.«

»Das braucht es nicht, mach dir keine Vorwürfe. Ich glaube, so etwas läuft nie, wie man denkt, und ich war sicher, dass du gekommen wärst, wenn ich es nicht ausgehalten hätte. Aber ich bin gut im Aushalten. Wir sind beide gut im Aushalten, oder?«

»Das sind wir.« Cora strich mir über die Wange.

»Und dein Knie?« Ich bemühte mich, so beiläufig zu klingen wie Cora vorhin, aber tatsächlich ertappte ich mich, wie ich dabei beschwörend auf das Knie starrte. Dieses Elfenbeinknie, an dem ihre Tänzerexistenz hing.

»Vorläufig darf ich nicht trainieren.« Cora verschloss sich vor meinem Blick. »Es muss behandelt werden, wie genau ist noch nicht raus, aber hier gibt's einen guten Sportarzt. Übrigens wissen Konrad und Aaron nicht, dass ich schon da bin. Ich wollte dich zuerst allein treffen.« Sie legte ihre Füße mit elegant gekreuzten Knöcheln auf das Fensterbrett und wärmte die Hände an der Teetasse. Das Einzige, was jetzt noch ihre Belastung verriet, waren die Schatten unter ihren Augen.

»Auguste hat uns das Haus vererbt, ich weiß nicht, ob ich es dir schon erzählt habe«, sagte ich mit dem seltsamen Gefühl, eine Selbstverständlichkeit zu erwähnen. »Wir können bleiben, solang wir wollen.«

»Natürlich bleiben wir.« Sie sah mich an. »Konrad und Aaron werden es zwar nicht verstehen …«

»… aber sie werden auch nichts dagegen unternehmen«, ergänzte ich. »Sie werden sogar nach der Tür sehen.« Die Haustür war eine Zeit lang nicht richtig zugefallen, aber während der letzten Wochen hatte sie keine Probleme mehr gemacht.

Cora nickte abwesend, dann grinste sie, es erzeugte ein Grübchen in ihrer Wange. »Ich rufe sie morgen an.« Wir schauten in den Garten mit dem stumpfen Grün und den dürren Ästen und hingen unseren Gedanken nach. Für ein paar Sekunden sah ich dort wie in einer Vision zwei Kinder, Patrick und Eveline im Sommerkleid, die mit einem Kaninchen spielten. Später wechselten wir in Augustes Zimmer. Ich rauchte, wir tranken Wein und redeten, bis unsere Stimmen rau wurden. Erschöpft verfielen wir in Schweigen. Die Zeit war wie im Flug vergangen, und unbemerkt hatte sich die Abendstille ausgebreitet wie eine unheilvolle Landschaft mit einem spiegelblanken See. Stumm starrten wir nach drüben.

»Wer wohnt jetzt dort?«, brach Cora das Schweigen.

»Talwegs. Eine Familie mit zwei Kindern.«

»Es ist alles renoviert …«

»Ja, sieht richtig hübsch aus. Und diese Spielsachen im Garten … Ist schon komisch.« Ich blies den Rauch gegen das Fenster. Eine Weile lag er wie eine Nebelbank über dem Tisch.

Cora räusperte sich. »Weißt du, was für ein Zimmer jetzt dort ist? Im Schlafzimmer von Patricks Mutter?«

»Ich glaube, das Elternschlafzimmer. Manchmal sieht man morgens, wenn gelüftet wird, ein Stück Schrank und eine Bettecke. Rattan.«

»Ob sie eine Ahnung haben?«

»Wahrscheinlich nicht. Ich kann mir nicht vorstellen, dass eine Familie mit zwei kleinen Kindern ein Haus kauft, in dem so was passiert ist.«

»Vermutlich nicht. Tja.« Wir verstummten, und Cora seufzte: »Der Flug hat mich fertig gemacht; ich fühle mich wie vierzig. Ich gehe schlafen, auch wenn's viel zu früh ist.«

»Du und vierzig! Ich kann mir nicht vorstellen, dass

du jemals so alt sein wirst. Außerdem siehst du klasse aus. Wie immer.«

»Du auch.« Sie zupfte im Vorbeigehen an meinen Locken und verschwand im Bad. Ich blieb sitzen und rauchte weiter. Es war so unglaublich beruhigend, das schwache Geräusch von laufendem Wasser oder das Klirren von Coras Kosmetikfläschchen auf der Glasablage zu hören.

In den folgenden Tagen wurden wir ziemlich aktiv. Wir putzten die Küche zur Musik aus den Charts, polierten die Fenster und wuschen sämtliche Gardinen. Nachträglich würde ich sagen, wir pfiffen im Dunkeln. Cora lud Konrad und Aaron zum Essen ein, »mit Salat und Wein und allen Schikanen«.

»Ich koche nicht besonders.«

»Ich auch nicht. Aber wir kriegen das schon hin.«

Wir gaben vor, es zu genießen. Wir machten uns ans Einkaufen. Es war so wundervoll normal.

Das meiste, was wir brauchten, holten wir im Supermarkt, aber auf dem Rückweg gingen wir bei Frau Gritz vorbei. Ich war ihr immer noch das Geld für die Sachen schuldig, die ich nach Augustes Tod bei ihr gekauft hatte, und außerdem hatte sie guten Wein. Als wir bezahlten, bedankte ich mich für ihre Geduld. Sie lächelte, aber ich fühlte, wie ich mich unter ihrem Blick genau wie damals zusammenzog. Als wir wieder draußen waren, schob sich der Kombi unseres Nachbarn Talweg vor dem Laden in eine Parklücke. Er nickte uns durch die spiegelnde Scheibe zu, und wir grüßten zurück, aber dann stellte ich mir vor, dass er sich gleich mit Frau Gritz über uns unterhalten würde. Mit der verkniffen lächelnden Frau Gritz. Wie viel wussten die alten und neuen Bewohner des Viertels von der Spiegelhaus-Geschichte? Und was dachten sie darüber? Über den netten Patrick, mit dem sie so lang Tür an Tür gelebt hatten, und über uns, seine kleinen Geliebten und Opfer? Machten sie sich Gedanken, weshalb wir wieder hier waren? Während wir unsere Einkäufe zum Haus schleppten, spürte ich plötzlich überall die Augen des Viertels, die hinter den Hecken und Zäunen darauf warteten, dass etwas geschah, und ich dachte an die Schleimspur-Metapher im zweiten Teil von »Lolita«.

Im Laufe des Nachmittags verblasste mein Unbehagen wieder, und als wir das Essen vorbereiteten, Kerzen aufstellten und die Tischdecke mit Blüten und Blättchen bestreuten, dachte ich nur noch daran, wie sehr es Auguste gefallen hätte, dass wieder Leben und Freude in ihr Haus kam. Ich war ganz entspannt, bis ich beim Hochdrehen der Heizung plötzlich Talweg gegenüber am Fenster im ersten Stock bemerkte. Das kleinere seiner Kinder saß vor ihm auf dem Fensterbrett, und er streichelte mechanisch das feine Köpfchen, während er zu mir sah. Trotz der Entfernung erkannte ich, dass er lächelte, seine Zähne erschienen wie etwas Künstliches in seinem Bart. Dann schwebte seine Hand einen Moment reglos über dem Kind, bevor sie ihre Bewegung fortsetzte, und plötzlich wusste ich, dass er mich anstelle des Jungen meinte, dass ich es war, die er in Gedanken streichelte, selbstvergessen und voller Genuss. Als gäbe es keine Distanz zwischen uns, starrten wir uns in die Augen, und mein Herz klopfte heftig, als ich es endlich schaffte, mich abzuwenden.

Hatte Wolfgang Talweg mich schon öfter beobachtet? Schaute er Cora zu, wenn sie sich in ihrem Nachthemd am Fenster streckte? Sah er unsere Höschen im Bad auf der Leine über der Wanne? Wahrscheinlich sollten wir ein wenig vorsichtiger sein. Wir würden uns nicht vertreiben lassen, das war klar, aber trotzdem sollten wir vorsichtig sein.

Der Duft des Schmorbratens und Coras Trällern, die mit übertrieben rollendem »R« ein schreckliches Lied aus einer Operette sang, brachten mich in die Wirklichkeit zurück, und nach einem energischen Ruck an der Gardine ging ich nach oben, um mich zurechtzumachen.

Strahlend begrüßten wir an jenem Abend Konrad und Aaron, parfümiert, mit glänzend gebürsteten Haaren. Zuerst musterten sie mich misstrauisch, aber es gelang mir schnell, sie davon zu überzeugen, dass ich wieder in Ordnung war. Es gab kleine geröstete Brote mit Rillettes und Knoblauchbutter, und den Braten hatten wir so eifrig begossen, dass er wie ein Märchenbraten aussah. Natürlich reagierten die Brüder skeptisch, als sie hörten, dass wir hier bleiben wollten, und sie lauschten unseren Erklärungen, wie man Verkäufern zuhört, bei denen man weiß, dass mindestens die Hälfte von dem, was sie sagen, gelogen ist (noch während wir eifrig auf sie einredeten, wusste ich, dass sie Recht hatten), aber schließlich fanden sie sich damit ab. Vielleicht ahnten sie, dass wir auf etwas warteten.

Ich hatte das Gespräch nicht mit Absicht auf sie gebracht, es pendelte ganz von selbst in diese Richtung, als ich auf dem Heimweg ein paar Besorgungen bei ihr machte. Wir erwarteten Lises Eltern zum Abendessen, und da war Lise immer ziemlich empfindlich. Sie versuchte alles perfekt zu machen, steif vor Nervosität und Abwehr. Dafür trug sie abends Jeans und Pullover, weil sie wusste, dass es ihrer Mutter nicht gefiel. Es war Lises Versuch, sich für ihre Anspannung zu rächen, aber natürlich ging die Rechnung nicht auf, und sie litt den ganzen Abend unter den kritischen Blicken Ingeborgs. Ich hatte Verständnis für diese Probleme, auch wenn ich mich eigentlich ganz gern mit meinen Schwiegereltern traf. Lises Vater war still, dafür war ihre Mutter umso lebhafter, temperamentvoll und energisch, das glatte Gegenteil von Lise. Es amüsierte mich, wie Ingeborg versuchte, ihre Tochter bei mir auszustechen. Sie hatte keine Söhne, nur Lise, und ihr Verhalten mir gegenüber sollte Lise demonstrieren, wie viel lieber sie einen Jungen gehabt hätte.

Nicht dass ich Lise verriet. Ich ging nie weiter, als ganz schwach durchblicken zu lassen, dass es schon aus Anstand für mich selbstverständlich war, auf ihrer Seite zu sein. Aber für Lises Mutter, die so eitel war, dass sie in allem ein Kompliment entdeckte, war das genug. Es erzeugte bei ihr einen triumphierenden Ausdruck befriedigten Verdachts, bestätigter Eigenliebe, den Lise hasste.

Nun, für mich waren das Kleinigkeiten, nicht wert, sich darüber aufzuregen. Aber manchmal konnte ich ein Lächeln nicht unterdrücken, wenn ich sah, wie Lise das Gesicht ihrer Mutter studierte, nur um zu finden, was sie fürchtete.

Jedenfalls hielt ich damals nach dem Büro bei Frau Gritz, um Crème fraîche, Nussöl und Radieschen für das Abendessen mit meinen Schwiegereltern mitzubringen. Ihr Laden war zwar nicht gerade billig, was ich als Alleinverdiener nicht übersehen konnte, aber dafür hatte sie ausgesuchte Sachen, und er lag auf dem Weg. Außerdem stand sie seit Ewigkeiten da drin, und ich hoffte, dass sie etwas Interessantes zu erzählen hatte.

»Sie sind mal wieder unsere letzte Rettung, Frau Gritz.« Es war, als spräche mein Spiegelbild, das ich in einem Blechkanister im Regal hinter der Theke sah. Es sprach mit der schmeichelhaften Übertreibung, die zu den Regeln im Viertel gehörte. Durch die leichte Verzerrung wirkten meine Backen noch voller als sonst, trotz des Vollbarts, mit dem ich sie zu kaschieren versuchte. Man sah auch noch den Hemdkragen und die Krawatte, und ich dachte, wie schon so oft gequält, dass sie wie ein Babylätzchen bei mir wirkte.

An den genauen Gesprächsverlauf erinnere ich mich nicht, aber irgendwie kamen wir auf Cora und Beatrice. Ob sie oft zum Einkaufen hier wären? Sie sähen ja nicht gerade wie große Köchinnen aus, haha, aber schließlich könne man sich täuschen.

Mehr brauchte es nicht. Zuerst erzählte Frau Gritz von Frau Matt und dass die Goldbraune – Beatrice – sie gepflegt hatte. Wir wechselten ein paar Sätze über das Thema, schließlich war Frau Matt noch nicht lang unter der Erde, aber dann brachte ich sie geschickt auf die Mädchen zurück.

»Wie eine Pflegerin sieht die Kleine nicht gerade aus«, sagte mein Spiegelbild, während ich umständlich das Nussöl in meiner Aktentasche verstaute. »Und ihre Freundin noch weniger.«

Als ich wieder hochsah, wirkte Frau Gritz, als ob ihr etwas im Hals steckte. Ich wartete, die Hände über der Tasche gefaltet, die ich an meinen Bauch lehnte. Wenn ich ihn morgens im Spiegel sah, lenkte ich möglichst schnell den Blick auf Lise. Das Leben zeichnet uns, nach und nach oft zu Karikaturen. Der Gedanke berührte einen wunden Punkt, so dass ich den Moment versäumte, als Frau Gritz zu reden begann. Ich nahm erst auf, was sie sagte, als sie diese Eveline erwähnte. »Eine ganz schlimme Geschichte damals … Ich weiß nicht, ob ich Ihnen überhaupt davon erzählen soll, wo Sie doch in seinem Haus wohnen ...« Aber sie war schon viel zu weit, um noch anzuhalten.

Und dann lauschte ich ungläubig, mit offenem Mund. Es war das erste Mal, dass ich von der Geschichte hörte, und sie fesselte mich sofort.

Sicher lag es daran, dass dieser Abend anders als sonst verlief, wenn Lises Eltern uns besuchten. Ich war nicht recht bei der Sache, bei der Art, wie Ingeborg ihrer Tochter zusah, wenn sie den Salat verteilte, den Lise mit Sonnenblumenkernen und Croutons und zu Röschen geschnitzten Radieschen angereichert hatte. Oder wie sie die Kinder beim Essen musterte, vor allem Moritz, dessen Tischmanieren zu wünschen übrig ließen. Die Kinder wollten nicht schlafen, und Moritz erschien noch zweimal auf der Treppe, nachdem er schon ins Bett gebracht worden war, was er sich normalerweise nicht traut. Mein Schwiegervater lächelte sanft und fasste Lise tröstend um die Taille, als sie beim Abräumen Tomatensaft aufs Tischtuch tropfte, während Ingeborg sich von meinen neuesten Problemfällen erzählen ließ, obwohl sie sich garantiert keine Vorstellung davon machen konnte. Ich gab mir weniger Mühe als sonst, ihr alles zu erklären. Ich sagte ja, dass ich nicht recht bei der Sache war.

Eigentlich war ich froh, als sie gingen. Ingeborg merkte es und war beleidigt, aber es kümmerte mich nicht. Nachdem sie weg waren, stand ich noch ein paar Minuten vor der Tür. Die meisten Häuser waren schon dunkel und bleckten gespenstergleich auf, wenn der Mond zwischen den Wolken erschien. Während ich das Haus gegenüber betrachtete, dachte ich daran, was Frau Gritz mir erzählt hatte.

Wie hatten sie damals ausgesehen, mein Haus und das Haus gegenüber? Als dieser Patrick hier lebte und Eveline? Schon bei der ersten Besichtigung war unser Haus renoviert gewesen, picobello, neue Sanitärobjekte, abgezogene Dielenböden, sogar der Keller war neu verputzt und gestrichen, er hatte ganz und gar nicht unheimlich gewirkt. Wie gut uns das damals gefallen hatte: alles sauber und neu. Wie ein leeres Blatt. Ein weißes Blatt, auf dem jetzt plötzlich ein mit unsichtbarer Tinte geschriebener Text erschienen war.

Warum waren sie eigentlich wieder hier, diese Mädchen? Sie hätten allen Grund gehabt, die Gegend zu meiden. Vor dem Einschlafen stellte ich mir vor, wie sie damals gewesen waren, Schulmädchen in kurzen Röcken.

»Ich habe sie oft vorbeigehen sehen«, klang Frau Gritz' Stimme in die Nacht. »Aber natürlich habe ich mir nichts dabei gedacht. Und früher, Eveline ... Nun ja, Frau Matt wollte es nie wahrhaben, aber Eveline hatten alle zugetraut, dass sie eines Tages verschwindet. Selbstverständlich hat es uns sehr Leid getan, als wir hörten, was passiert war. Ich habe bei Frau Matt dann öfter mal einen Posten auf der Rechnung weggelassen. Auch als diese Beatrice für sie eingekauft hat. Tja. Es war für uns alle ein Schock. Patrick war eigentlich ein angenehmer Junge gewesen. Eher schüchtern.«

»Eine schlimme Geschichte. Vielleicht ist es besser, wenn meine Frau nichts davon erfährt«, hörte ich mich antworten, ganz der rücksichtsvolle Ehemann.

Frau Gritz' Gesicht war größer geworden, als sie sich vorgebeugt hatte. »Da haben Sie Recht.« Ihre Augen hatten geglitzert. »Ihre Frau sollten wir damit verschonen.« Ich erinnerte mich, wie wir uns angelächelt hatten, zwei Verschwörer, die ein Geheimnis teilten, und seufzend drehte ich mich auf die andere Seite. »Immerhin ist das alles lang her«, sagte Frau Gritz' sich entfernende Stimme in meinem Kopf.

»Vielleicht sollte man es vergessen«, erwiderte ich lautlos. »Aber das ist leichter gesagt als getan.«

Das Letzte, was ich damals vor dem Einschlafen vor mir sah, war ihr gerötetes Gesicht, das stumm die Lippen bewegte. Kurz danach schien das Haus unter mir wegzusacken wie ein Fahrstuhl bei großer Geschwindigkeit. Als ob es zum ersten Mal seine wahre Dimension offenbarte, und einen Moment lang wurde mir übel, als ich begriff, dass ich nicht mehr Herr im eigenen Haus war.

Wir blieben also, und die Tage wurden heller. Wenn ich morgens zum Briefkasten ging, senkte sich die Sonne manchmal wie ein zarter Schleier auf meine Schulter und hüllte mich für Sekunden in die Atmosphäre unbeschwerter Kindersommer, aber es war einer dieser Morgen, an dem ich die Karte fand. Eine Karte ohne Text, leer und weiß, und ich schauderte zusammen wie vor einem schneebedeckten Grab. Misstrauisch warf ich einen Blick in die Runde, bevor ich zurück ins Haus ging, dessen schadhafter Putz neben dem ausgelaugten Holz der Eingangstür im grellen Licht plötzlich überdeutlich hervortrat.

Meine Fingerspitzen fühlten sich taub an, während ich die Karte ablegte, und eine Reihe seit Augustes Tod hartnäckig verdrängter Gedanken schoss mir durch den Kopf. Weshalb blieben wir? Außer uns begriff niemand, dass wir zurückgekehrt waren, gleichgültig, wie viele vernünftige Argumente wir aufzählten. Wir hatten uns tapfer geschlagen die letzten acht Jahre, und vielleicht hatten wir eine Weile wirklich geglaubt, dass wir die Sache mit Patrick überwunden hatten, aber seit Augustes Tod wussten wir, dass es nicht stimmte. Es war wie in diesen Träumen, in denen man fliegen kann und plötzlich an Höhe verliert und trotz aller Anstrengungen unaufhaltsam sinkt, während der Verfolger näher kommt. Wir waren vierundzwanzig Jahre alt, aber ein Teil von uns war vierzehn und würde es bleiben. Ich fühlte mich, als sei ein schwebendes Verfahren wieder aufgegriffen worden.

War die Karte das Zeichen, dass es wieder begann?

Ich erzählte Cora von der seltsamen Post, während wir

uns umzogen, um Augustes Grab zu besuchen. Ich tat es so beiläufig wie möglich, und sie ließ sich nicht anmerken, was sie empfand. Wir waren verunsichert, alle beide, auch wenn wir genau wie damals den Kopf ziemlich hoch trugen, als wir zum Friedhof gingen, ein wenig zu elegant mit unseren hohen Absätzen und Sonnenbrillen. Die sandigen Wege waren noch nass, der Regen der letzten Woche hatte die Erde verschlammt, aber nun schien die Sonne grell und hart auf die Gräber und tauchte sie in dasselbe unwirkliche Licht wie das Haus am Morgen. Angelikas Grab wurde von ihren Eltern gepflegt, aber für Evelines Grab, deren fünfundzwanzigster Todestag sich näherte, hatten wir Körbchen mit Stiefmütterchen dabei, die wir dicht nebeneinander auf den Erdhügel setzten. Es sah beinah fröhlich aus.

Ich erinnere mich an meinen scharf gezeichneten Schatten auf dem Kies, als wir wieder gingen. Er glitt über die Steine und zwischen den Erdhügeln hindurch, streifte Baumstämme und Engel, Abfallgruben und Mauern, alles berührend, ohne berührt zu werden, wie jener Teil meines Selbst, der in fremde Personen schlüpfte oder Szenerien, neugierig und irgendwie naiv, weil er die Gabe hatte, sich immer wieder zu vervollständigen, aufnahmebereit und unverwundbar, wie nur ein Schatten es sein kann. Ich empfand ihn wie ein Spiegelbild. Er war das, was überlebt hatte. Heute weiß ich, es lag an ihm, dass ich blieb.

Ich glaube, auf andere wirkten wir ganz glücklich,

später, als wir durch die Stadt bummelten und zu viel Geld ausgaben. Ein wenig überdreht vielleicht, aber hübsch und jung, als hätten wir eine Zukunft. Cora schenkte mir ein Parfum und eine schöne Werkausgabe von Stifter, und ich schenkte ihr silberne Ohrringe. Wenn ich daran zurückdenke, sehe ich sie wieder neben mir auf ihren verrückt eleganten Schuhen, ihren kleinen Hintern über den endlosen Beinen, ihre Schneeköniginnenhaut, das in der Sonne glänzende Haar. Sie war schön und perfekt. Bis auf ihr beinah unmerkliches Hinken.

Patrick hätte es gefallen, dieses Hinken. Genau wie ihm der neugierige Schatten meines Selbst gefallen hätte. Ganz besonders hätte ihm gefallen, dass wir stur waren, dass wir so taten, als sei alles in Ordnung, ein perfektes Team der Ignoranz. Oder war das nur eine Fassade? Forderten Cora und ich ihn in Wirklichkeit heraus, den Geist der Vergangenheit?

Nur durch Beobachtung hätte ich nicht gemerkt, dass Lise Tabletten nahm. Sie zeigte keine auffälligen Veränderungen, sie war höchstens noch ruhiger geworden, aber das fiel kaum auf, weil Lise eigentlich immer ruhig war, egal, was ich mit ihr tat.

Als ich das Gläschen versteckt unter ihren Nachthemden entdeckte, nahm ich mir vor, mit ihr darüber zu sprechen, aber dann beschloss ich, es zu lassen. Lise war eingebunden in ihre Aufgaben, sie war gut organisiert, das Haus funktionierte und die Kinder wurden versorgt – ich meine, sie wusste, was sie tat, was für alle das Beste war. Davon abgesehen war sie erwachsen, und warum sollte ich mich in die Entscheidungen einer erwachsenen Frau einmischen, deren Leben funktionierte? Sie hatte eben auch den einen oder anderen kleinen Kummer, so wie ich. Das war nur gerecht, oder?

An dem Tag, als ich die Tabletten entdeckte, war ich eine Stunde früher nach Hause gekommen als sonst. Eine meiner Besprechungen im Amt war geplatzt, weil eine kleine Dealerin und Junkiebraut – ich war sicher, dass ich sie früher mal in einer Peepshow gesehen hatte – mal wieder ihren Termin versäumt hatte. Da es der Letzte an diesem Tag war, machte ich mich aus dem Staub. Als ich heimkam, waren Lise und die Kinder nicht da, und ich nutzte die Gelegenheit, um mich umzusehen. Das tat ich von Zeit zu Zeit, schließlich muss man wissen, was in der Familie vorgeht.

Die Küche war nur nachlässig aufgeräumt. Auf dem Tisch standen Näpfe mit Cornflakes-Resten und eine Flasche Orangensaft, die in den Kühlschrank gehörte, und neben dem Mülleimer lag ein verknoteter Beutel mit Müll vor einem Korb mit alten Zeitungen und ein paar leeren Flaschen. Lise ließ immer den Müll liegen, obwohl es wirklich nicht weit war bis zu den Tonnen. Es gehörte zu den Dingen, die sie auf ihre abwesende Weise hartnäckig verweigerte. Ich heuchelte nachsichtiges Verständnis für diese Eigenart, aber tatsächlich ärgerte es mich, dass sie es schaffte, mir die Rolle des Müllmanns aufzudrängen. Und es war, als ob wir Unmengen von Müll produzierten, gebrauchte Windeln und Cornflakes-Schachteln und Würstchen- und Marmeladengläser und Shampooflaschen und diese weiche Masse in den Tüten, von der ich lieber nicht genau wissen wollte, woraus sie bestand. Manchmal kam es mir vor, als wolle Lise mir zeigen, was für ein unappetitliches Unternehmen eine Familie sei, eine seltsame Spezies, die hübsche Packungen aus dem Supermarkt in Schmutz verwandelt, und gewissermaßen hatte sie Recht.

Ich brachte also den Müll zu den Tonnen und rollte das Dreirad unter das Vordach des Eingangs – ein Pedal fehlte und der Sattel wackelte schon wieder –, und dann stand ich im Frühlingslicht und sah mich um. Das Viertel war wie ausgestorben. Auch das Haus gegenüber.

Ob es innen wohl noch so aussah wie damals? Die Idee faszinierte mich, am liebsten hätte ich es besichtigt, mir alles angesehen, was von damals übrig geblieben war, um meinen vagen Vorstellungen ein festeres Fundament, sozusagen ein Heim zu geben. Aber das war unmöglich, also ging ich zurück und stöberte in meinem eigenen Heim in Lises Sachen herum.

Es überraschte mich, dass sie Tabletten nahm, dass sie wagte, etwas hinter meinem Rücken zu tun. Aber dann kam ich, wie gesagt, zu dem Ergebnis, dass sie mir das Leben mit Lise wahrscheinlich leichter machten. Zum Beispiel die Spielchen, die ich mit ihr spielte und die im Spiegel meiner Vorstellungen Tiefe gewannen.

Falls wir unseren unbekannten Gegner wirklich hatten herausfordern wollen, hatte es funktioniert, denn ein paar Tage nach der Premiere lag eine weitere Karte im Briefkasten, diesmal »mit freundlichen Grüßen«. Behutsam wie etwas Giftiges legte ich sie auf die Garderobenablage, setzte mich in Augustes Zimmer, rauchte und fuhr mit dem Fingernagel das eingewebte Muster der Tischdecke nach. Ich wusste, dass Cora die Karte irgendwann finden würde, und ich war gespannt, wie sie reagieren würde, aber sie schwieg so hartnäckig wie ich. Gewissermaßen war es wie damals, als Patrick uns mit Klebestreifen den Mund verschloss.

An jenem Tag hatten wir uns vorgenommen, den Garten herzurichten. Es bedeutete, dass wir in den Keller mussten, zumindest in den Raum, wo die Gartengeräte waren. Seit jener Nacht war es das erste Mal, dass wir dorthin kamen, und die Erinnerung kroch wie ein feuchtes Insekt über meinen Rücken.

»Irgendwann müssen wir sowieso da runter, wenn wir das Haus behalten wollen«, sagte Cora, während sie die Kellertür öffnete. »Dann können wir es geradeso gut jetzt.«

Wir sahen uns um in allen Kellerräumen, außer dem letzten. Auguste hatte einmal gesagt, dieser Raum solle leer bleiben, auch wenn es sie nicht mehr gäbe. Sie hätte es nicht sagen müssen. Dort war zu viel geschehen, als dass wir ihn jemals wieder freiwillig betreten würden.

Beklommen erkundeten wir die anderen Bereiche, die viel ordentlicher waren als ihre spiegelverkehrten Zwillinge damals in Patricks Haus. In dem an der Hintertreppe zum Garten gelegenen Keller waren die Gartengeräte, ein Rechen mit einem langen Stiel und einer mit kurzem, Hacke, Besen und Gießkanne. In einem Holzregal lagen noch eine kleine Schaufel, eine Gartenschere und Handschuhe. Ein mürber Papiersack mit ein paar Krümeln Dünger lehnte daneben. Wir suchten aus, was wir brauchten. Wenn wir die Rosen geschnitten und das alte Laub entfernt hatten, wollten wir Blumen setzen, Cora hatte Unmengen blauer und gelber Stiefmütterchen besorgt. Für die Nachbarn sollte es ein Zeichen sein, dass das Leben in diesem Haus weiterging, aber während wir herumstöberten, fielen mir die frisch bepflanzten Gräber von Eveline und Auguste ein, und ich fragte mich, ob wir nicht etwas ganz Ähnliches taten. Ob wir nicht dabei waren, unser eigenes Grab zu schmücken.

Diese Vorstellung war unheimlich, und ich verdrängte sie schnell. Sie hätte zu weiteren führen können, die darauf hinausliefen, dass es falsch war, hier zu bleiben, und dass wir das Haus verlassen sollten, das Haus, die Gegend und alles, was dazugehörte, um unser beschädigtes

Leben zu retten, bevor die Schnecke Vergangenheit es fraß. Aber mein Schattenwesen hatte schon längst seine Finger befeuchtet, um die nächste Seite unserer Geschichte umzublättern und weiterzulesen.

Wir arbeiteten eifrig, es war anstrengend, und irgendwann vergaßen wir alles. Cora schnitt die Rosen diszipliniert und gnadenlos wie eine Fee, bei der man nicht sicher ist, ob sie zu den Guten oder den Bösen gehört, während ich die Erde unter der Korkenzieherweide lockerte. Danach hackten wir einen Streifen neben dem Weg für die Stiefmütterchen. Nach zwei Stunden hatte Coras Gesicht einen rosigen Hauch, und ich spürte zum ersten Mal seit langem meine Armmuskeln.

Ab und zu fuhr ein Auto durch die Straße oder jemand ging mit seinem Hund spazieren, aber niemand sprach uns an. Alles war ruhig, und irgendwann vergaß ich, dass uns vielleicht doch jemand mit einem trägen, aber wachsamen Auge beobachtete. Der Schreiber der Karten zum Beispiel.

Plötzlich tauchte Talweg am Zaun auf.

»Guten Tag. Da haben Sie ja das richtige Wetter für die Frühjahrsarbeit.«

»Hallo. – Ja, es war nötig.«

»Frau Matt war das wohl schon länger zu viel. Meine Frau hat ihr mal beim Beschneiden der Büsche geholfen, aber das ist schon eine ganze Weile her.« Er schwieg ein paar Sekunden und spielte mit seinem Schlüsselbund. »Für unsere Rosen wird es auch Zeit.«

Cora verzog sich hinter die Weide, um noch ein paar Blättchen einzusammeln. Ich lächelte stumm. Hartnäckig wie Unkraut wurzelte Wolfgang Talweg am Zaun.

»Wenn der Frühlingsregen kommt, sollte man düngen«, fuhr er fort, nachdem mein Schweigen unüberhörbar geworden war. Zum ersten Mal betrachtete ich ihn genauer. Seine Züge waren verschwommen, seine Haut war bleich und dick, und seine dunklen Haare lichteten sich am Hinterkopf. Er wirkte unscheinbar und bieder, aber in seinen ausdrucksvollen Augen lag ein seltsamer Glanz, der nicht dazu passte. Sie waren dunkelbraun und flehten aus ihren Höhlen wie eingesperrte Tiere. Als ob sie zu jemand anderem gehörten. Zu einer anderen Existenz.

»Anscheinend kennen Sie sich gut aus, Herr Talweg«, antwortete ich, heimlich seufzend. »Welchen Dünger nimmt man denn am besten?«

»Es gibt speziellen Rosendünger, tja, ich habe neulich einen Sack gekauft. Das ist sowieso zu viel für unsere paar Rosen. Ich gebe Ihnen gern davon ab, wenn Sie möchten.«

Ich lächelte wieder und bedankte mich. Eigentlich hatte ich keine Lust, mich auf Nachbarschaftskontakte einzulassen, aber es wäre unhöflich gewesen, abzulehnen. Wenn wir hier blieben, mussten wir irgendwie mitspielen.

Heimlich freute ich mich, als Lise im Büro anrief und mich bat, auf dem Heimweg Milch mitzubringen. Moritz hat die Tüte fallen lassen, erklärte sie sanft, unterbrochen von einem trockenen Räuspern, das sie sich seit kurzem angewöhnt hatte. Es war der beste Grund, mal wieder bei Frau Gritz aufzutauchen. Als ich parkte, arrangierte sie gerade Körbchen mit Erdbeeren im Fenster, aber wir wechselten so schnell in den dunklen Teil des Ladens wie zwei Kinder, die Heimlichkeiten austauschen möchten. Ich war der einzige Kunde, und der Raum mit seinem gedämpften Licht und der blanken Holztheke wirkte intim, er war wie eine Kammer oder ein Beichtstuhl, ein idealer Ort für Geständnisse. Wir brauchten kaum zwei Sätze, um auf die Mädchen zu kommen. Ziemlich unverhohlen fragte ich, wann diese Geschichte damals passiert sei, und Frau Gritz nannte, ohne zu zögern, das Datum, geradezu triumphierend.

Eine Hitzewelle überlief mich, vermutlich sah sie es mir an. Jedenfalls hatte ich das Gefühl, dass ihr Blick sich regelrecht an mir festsaugte und dass sie dabei mehr entdeckte, als mir lieb war, deshalb nestelte ich schnell zwei Schälchen mit Erdbeeren aus dem Regal vor der Kasse, bezahlte und verließ mit weichen Knien den Laden, während Frau Gritz ein »Bis bald« hinter mir herschickte, das mir noch in den Ohren klang, als ich zu Hause war.

Den Abend brachte ich irgendwie rum, aber in der Nacht wachte ich auf und es gelang mir nicht, wieder einzuschlafen. Um drei Uhr stand ich leise ächzend auf und ging nach unten. Das Wohnzimmer wirkte fremd, zum ersten Mal erschien es mir wie eine Kulisse, in der die Darsteller fehlten. Es war kühl, weil wir die Heizung nachts abdrehten, aber mein Gesicht glühte und mein Atem keuchte regelrecht in der Stille. Matt und nervös zugleich ließ ich mich auf die Couch fallen und starrte eine Weile ins Leere, und dann waren sie plötzlich da, die Mädchen. Ihre Gesichter, gerötet von der Gartenarbeit, ihre kleinen Hintern in den engen Jeans. Coras Rücken, der beim Bücken so gestreckt blieb, dass kein einziger Wirbel durch den Pullover zu sehen war. Ihr Haar fiel dabei an ihrem Gesicht vorbei und berührte den Rasen, ihre Taille war schmal wie die einer Vierzehnjährigen. Beatrice mit ihrer Sommerhaut, selbst jetzt zu Beginn des Frühlings bräunlich und glatt. Ihre schmalen Handgelenke mit den feinen Fingern, in denen sie den Rechenstiel drehte. Von der Sonne geblendet, die schon ziemlich tief stand, hatte sie manchmal die Augen geschlossen, was sekundenlang aussah, als gebe sie sich hin. Ich roch die frisch umgegrabene Erde und das trockene Laub und glaubte, die Hand ins Licht strecken zu können, wenn ich nur wollte. Es war süß und es war quälend, und ich begriff, dass ich verliebt war. Es war das, wonach ich mich schon lange gesehnt hatte. Ich war verliebt, und es animierte mich, als würde ich aus einer langen Betäubung erwachen.

In der darauf folgenden Woche nutzte ich einen ruhigen Tag, um in der Mittagspause in die Bibliothek zu gehen. Ich bestellte alles, was über Patrick und die Mädchen damals gedruckt worden war. Die Artikel waren ziemlich ausführlich. In einer mittelgroßen Stadt gab es schließlich nicht gerade ein Überangebot an Serienkillern, und wegen der besonders pikanten Konstellation hatten sich die Medien sogar landesweit auf die Sache gestürzt. Die Berichte über die beiden Mädchen blieben ziemlich diskret, auf die Toten allerdings brauchte man keine Rücksicht mehr zu nehmen, und alle versuchten, so viel wie möglich über sie zu schreiben. Fotos fand ich nur wenige, von Cora und Beatrice gab es jedenfalls keine. Ich versuchte mir vorzustellen, wie sie damals ausgesehen hatten, aber der Unterschied zu heute erschien mir nicht groß, sie hätten auch jetzt noch als Schülerinnen durchgehen können.

Je mehr ich las, desto weiter wich mein Alltag zurück. Um mich knisterte und flüsterte die Bibliothek, ab und zu unterbrochen vom dumpfen Knall, mit dem ein Buch auf einem Tisch landete. Natürlich war er gruselig und abstoßend, dieser Patrick. Was die Zeitungen über den Zustand seines (unseres) Kellers berichteten, hörte sich ausgesprochen krank an. Aber davon abgesehen war es eine Tatsache, dass die Mädchen ihn freiwillig besucht hatten, Woche für Woche und Monat für Monat in sein Haus gekommen waren. Man erfuhr etwas über sie, etwas, was die meisten Leute in ihrem Leben verbergen können.

Als ich aufbrach, nahm ich mir vor, einige Artikel ein zweites Mal zu lesen. Außerdem gab es noch Zeitschriften. Ziemliche Krawallblätter, aber vielleicht erwähnten sie neue Details?

Allmählich hatte ich einige Anhaltspunkte, um mir vorstellen zu können, wie unser Haus damals ausgesehen hatte. Mit den Mädchen auf einem Bett. Wenn ich die Augen schloss, hörte ich sie flüstern und stöhnen, und ich sah sie in allen möglichen Positionen, gestreichelt von Männerhänden, von denen ich mir vorstellte, dass sie mir gehörten.

Wenn ich die Augen wieder öffnete, sah ich Lise, ihre sanften Bewegungen, mit denen sie Konstantin aus dem Stühlchen hob, die vertraute Geste, mit der sie sich ihr Haar hinter das Ohr strich. Ich registrierte das klar und wie aus großer Distanz. Ihre Geduld hatte etwas Wartendes, ein langes Warten, das langsam müde wurde, aber Lise schien immer noch zu glauben, dass es ein Ende finden konnte. Dass ihr Leben keine Gefangenschaft mit zwei kleinen Kindern, keine Gefangenschaft aus Liebe blieb. Ich las es in ihren Blicken, die suchend umherschweiften, ohne dass etwas im Raum sie festhielt. Sie hoffte auf ein Zauberwort, auf einen Kuss, der sie erlöste. Ein wenig hämisch beobachtete ich, wie sie versunken ihre Hände betrachtete und kleine Hautstückchen von den Nagelrändern riss. Irgendwann würde es einschlafen, ihr Warten, und nicht mehr erwachen, und das wäre für sie und mich und uns alle vermutlich das Beste.

Es entschädigte mich, dass sie litt. Auch ich war ja ein Gefangener, auch mein Leben war anders, als ich es mir vorgestellt hatte. Die Kinder bestimmten meine Freizeit, meine Frau wurde unattraktiv, meine beruflichen Perspektiven immer enger. Als ich mich für dieses Leben und für die Kinder entschieden hatte, hatte ich nicht einmal geahnt, dass sie wie Klötze an meinen Beinen hängen würden. Lise und ich hatten bekommen, was wir wollten, aber es war nicht so, wie wir es uns vorgestellt hatten, und wenn wir gewusst hätten, wie es werden würde, hätten wir es vermutlich nicht gewollt.

Manchmal sang Moritz in solche Gedanken oder er erfand eine Geschichte, und Konstantin, der anhänglicher und scheuer als sein Bruder war, streichelte mich mit seinen winzigen Händchen. Dann spürte ich beklommen, wie machtlos ich war. Die Entscheidung war längst gefallen.

Drei- oder viermal ging ich noch in die Bibliothek, und ab und zu unterhielt ich mich mit Frau Gritz über die Mädchen. Sie erzählte viel von Eveline und diesem Patrick und seiner Mutter, die, wie die meisten im Viertel, ebenfalls zu Frau Gritz' Kunden gehört hatte, wenn auch nicht zu den beliebten. Angeblich hatte sie die Waren mit einem Ausdruck gemustert, den Frau Gritz in einem ihrer schwachen Momente, in denen sie mehr sagte, als sie wollte, als »angewidert« bezeichnete.

Ich war ein guter Zuhörer. Still stand ich da, die Hände über dem Bauch gefaltet, ein Lächeln unter dem Bart.

Ich merkte mir jedes Wort und wiederholte sie oft in Gedanken, diese Gespräche, beim Polieren des Wagens oder wenn ich den Müll zu den Tonnen brachte. Vor allem, wenn ich am Schlafzimmerfenster stand, von dem aus man einen guten Blick auf das Haus gegenüber hatte. Ein paar Mal versuchte ich, mit den Mädchen ins Gespräch zu kommen, aber meistens lief es wie damals, als ich ihnen den Dünger gebracht hatte.

»Vielen Dank. Wie nett von Ihnen.«

»Der Garten sieht ja wie verwandelt aus.«

»Danke.«

»Bei uns ist auch viel zu tun. Nur die Kinder sind immer so unvorsichtig. Wenn man nicht aufpasst, treten sie alles nieder.«

»Tja.« Lange Pause.

»Also dann viel Erfolg mit den Pflanzen. Ich habe Sie hoffentlich nicht gestört.«

»Nein, natürlich nicht. Danke nochmals.«

Sie verhielten sich, als hätten sie nie etwas anderes getan, als Rosen beschnitten. Sie waren distanziert, kühl und höflich, um nicht zu sagen: arrogant. Sie spielten die Fräulein Rührmichnichtan und ließen mich abblitzen. Ich hatte die Hoffnung gehabt, mit ihnen nach und nach ins Gespräch zu kommen. Vielleicht hätten sie Vertrauen zu mir gefasst, immerhin war ich Sozialarbeiter. Diese alte Geschichte hatte bestimmt Einfluss auf die Entwicklung ihrer Sexualität genommen, ein Thema, über das ich gern mehr erfahren hätte.

Manchmal fragte ich mich, was Lise dachte, wenn sie sie sah.

Anscheinend bemerkte sie sie kaum. Sie nahm ja überhaupt wenig Anteil, auch zum Tod von Frau Matt hatte sie nicht mehr als eine kurze Bemerkung gemacht, einen jener halben Sätze, dessen Ende sich, wie so vieles in Lises Leben, in einer vage angedeuteten Fortsetzung verlor, weil sie glaubte, dass sowieso alle wussten, was sie sagen wollte. Ich weiß nicht, was mich dazu trieb, aber eines Tages machte ich eine Bemerkung, dass sie sich vielleicht auch die Haare wachsen lassen sollte wie dieses Mädchen von gegenüber.

Es war boshaft, zugegeben, denn Lises Haare sind viel zu dünn, um so lang zu werden. Ich erinnere mich, dass sie mich erstaunt ansah und dann Konstantin auf den Schoß nahm, als könne er sie beschützen. Vielleicht empfand sie es wirklich so, jedenfalls muss es um die Zeit gewesen sein, als sie die Pille absetzte. Als ich es merkte, überlegte ich mir, ob ich sie darauf ansprechen sollte, aber dann dachte ich, ich würde es dabei bewenden lassen, ihre fruchtbaren Tage zu vermeiden. Zwei Kinder waren wirklich genug.

Allmählich band ich sie fester an den Bettpfosten. Fast mit Selbstmitleid betrachtete ich ihre nicht mehr straffe Brust und den kleinen Bauch, den sie trotz ihrer Schlankheit hatte. Eigentlich fand ich es großzügig, dass ich Sex mit ihr machte, mit ihrem vertrauten Körper, der nicht ganz frisch roch, und vielleicht wurde ich deshalb ein wenig gröber als sonst. Aber anscheinend bemerkte Lise es kaum. Jedenfalls blieb sie stumm, ließ alles geschehen und lag anschließend einfach da, die Augen geschlossen, schlaff, ein wenig wie eine Erschlagene.

Dann geschah dieser Unfall, und ich hatte das Gefühl, dass er die Wende bringen würde, die entscheidende Wende in meinen Beziehungen zu den Mädchen. Es war früher Abend, und ich übte mit Moritz Fahrrad fahren. Er hatte ein neues Kinderrad ohne Seitenstützen, und ich lief auf dem Gehsteig neben ihm her, um ihn festzuhalten. Wir kamen bis zu Frau Gritz' Laden, Moritz winkte ihr zu und sie winkte zurück, aber wir stoppten nicht, sondern wendeten und fuhren gleich wieder zurück. Allmählich wurde Moritz sicherer, er radelte schneller, und außer beim Bremsen und bei den Kurven hielt er sogar ziemlich gut die Spur, während ich neben ihm hertrabte. Der Gehweg war frei, und solang es geradeaus ging, trat Moritz schon so eifrig die kleinen Pedale, dass ich rennen musste, um mit ihm Schritt zu halten. Wir waren bei der dritten oder vierten Runde, als ich die Mädchen sah. Ich war ziemlich am Keuchen, bestimmt war mein Gesicht rot und mein Bauch wogte beim Laufen, aber ich hatte keine Zeit, mir darüber Gedanken zu machen, denn Moritz raste, raste stur geradeaus. Anscheinend war er überzeugt, dass sich alle Hindernisse vor ihm in Luft auflösten, ganz unübersehbar war ihm »der Knopf aufgegangen«, und er sauste wie eine verrückt gewordene kleine Maschine über das Pflaster. Die Mädchen lachten und unterhielten sich und achteten nicht darauf, was passierte, und Moritz war jetzt so schnell, dass ich sein Tempo nicht halten konnte. Aber selbst wenn ich schnell genug gewesen wäre, hätte ich nicht mehr gewusst, wie ich ihn hätte stoppen können. Ich keuchte ihm nach, er solle aufpassen und bremsen, und hoffte, dass die Mädchen es ebenfalls hörten und begriffen, dass Moritz wie in einem Rausch war, in seinem ersten Geschwindigkeitsrausch, und dass sie damit rechnen mussten, dass er nicht reagierte. Aber als sie es begriffen, war es zu spät. Der Straßenrand war zugeparkt, und sie versuchten einfach, sich dünn zu machen, damit Moritz zwischen ihnen durchfahren konnte. Vielleicht hätte es auch geklappt, wenn ich ihm nicht zugerufen hätte, er solle bremsen. Wahrscheinlich wurde ihm dadurch seine Lage im letzten Moment bewusst, er wurde unsicher und sein Verstand arbeitete nicht schnell genug, um richtig zu reagieren. Statt weiterzufahren, bremste er plötzlich mit aller Kraft, geriet aus der Spur, fuhr in Cora, stürzte und schlug mit dem Kopf gegen das parkende Auto.

Als ich bei ihm ankam, gab er keinen Ton von sich, dann lief sein Gesicht rot an und verzerrte sich. Cora lehnte mit zusammengepressten Lippen am Wagen, Beatrice kniete neben Moritz.

Natürlich kümmerte ich mich zuerst um das Kind, das nach ein paar unheimlichen Minuten, in denen es aussah, als würde es ersticken, in geradezu dämonisches Gebrüll ausbrach. Ich war wirklich besorgt, aber als ich ihn genauer untersuchte, dachte ich doch, dass er nicht ernsthaft verletzt war. Bestimmt würde er eine ordentliche Beule am Kopf bekommen, sein Handgelenk war aufgeschürft und auch sein Knie blutete, aber nichts davon schien wirklich gefährlich, was vor allem bei der Kopfverletzung leicht hätte anders ausgehen können. Ich kniete also neben dem Jungen, verschwitzt und atemlos, versuchte ihn zu beruhigen und mich gleichzeitig bei den Mädchen zu entschuldigen, und schließlich nahm ich das brüllende Kind auf den Arm und trug es zum Haus, während Beatrice das Fahrrad schob und Cora finster hinter uns herhinkte.

Trotz all der Konfusion und Aufregung empfand ich doch scharf die Nähe der Mädchen, roch ihr Parfum, wollte die Hand in ihre Haare tauchen, sie an mich drücken und festhalten und alles vergessen, was geschehen war. Moritz, Konstantin und Lise, mein ganzes Leben, wie es bisher verlaufen war.

Als wir vor unserem Haus ankamen, entschuldigte ich mich noch einmal – ganz der betrübte Familienvater –, dann brachte ich Moritz zu Lise, während die Mädchen hinter ihrer Tür verschwanden, von der ich glaubte, dass sie von jetzt an für mich nicht mehr ganz so verschlossen sein würde wie bisher. So ein Erlebnis verbindet doch, oder?

Lise war zu schockiert, um wütend zu sein. Stumm untersuchte sie Moritz' Verletzungen und trug ihn ins Bad, wo sie ihn flink und professionell verarztete. Ich half ihr, soweit ich konnte, während ich ihr den Hergang des Unfalls erklärte. Lise war außer sich, ich sah es, obwohl sie still blieb, madonnenhaft über Moritz gebeugt, der allerdings dem Jesuskindlein wenig ähnlich sah. Sein Gesicht war geschwollen vom Weinen, seine feinen Haare verklebt und seine Ohren leuchteten regelrecht. Nachdem Lise seine Wunden gesäubert und verbunden hatte, putzte sie ihm die Nase, schaukelte ihn und hielt ihm einen Eisbeutel an den Kopf. Morgen würde sie mit ihm zum Arzt gehen, vorsichtshalber. Die Stelle fing schon an, sich zu verfärben.

Stumm sah ich den beiden zu, und ein warmer Schauer rann über meinen Rücken. Das Licht glänzte auf dem Porzellan des Waschbeckens, Handtücher lagen auf dem Boden zwischen Moritz' Schühchen und abgerissenen Pflasterschutzstreifen, und Lise summte ein Kinderlied. Es roch nach Desinfektionsmittel und dem Badeschaum in der großen Sparflasche. Es gefiel mir, es strömte Geborgenheit aus. Hier war meine Familie, und ich hatte sie im Griff. Ein paar Minuten dachte ich ganz ernsthaft daran, die Mädchen und das, was mit ihnen zusammenhing, zu vergessen. Ich glaube, das war das letzte Mal, dass alles hätte in Ordnung kommen können.

Natürlich tat Cora so, als ob alles in Ordnung sei, aber ich merkte schnell, was passiert war. Das Kind hatte mit dem Fahrrad ausgerechnet ihr Knie getroffen, dieses Elfenbeinknie, das auch so schon gefährdet genug war. Manchmal betrachtete ich es heimlich, die weiße Haut, unter der sich die feinen Knochen mit den Schattenbuchten abzeichneten. Wie eine fragile Schnitzerei, in deren Innerem sich Coras Schicksal verbarg. Sie klagte kein einziges Mal, aber ich wusste Bescheid, als ich den überraschten Augenaufschlag sah, mit dem sie am Tag nach dem Unfall ihre Dehnübungen abbrach.

Ich verstand ihr Schweigen, auch ich hatte eine Menge zu verbergen. Denn Coras Gesellschaft hatte meine Gespenster nicht wirklich vertrieben, inzwischen waren sie mit der Hartnäckigkeit von lästigen Verwandten zurückgekehrt, auch wenn es mir besser gelang, mit ihnen auszukommen. Mit den Stimmen, die mich bewohnten, meiner Neigung, Augustes halb durchsichtige Gestalt im Flur zu sehen oder Patrick, der verschwörerisch lächelnd hinter einem Vorhang hervorzwinkerte. War es das, was sich aus meinem alten Talent zu plastischem Vorstellungsvermögen entwickelt hatte? Damals ahnte ich, dass diese Geister zu mir gehörten, zweifelhafte Geschenke der Zeit, die man nicht ablehnen kann. Dass ich mit diesem Schatten, der manchmal auf dem matt spiegelnden Linoleumboden im Flur erschien, mit diesem anderen Ich, würde leben müssen und dass Gemeinschaften wie die mit Cora nur vorübergehende Illusionen sind, während nichts so unerschütterlich mit uns verbunden bleibt wie unsere Gespenster.

Am Morgen nach dem Unfall hatte übrigens keine Karte im Kasten gelegen. Diesmal war es ein Brief, rosa Papier, der die minutiöse Beschreibung einer Fesselung enthielt. Cora verbrannte das Blatt über der Spüle und brach damit das Schweigen.

»Da will uns jemand terrorisieren.«

»Irgendein Wichser, der sich daran hochzieht.«

»Vermutlich ist es harmlos, wie man so sagt. Aber ... was verspricht er sich davon?« Ihre Züge verkrampften sich, als sie mit dem Knie gegen den Stuhl stieß. Ich senkte schnell den Blick, als hätte ich es nicht bemerkt, und zuckte mit den Schultern. Ein paar Sekunden fürchtete ich, dass Cora jetzt doch vorschlagen würde zu gehen, die Tür zuzuschlagen, zu verschließen und zu gehen, endgültig, aber dann sah ich, wie sie die Arme über der Brust verschränkte und sich abwandte. Auf Cora war Verlass, sie war kein Spielverderber. In diesem Moment wurde deutlich, dass jede von uns ihren eigenen Kampf kämpfte. Soweit es möglich war, würden wir uns helfen, aber jener Teil von uns, der nicht mehr vierzehn war, wusste, dass jede von uns allein war.

Aufmerksam beobachtete ich, wie Cora sich ein paar Tage später für ihren Besuch bei Bela zurechtmachte.

Am Nachmittag hatte sie einen Arzttermin, und ich fand, man merkte ihr mehr als sonst an, unter welchem Druck sie stand.

»Für jedes Training, das ich versäume, brauche ich drei, um meinen alten Stand zu erreichen«, erklärte sie. »Und je länger es dauert, desto mehr verschiebt sich das Verhältnis zu meinem Nachteil.« Es sah trotzig aus, wie sie in ihren Mantel schlüpfte, und das beunruhigte mich. Würde sie es schaffen, nicht mitzutrainieren? Wie viel Angst hatte sie, überhaupt nie mehr tanzen zu können? Irgendwann würde sie trotz des Verbots schwach werden und es heimlich tun, ich las es an diesem speziellen Zug ihrer Mundwinkel. Das würde ihr schaden, aber andererseits: wann würde sie ihre Sicherheit verlassen, wenn sie es nicht tat? Der Tanz war ihr Leben, ihr Königreich, wie sollte sie ohne ihn zurechtkommen?

Immerhin lenkte der Besuch sie ab, sie war gespannt auf ihr altes Theater, den Ballettsaal, in dem sie so viele Jahre verbracht hatte. Sie hatte Sehnsucht nach dem Geruch von Abschminke, Staub und Puder, nach den Steinstufen im Treppenhaus, nach den hohen Fenstern ihres Schlosses, durch die man auf den kleinen Platz mit den Kastanien sah, wo wir Patrick damals beobachtet hatten als er uns verfolgte. Vermutlich hoffte sie auch auf ein wenig Bewunderung, die ehemalige Schülerin, die es schon beinah zu so etwas wie Weltruhm gebracht hatte. Ihr Hinken war unübersehbar, als sie zum Gartentor ging.

Am Abend horchte ich sie aus, während wir uns vor dem Fernseher zusammenkuschelten.

»Alles ist wie damals. Als wäre die Zeit stehen geblieben. Wie in einem Traum.« Cora wickelte eine Haarsträhne um den Finger. Sie wirkte zerbrechlicher als je zuvor.

»Bela hat sich sicher wie verrückt gefreut, dass du gekommen bist«, versuchte ich sie aufzumuntern. Ihre Züge entspannten sich, sie lächelte.

»Ja, ich glaube schon. Er ist ganz der Alte, dasselbe Nussknackerkinn. Nur einen kleinen Bauch hat er jetzt. Und mehr graue Haare.«

»Gib's zu: er hat dir die Hand geküsst.«

»Stimmt. Er hat mich auch gleich gehalten, damit ich ein paar Touren drehe, und war sehr enttäuscht, dass ich nicht mittrainieren konnte.«

Heimlich atmete ich aus. Cora hatte also durchgehalten.

»Natürlich hat er allen verkündet, wer du bist …«

»Zwei Mädchen kannte ich von früher. Aber der Rest der Gruppe ist neu. Ein schönes, altmodisches Training hat Bela gegeben. Die Kompanie ist nicht schlecht, vor allem, wenn man bedenkt, was für ein kleines Theater das ist.«

Sie sprach weiter, ganz erfüllt von ihren Eindrücken, aber mein Herz zog sich zusammen, als ich mir vorstellte, wie sie ausgeschlossen auf dem Besucherstuhl gesessen hatte, den Saal im Blick. Cora auf dem Besucherstuhl, sehr aufrecht, die Knöchel gekreuzt, die Hände locker übereinander gelegt. Sie hatte sich schöngemacht, einen schwarzen halblangen Rock angezogen, schwarze Strümpfe und hohe Pumps. Der weiße Kaschmirpullover bedeckte sanft wie Flaumfedern ihre Brust, im dunklen Haar funkelten die Silberohrringe, die ich ihr geschenkt hatte. Ihr sündhaft teurer Mantel hing lässig über der Stuhllehne. Hatte sie Bela von ihrem Knie erzählt? Vermutlich schon, aber wahrscheinlich hatte er selbst bemerkt, dass etwas nicht stimmte.

»Bela hat sicher alle geschunden, um dir zu imponieren.«

Cora nickte abwesend, wechselte in den Schneidersitz, streckte das eine Bein aber gleich wieder aus. Wir starrten auf den Bildschirm, wo sich ein Ehepaar idyllisch stritt. Offenbar stellte Cora eine Menge stiller Überlegungen dabei an, die mit der Tatsache zu tun hatten, dass wir hier waren, mit der unklaren Bedrohung, die wir spürten.

»Ob einer unserer Nachbarn uns die Karten und den Brief geschrieben hat?«, sprach sie unvermittelt das Ergebnis dieser Gedanken aus.

»Vielleicht sollten wir uns auf die Lauer legen und den Briefkasten beobachten«, überlegte ich laut. Die Vorstellung war albern, aber nicht unvernünftig.

»Stell dir vor, wenn es Patrick gewesen wäre.«

Ich zuckte zusammen und sah stur auf Doris Day, die *What Ever Will Be* sang, während ich Cora antwortete.

»Das würden sie in der Klinik bestimmt nicht zulassen. Patrick ist ständig unter Aufsicht. Und wenn er ausgebrochen wäre, würden wir es erfahren.«

»Sicher hast du Recht. Es ist irgendein anderer Spinner. Vielleicht dieser Talweg. Oder die Gritz.«

Was konnten wir schon tun? Wir wussten, dass sich etwas zusammenbraute, dass etwas Entscheidendes geschehen würde. Aber wir waren gezwungen, passiv zu bleiben, damit es uns einholen konnte.

Lise stand am Waschbecken, noch angezogen, aber todmüde, wie so oft, wenn die Kinder endlich schliefen. Es war eine Woche nach dem Unfall, und sie wollte nichts als ihre Ruhe, aber die Tabletten machten sie wehrlos. Ich hatte ihr eine davon ins Essen gemischt, um zu sehen, wie sie reagierte, und zusammen mit denen, die sie von selbst nahm, versetzte sie sie in einen Zustand bemerkenswerter Hilflosigkeit, der mich provozierte.

Also spielte ich ein bisschen mit ihr. Es war nichts Besonderes, nur ein paar Druckstellen und kleine Kratzer hatte sie hinterher, nichts von Bedeutung. Sie wirkte aufgedunsen, aber ihre Augen blieben dunkel und sanft, nicht nur nach dieser Szene, sondern auch nach anderen, ähnlichen, die ihr vorangegangen waren oder folgten. Vielleicht hoffte sie, ihre maßlose Duldung würde mich irgendwann zur Besinnung bringen, während mich tatsächlich ihre Wehrlosigkeit immer hemmungsloser machte. Aber vielleicht gefiel es ihr auch. Vielleicht gefiel es ihr an einem geheimen Ort ihres Wesens, an einer Stelle, die so alt war wie ihr Geschlecht. Manchmal glaubte ich das, wenn ich sah, wie sie reagierte, demütig und aufgereizt. So betrachtet, erweiterte es unsere Beziehung um eine neue Dimension. Als hätte das Haus uns endlich einbezogen.

Nach Moritz' Unfall hatte ich zwei Versuche bei den Mädchen gemacht. Ein Mal, als ich ihnen ein paar Vergissmeinnicht brachte, die wir nach dem Pflanzen übrig hatten, das zweite Mal, als ich mir ihren Rechen ausleihen wollte, weil meiner angeblich kaputt sei. Den zweiten Besuch hätte ich mir sparen können, denn obwohl sie da waren (ich hatte sie kurz vorher am Fenster gesehen), öffneten sie nicht. Aber während ich auf der Schwelle stand wie ein lästiger Hausierer, machte ich eine Entdeckung, die mich für die Demütigung entschädigte. Ein Wink des Schicksals, dachte ich damals. Ich bemerkte nämlich, dass ihre Haustür nicht richtig geschlossen war.

Oberflächlich betrachtet schon, aber wenn man genau hinsah, konnte man erkennen, dass das Schloss nicht eingeschnappt war. Es war eine dieser Türen, die automatisch zufallen, und wenn sie bei Temperaturänderungen nicht sorgfältig eingestellt werden, erwecken sie oft den Eindruck, geschlossen zu sein, ohne dass sie es wirklich sind. Ein sanfter Druck und man ist drin.

Ich drehte mich um und ging. Ich konnte ein Grinsen nicht unterdrücken.

Es würde riskant sein, aber das störte mich nicht. Es war mehr als eine Gelegenheit, es war fast eine Einladung. Als hätte ich die ganze Zeit nur auf diesen Anstoß gewartet, auf diese Chance, meine Träume zu verwirklichen, begann ich zu planen. Ob sie nachts abschlossen? Nein, eigentlich glaubte ich nicht, dass sie das taten. Sicher hatten sie nicht gemerkt, dass ihre Tür defekt war. Eigentlich war alles ganz einfach. Wenn ich die Mädchen heimlich besuchen würde, musste ich Lise nur ein paar von ihren Tabletten verabreichen. Unbedingt nötig war es nicht, aber es wäre beruhigend zu wissen, dass sie nicht aufwachte, wenn ich weg war.

Noch wichtiger war allerdings, dass die Mädchen schliefen. Ich konnte ihnen ebenfalls ein paar Tabletten in eine Maibowle mischen. Man muss sie schnell trinken, wenn sie angesetzt ist, darauf würde ich hinweisen. Es würde sicher kein Problem für einen netten Nachbarn sein, sie davon zu überzeugen. Mädchen mögen süße Sachen.

Natürlich wusste ich, was es bedeutete, wenn ich die Zeit zusammenrauchte, bis nur noch ein Häufchen Asche übrig blieb. Es war kein weiterer Brief im Kasten gewesen, aber die Karten und dieser eine hatten genügt, damit wir nervös und angespannt blieben. Wir spürten, dass die Geschichte weiterging, sozusagen hinter unserem Rücken. Sie nahm sich Zeit, sich zu entwickeln in diesem Haus, das nur deshalb so ruhig war, weil es im Zentrum ihres Verlaufs lag wie im Auge des Orkans.

Der Arzt hatte Cora zu einer Operation geraten. Sie erwähnte es eines Tages betont beiläufig beim Frühstück, aber natürlich hörte ich, dass sie Angst hatte. Tatsächlich fand ich sie am selben Abend im Schlafzimmer auf dem Boden, inmitten ihrer Strumpfhosen, Muskelwärmer, den eingetanzten und neuen Spitzenschuhen wie in einem Wall, einem magischen Ring, der sie vor der Außenwelt schützen sollte. Sie sortierte die Sachen, legte die Trikots zusammen und wickelte die Bänder glatt und eng um die Schuhe. Obwohl sie wusste, dass ich da war, schwieg sie hartnäckig, die Lider gesenkt. Vorsichtig ließ ich mich auf den Bettrand sinken. Sie kam mir vor wie ein Kind, das Trost bei seinen Spielsachen sucht.

»Wenn ich die Augen schließe, höre ich die klassischen Ballette von der ersten bis zur letzten Note, und im Kopf tanze ich sie durch. Wieder und wieder und wieder.«

»Ach Cora. Bestimmt ist nach der Operation alles okay. Was sagt denn der Arzt genau?«

»Der behauptet natürlich, es wird keine Probleme geben. Aber er gibt zu, dass man nicht voraussagen kann, wie perfekt das Ergebnis wird, immerhin will ich ja mehr als LAUFEN. Und einen OP-Termin hat er erst in drei Wochen … eine Ewigkeit.«

Ich hatte Cora noch nie so gesehen. Die versnobte Cora. Die mutige Cora, die als Erste auf die Lichtung gegangen war, damals, als Patrick im Wald auf uns gewartet hatte. Cora im Hotel in ihrem Mai Tai herumrührend, Widerstandsstrategien erprobend. Plötzlich wirkte sie klein und hilflos. Es hatte sie an ihrer empfindlichsten Stelle erwischt, und erst in diesem Moment begriff ich, dass sie uns längst eingeholt hatte, die Vergangenheit. Wir waren hier, weil wir etwas herausfinden mussten, und was wir erfahren würden, würde über unsere Zukunft entscheiden.

An jedem Abend dachte ich, dass ein Anruf bei Patricks Psychiater uns vielleicht nützlich sein könnte. Vielleicht konnte er uns sagen, ob Patrick die Karten und den Brief geschickt haben konnte, auf diese Weise wären wir immerhin eine Sorge los. In meinem Notizbuch fand ich die Nummer, die Dr. Markus uns damals gegeben hatte. Es war zwar Samstagnachmittag, aber in Kliniken gelten andere Bürozeiten, und ich beschloss, es trotzdem zu versuchen. Tatsächlich meldete sich Dr. Markus schon nach dem ersten Klingeln. Er versicherte mir, er habe Zeit, und er lauschte aufmerksam, als ich ihm erklärte, weshalb ich anrief.

»Ich denke, ich kann Sie beruhigen«, sagte er, als ich fertig war. »Spontan fällt mir keine Möglichkeit ein, wie Patrick unbemerkt Post versenden könnte, aber selbst wenn, Sie sagten doch, die Karten seien leer gewesen, waren sie auch unfrankiert? Dann muss jemand sie direkt in Ihren Briefkasten geworfen haben, nicht wahr?«

»Das stimmt. Wir haben niemanden gesehen, aber könnte Patrick nicht über Besucher oder das Personal …?«

»Patrick hat, soweit ich mich erinnern kann, seit er hier ist, noch kein einziges Mal Besuch bekommen«, erwiderte Dr. Markus, und ein Hauch von Mitleid verschleierte seine Stimme. »Was unser Personal betrifft, da muss ich mich auf Seriosität verlassen, schließlich wissen die Leute, was für schwierige Patienten wir hier haben, einige sind so bizarr, das können Sie sich gar nicht vorstellen. Für mich taucht bei Ihrer Frage allerdings noch eine andere Überlegung auf. Verstehen Sie mich nicht falsch, aber könnte es sein, dass Sie sich irgendwie WÜNSCHEN, dass Patrick wieder Kontakt mit Ihnen aufnimmt? Dass Sie letztlich darauf warten? Immerhin sind Sie, wie Sie selbst sagen, in das Haus zurückgekehrt und dort geblieben …«

Ich schluckte und umklammerte den Hörer fester. Es überraschte mich, dass Dr. Markus es direkt ansprach. Klang er nicht sogar ein wenig hämisch? Zumindest war es indiskret, und die Situation verwirrte mich. Nach ein paar hastigen Sätzen legte ich auf. Weshalb mussten sich die Angegriffenen rechtfertigen wie die Angreifer? Die Tatsache, dass der Täter sie ausgewählt hatte, schien sie irgendwie zu Herausforderern, geradezu Komplizen zu machen, das war bequem, weil es den Nichtbetroffenen eine Illusion von Sicherheit gab. Als ob nicht jeder ein Schloss sei, für den es den passenden Schlüssel gab. Dr. Markus hatte aus meiner hilflosen Reaktion vermutlich geschlossen, dass er Recht hatte, auch wenn die Dinge komplizierter lagen. Nachdem ich aufgelegt hatte, hatte ich jedenfalls das Gefühl, dass es ein Fehler gewesen war, ihn anzurufen, und später erfuhr ich, wie Recht ich damit hatte.

Lise war zu benebelt, um den Schwund bei ihren Tabletten zu bemerken, die ich in Abständen aus dem Gläschen nahm. Die Kapseln waren ein starkes Zeug. Mit einer Art Triumph betrachtete ich meinen wachsenden Vorrat, dieses Häufchen länglicher Pillen. Es verhalf mir zu Macht, und ich kostete sie aus, indem ich die Ausführung meines Plans hinauszögerte. Auf der Suche nach einem passenden Termin ging ich in Gedanken die Artikel durch, die ich inzwischen beinah auswendig kannte. Demnächst jährte sich Evelines Todestag, und ich entschied mich für diese Nacht, obwohl ich natürlich nie die Absicht hatte, das zu tun, was dieser Patrick mit Eveline getan hatte.

Es gefiel mir, die letzten Vorbereitungen zu treffen. Den Inhalt einer Kapsel teilte ich auf, circa die Hälfte war für Moritz, etwas weniger für Konstantin bestimmt, und für Lise hatte ich drei Kapseln vorgesehen. Ich war nicht sicher, wie viel sie normalerweise nahm, insofern war es riskant, aber sie war an eine gewisse Dosis gewöhnt, und ich wollte nicht, dass sie oder die Kinder mir den Spaß verdarben. Zum Glück fiel der große Tag auf einen Samstag, so hatte ich Zeit und Ruhe, die Maibowle anzusetzen. Von Mittag an lag ich auf der Lauer, und am frühen Abend entdeckte ich dann auch tatsächlich Beatrice am Zaun, als sie ihre neu gepflanzten Blumen bewunderte. Es war windig, aber trocken. Moritz radelte in mäßigem Tempo über den Bürgersteig, ein großes Pflaster auf der Stirn.

Schnell entschlossen nahm ich die Maibowle und überquerte die Straße. Beatrice war so in eine treibende Rose vertieft, dass sie zusammenschreckte, als ich sie ansprach.

Sie wirkte nicht gerade erfreut, mich zu sehen, aber vielleicht machte es mir dieses Mal deshalb sogar besonders Spaß, auf sie einzureden. Als ich die Kleine verließ, hatte ich ein gutes Gefühl. Bestimmt hatte sie ein schlechtes Gewissen, weil sie mich nicht mochte, obwohl ich so freundlich zu ihr war, deshalb würde sie sicher von der Bowle trinken.

Vor dem Abendessen rührte ich Moritz und Konstantin Pulver in ihren Saft, für Lise löste ich es im Tee auf. Als wir nach oben gingen, schliefen die Kinder schon fest, und Lise war so müde und benommen, dass sie sich kaum noch auf den Beinen halten konnte. Sie schlief sofort ein, nachdem sie ins Bett gekrochen war, während ich hellwach, geradezu schwebend wartete, dass die Zeit verging.

Als ich mich anzog, war Lises Atem kaum hörbar. Gedankenverloren nahm ich die Stricke, die ich in der Kommode aufbewahrte, und band ihre Arm- und Fußgelenke an die Pfosten. Es war sicherer so, und außerdem gefiel es mir. Als sie festgebunden war, ging ich zum Fenster und sah nach draußen. Das Schattenmuster der Zäune vergitterte die Straße, und der Wind kämmte durch die Büsche, als prüfe er ihren Schlaf.

Das Einzige, dachte ich, was schief gehen konnte, war, dass die Mädchen ihre Tür doch abgeschlossen hatten. Oder dass sie die Bowle nicht getrunken hatten und aufwachten. Das glaubte ich wirklich. Ich glaubte wirklich, dass es das Einzige sei, was schief gehen konnte. Aber ich hatte die Rechnung ohne den Wirt gemacht.

Ich beobachtete die Gegend von der Anlage aus, die Arme auf der Rückenlehne der Bank ausgestreckt, die an der Hecke vor den angrenzenden Gärten stand. Der Frühlingswind blies unangenehm, aber die Lederjacke war warm und darunter hatte ich meinen alten Pullover an, in dem ich mich jung fühlte. »Anlage« war eigentlich ein ziemlich pompöser Begriff für das Plätzchen, das die Ecke der Kreuzung zwischen dem Rotbuchenweg und der Kastanienallee einnahm. Genau genommen war es nicht mehr als eine Gruppe von vier Bäumen und zwei Bänken, zu den Gärten hin durch eine hohe Hecke abgegrenzt, zur Straße durch eine niedrige.

Eigentlich fühlte ich mich schnell wieder heimisch, ich spürte, dass die Gegend mich aufnahm, fast als hätte ich keinen Fehler gemacht und sei nie weg gewesen. Es war ein wenig, als würde ich wieder am Kaffeetisch sitzen, inmitten von alten Verwandten mit unverwüstlichen Gebissen, die begierig warteten, dass etwas Spannendes geschah.

Trotzdem ging mein Geborgenheitsgefühl nicht so weit, unvorsichtig zu werden, nicht mal ganz am Anfang. Schon meine Mutter hatte mir beigebracht, dass es nur eine Dummheit gibt, die zählt: sich erwischen zu lassen. Zugegeben, ich hatte mich mitten in meiner Party erwischen lassen, und zur Strafe hatten sie mich wieder zum Kind gemacht, aber das würde mir nicht noch einmal passieren. Wenn ich in die Klinik zurückkehrte, würde alles anders sein. Meiner Mutter hatte es irgendwie gefallen, wenn ich versagte, weil sie es sozusagen als Beweis ihrer Überlegenheit ansah, als Zeichen, dass ich sie brauchte und ihr kleiner Junge blieb, aber ich hasste das.

Das ging mir durch den Kopf, während ich mich akklimatisierte, und ich wollte meine Chancen durch nichts gefährden, deshalb vergaß ich nicht, dass mich jemand erkennen konnte. Zum Glück ging man in dieser Gegend wenig spazieren, allenfalls mit dem Hund zum nahe gelegenen Park, und neugierig war man auch nicht, das wusste ich von früher. Jedenfalls galt das für die meisten Anwohner, aber natürlich gab es Ausnahmen. Deshalb hatte ich einen Umweg gemacht und vermieden, an Frau Gritz' Laden vorbeizugehen. Egal, wie viel Zeit vergangen war, ich war sicher, dass sie immer noch dort hockte wie die Spinne im Netz. Sie würde mich auf zwei Kilometer ausmachen, gleichgültig, wie ich aussah. Davon abgesehen hatte ich mich nicht besonders verändert. Meine Haare waren immer noch dunkel und voll, und der Sport hatte mich schlank erhalten, trotz der Nebenwirkungen der Medikamente.

Am Anfang wurde ich nervös, wenn jemand näher kam, vor allem, wenn ein Hund dabei war. Diese Köter sind neugierig und wecken dadurch die Aufmerksamkeit ihrer Herrchen, und schließlich war damals mein Bild in allen Zeitungen gewesen. Glücklicherweise wurden die Tölen immer an der Anlage vorbei zum Park geführt, und deshalb entspannte ich mich irgendwann und begann, die Situation zu genießen. Ich brauchte Konzentration, Fingerspitzengefühl, Aufnahmebereitschaft, also war es nicht gut, wenn ich nervös war.

Die letzten acht Jahre hatte ich die Gegend wie ein Standbild aus einem Film vor mir gesehen – stabil, wenn auch ein wenig unscharf an den Rändern und vor Bewegungslust zitternd. Aber als ich dieses Standbild nun mit der Wirklichkeit verglich, stellte ich fest, dass es Unterschiede gab.

Mein Haus zum Beispiel war jetzt rosa. Ein hübsches Rosa, ein richtiges Mädchenrosa, zart und lieblich. Nachdem ich die Überraschung verdaut hatte, fand ich es nicht unpassend. Die Farbe übertünchte die ehemalige Atmosphäre, und das Haus sah irgendwie aus, als würden Eveline und ich es bewohnen, wie ich es mir mal vorgestellt hatte, ganz ohne meine Mutter. Als ich daran dachte, kam ich ins Träumen, aber Nr. 2 riet mir, nicht gleich in Fantasien zu schwelgen. Eigentlich war ich ziemlich froh, dass Nr. 2 da war, denn wenn etwas klappte, war das meistens sein Verdienst, weil er viel vernünftiger war als Nr. 1, schließlich hatte ich ihn eigens für diesen Zweck erfunden, und ich war entschlossen, auf ihn zu hören, jedenfalls vorläufig. Von der Anlage her konnte ich mein Haus nicht sehen, das war gut, und ich war auch nicht daran vorbeigegangen. Ich hatte einfach nur von der Ecke aus einen Blick darauf geworfen, ganz vorsichtig, und mich dann hingesetzt, um den Eindruck zu verarbeiten.

Wie gesagt: Ich wollte ruhig bleiben.

Davon abgesehen saß ich gern im Freien. Es hatte sich im Laufe der letzten Jahre entwickelt, in denen ich mich oft im Klinikpark rumgetrieben hatte, ein bisschen wie ein Junge, der nicht nach Hause darf. Draußen konnte ich besser nachdenken als in den Klinikräumen, die einen immer gleich zu einem Teil von sich machen wollen. Außerdem gingen mir die Lilien im Zimmer von Dr. Markus auf die Nerven, ich nehme an, inzwischen weiß er, wie sehr. Diese wachsweißen engelhaften Blumen konnte ich nicht ausstehen, aber meine Mutter hatte sie gern, deshalb hatte ich sie für ihre Beerdigung gekauft. Ich fand schon immer, dass Beerdigungen die einzige Gelegenheit waren, zu der sie passten, und ich hatte keine Lust, sie in Dr. Markus' Zimmer vor der Nase zu haben, als sei ich lebendig begraben.

Vom Tod Frau Matts hatte ich in der Zeitung gelesen. Die Todesanzeige hatte ich sogar zusammen mit den Artikeln über mich aufgehoben. Ich muss zugeben, es hatte mir irgendwie einen Stich versetzt, als ich den Namen Auguste Matt auf der Trauerseite entdeckte, ihr Geburts- und Sterbedatum unter dem kleinen Blumensträußchen, das in eine Ecke der Anzeige gedruckt war. Einerseits hatte ich darauf gewartet, dass sie starb. Sie war schuld, dass ich in der Klinik saß, und das konnte ich ihr natürlich nicht verzeihen. Aber wenn ich an sie dachte, an ihre Art, mir zuzuhören, an ihr schlecht geschnittenes Haar, ihre Blümchennachthemden oder daran, wie sie früher oft in den Garten kam, um Eveline und mir Kuchen zu bringen, dann wurde ich sentimental. Ihre Geschichte war ergreifend, und es tat mir Leid, wie sich alles für sie dargestellt hatte. Wie hässlich das Leben für sie geworden war, denn im Gegensatz zu mir hat sie erst ziemlich spät begriffen, dass das Leben hässlich ist, wenn man keine Tricks anwendet, um etwas daraus zu machen. Es war nicht ihre Schuld, dass Eveline so ein Biest war. Da hatte sie Pech gehabt, wirklich, es tat mir Leid für sie.

Jetzt war sie jedenfalls tot, und natürlich machte mir das die Sache leichter. Genau genommen hatte erst ihr Tod alles für mich richtig arrangiert. Es liegt eine gewisse Ironie in dieser Tatsache, das will ich nicht bestreiten, aber was sprach dagegen, dass ich Glück im Leben hatte?

Auf der gegenüberliegenden Straßenseite hüpfte ein Mädchen mit dünnen Storchenbeinen vorbei, das hellbraune Haar zu einem Pferdeschwanz gebunden, die Kindernase optimistisch in die Luft gestreckt. Sie hatte schon diesen unwiderstehlichen Mädchencharme, und ich schätzte, dass sie in spätestens einem Jahr neugierig werden würde. Dann würde sie mich nicht mehr übersehen, einen attraktiven Mann auf einer Parkbank, der kenntnisreich mit süßen Mädchen umging. Ganz bezaubert von dieser Möglichkeit sah ich ihr nach und träumte mich in ein paar Sommerfantasien, aber Nr. 2 bremste mich wieder aus. Leicht beunruhigt dachte ich darüber nach, wie Cora und Beatrice sich entwickelt hatten, meine unartigen kleinen Geliebten, ob sie sich sehr verändert hatten, aber eigentlich glaubte ich es nicht. Nicht wirklich. Ich war sicher, dass ich sie rechtzeitig fixiert hatte, präpariert, aufgespießt, die übermütigen Schmetterlinge. Dass sie Grenzfälle geblieben waren, so wie ich es mochte. Außerdem war ich treu, niemand wusste das so gut wie Eveline. Versprechen muss man halten, sonst gibt es überhaupt keine Sicherheit in der Welt.

Beatrice und Cora sahen das genauso, weshalb sonst wären sie in Frau Matts altes Haus gezogen? Sie waren nicht dumm, sie wussten, dass die Party nicht vorbei war. Sie warteten darauf, dass ich wiederkam.

Fröstelnd beobachtete ich einen Zitronenfalter, der sich auf meine Schuhspitze gesetzt hatte. Er brachte mich auf die Haarspange, die ich Eveline zu ihrem letzten Geburtstag geschenkt hatte, eine Schmetterlingshaarspange, die zu ihrem gelben Kleid mit den Röschen passte. Sie hatte sich spöttisch bedankt, als sie die kleine Schachtel geöffnet hatte, in der ich die Spange auf einem Seidenpapierbettchen drapiert hatte, und ein- oder zweimal hatte sie den Schmetterling sogar getragen, um ihren Pferdeschwanz zusammenzubinden, aber dann frisierte sie sich anders, albern wie eine Erwachsene, und die Spange tauchte nicht mehr auf. Irgendwann entdeckte ich sie in ihrer Kommode in einer Schublade zwischen Holzperlenketten, vertrocknetem Nagellack und einem leeren Parfumfläschchen. Obwohl es nun so lange her war, wurde ich wieder richtig wütend, als ich daran dachte, mir kamen fast die Tränen vor Zorn, und ich schüttelte den Falter von der Schuhspitze. Aber vorsichtig, um ihn nicht zu verletzen. Außer ganz früher war ich immer gut zu Tieren.

Danach beschloss ich, um den Block zu laufen.

Die Frühlingssonne tauchte nur selten auf. Meistens war es bewölkt, und der Wind zauste die Blumen in den Gärten. Trotzdem war das Licht silbrig und grell, es machte die Dinge irgendwie unwirklich, und wahrscheinlich deshalb fiel mir die Klinik ein. Sie war ebenfalls unwirklich, jedenfalls kam sie mir nachträglich so vor. Vermutlich lag es daran, dass sie nicht in meine Biografie passte, aber seit ich hier war, kam ich zu dem Schluss, dass sie eigentlich nur ein Versteck gewesen war.

Ein sehr ambivalentes Versteck, zugegeben, es war mir nicht leicht gefallen, mich darin aufzuhalten. Gehasst hatte ich die Gespräche mit Dr. Markus, diese endlosen Gespräche in seinem Lilienzimmer, in dem er mich mit seinen Klischees nervte, mit meiner gestörten Mutterbeziehung zum Beispiel. Gruft wäre übrigens der bessere Begriff für den Raum gewesen, in dem Dr. Markus seine Pseudoüberlegenheiten zum Besten gab, denn was er da um sich herum kreiert hatte, war ein Grab, das Ende aller Schönheit und Vielfalt. Aber ich wehrte mich, acht Jahre wehrte ich mich erfolgreich, meine Träume aufzugeben und die Dominanz der Wirklichkeit gegenüber der Poesie zu akzeptieren. Mich damit abzufinden, dass das Leben hässlich und profan war, langweilig und voller Zwänge, eine sich selbst reproduzierende Maschinerie, ein Ameisenstaat, in dem alles funktionierte und gleich war.

Das waren so meine Gedanken, während ich mein altes Viertel auf Veränderungen überprüfte, und danach kehrte ich zurück in die Anlage, um die frischen Eindrücke zu verarbeiten. Die Hauptsache waren natürlich die beiden Häuser. Auch wenn ich es irgendwie mochte, dass das eine neu aussah und das andere wie die Vergangenheit, war das doch gewöhnungsbedürftig. Ich meine, es wirkte ziemlich symbolisch, wenn man ein wenig darüber nachdachte, und irgendwie löste das eine ganze Kette von Ideen bei mir aus, die wie Seifenblasen aufstiegen und zerplatzten, bevor ich sie richtig betrachten konnte. Dann meldete sich Nr. 2 wieder und riet mir, hinter die Hecke in das angrenzende Grundstück zu schlüpfen, wahrscheinlich weil er wollte, dass ich etwas tat, statt zu viel nachzudenken, jedenfalls vorläufig. Natürlich passte ich auf, ob mich jemand bemerkte, aber im Nachbarhaus rührte sich nichts, vermutlich war tagsüber niemand daheim. In diesem Viertel gibt es fast nur Hecken zwischen den Grundstücken. Ziemlich hohe Hecken, aber man findet immer ein Schlupfloch, wenn man will, einige kannte ich noch von früher. Von einem Teil dieses Gartens aus konnte ich jetzt die Ecke meines Hauses sehen. Wenn ich zwei weitere durchquert hätte, wäre ich auf dem Grundstück der alten Frau Matt gewesen.

Der Gedanke, dass Beatrice und Cora gehorsam dort warteten, machte mich richtig glücklich. Unsere schöne Zeit fiel mir ein, Cora auf der Decke im Schwimmbad, die Beine angezogen, die Augen auf den Wald gerichtet, den die Dämmerung einsog. Beatrice, wie sie die Sandalenriemchen über die Fersen zog, das Gesicht hinter feuchten Locken verborgen, an deren Spitzen sich Tropfen sammelten. Ihre Neugier im Wald auf der Lichtung, das erste Mal, als sie flatternd die Lider schloss, das erste Mal, als ich Angelikas Zöpfe löste und die zarte Innenseite ihrer Oberschenkel streichelte. Die Erinnerung bezauberte mich, und ich schauderte unter den seidigen Lippen der Vergangenheit. Unzählige Male hatte ich mich in solche Bilder geflüchtet, wenn die Lilien in Dr. Markus' Zimmer mich anstarrten, diese Blumen, die so tot waren wie seine Theorien, so tot, wie er mich haben wollte.

Es war befriedigend, daran zu denken, dass er jetzt wusste, wie sie auf mich gewirkt hatten, seine Blumen. Lang genug hatte ich es verbergen müssen; acht Jahre sind eine Menge Zeit, auch wenn sie nachträglich nicht länger erscheinen als ein Monat und manchmal nur so, als hätte man einen Moment die Lider gesenkt.

Wenn ich sie aufschlug, war ich im Haus. Wenn ich bei mir war, ich selbst, war ich im Haus.

Nach meiner Einweisung in die Klinik fühlte ich mich eine Weile wie gebannt in diese Sekunden nach dem Aufwachen, wenn man merkt, dass etwas nicht stimmt. Man begreift, dass man nicht zu Hause ist, aber man weiß nicht, wo man sich befindet, und fühlt sich ausgesetzt und empfindlich wie eine unbehauste Schnecke. Das ist eine heikle Zeit, die beste Zeit für sie, ihre Gehirnwäsche zu starten, und wenn ich nicht so geübt darin gewesen wäre, andere zu täuschen, hätten sie es vielleicht geschafft. Aber nach und nach lernte ich es benutzen, mein Gefängnis und seine Wächter.

Die Schwestern hatte ich am liebsten. Ich interpretierte sie als meine engelhaften Hüterinnen, das machte sie geschlechtsloser und erleichterte mir meine Rolle. Ihre weiße Kleidung, die Sanftheit ihrer Schritte auf den weichen Sohlen, die Art, wie sie Türen öffneten und schlossen – mit einem leicht saugenden Geräusch zu Beginn und Ende des Vorgangs, denn die Türen waren schwer und schlossen sich durch ihren Randgummi fest an den Rahmen –, machte sie zu Traumgestalten dieser zeitlosen Zeit, dieses weißen Flecks in meiner Biografie. Es gefiel mir, mir vorzustellen, dass ich in einer Art Paradies wartete, einem Wolkenkuckucksheim, wie ein Sterbender, der sich vorübergehend in einem Zwischenreich befindet, bevor er sich entschließt, ins Leben zurückzukehren. Den Engeln in diesem Paradies machte ich ihre Aufgabe so leicht wie möglich. Ich ließ sie schweben auf ihren Illusionen zwischen Kugellampen und spiegelnden Böden, ich ließ sie im Glauben, dass ich gefügig war, und manchmal, wenn ich in meinem Bett lag, schwer von des Tages Mühen der Verstellung, dachte ich sogar, dass es seine Vorteile hätte, so zu werden, wie sie mich wollten. Aber wenn es so einfach wäre, aus mir eine Lilie zu machen, dann hätte meine Mutter es sicher am ehesten geschafft.

Ich konnte lesen, im Park spazieren, von der Zukunft träumen. Ich meine, ohne Dr. Markus wäre die Klinik jedenfalls erträglich gewesen, mit den Engeln kam ich wirklich zurecht. Es war Dr. Markus, der meine Fantasien wach hielt, meine Fähigkeiten, meine Kreativität.

Nachträglich betrachtet war das vermutlich gut so, denn während ich auf der Bank saß, eingetaucht in die aufregend verschwiegene und abgründige Atmosphäre meines Viertels, bestätigte sich für mich die These, dass das Paradies ein Ort ist, an dem man nur deshalb nicht vor Langeweile stirbt, weil man sowieso schon tot ist. Nein, ich bedauerte nicht, die Engel verlassen zu haben und in meine Welt zurückgekehrt zu sein, die farbig war und bezaubernd, voller Spannung und unvorhergesehener Ereignisse. Nr. 1 schlug vor, ein Paradies ohne den Mangel der Langeweile zu kreieren, so etwas auf der Basis von meinen alten Partys. Vielleicht wäre es für manche von der Hölle schwer zu unterscheiden, aber das könnte andererseits der Grund für seine Attraktivität sein. Nr. 1 hat seine Fehler, aber vom Feiern versteht er was, das ist nicht zu bestreiten.

Um auf die Klinik und den Doc zurückzukommen: hinter meiner Höflichkeit, Schwäche, Gefügigkeit blieb eine Menge Raum für Gedanken, Träume und Pläne. Mitunter gönnte ich mir sogar kleine Ausrutscher und berührte sie heimlich, die Hüteengel. Ihre Rocksäume, ihre Knie, wenn sie sich zu mir beugten, ihre Fingerspitzen, wenn sie mir die Medikamente gaben – und dabei träumte ich dann von irdischeren Spielen. Vielleicht war es doch nicht allein Dr. Markus, der dafür sorgte, dass ich nicht vergaß.

Jedenfalls sorgte Nr. 2 dafür, dass ich auf der Hut blieb. Er war es auch, der mich ermahnte, ein Vertrauensverhältnis zu Dr. Markus aufzubauen. In diesem Punkt waren der Doc und ich uns immer einig, haha, Vertrauen ist wichtig. Er hatte etwas Feminines, der gute Markus, und ich glaube, das vereinfachte mir die Sache, mit Frauen hatte ich mehr Erfahrung. Ich ließ mir nicht anmerken, dass mich manchmal trotz allem Panik überfiel, wenn ich sah, dass die Zeit wie eine Gesellschaft beim Nachmittagsspaziergang an den hohen Klinikfenstern vorbeizog, dass die Jahreszeiten ohne mich ihre Spiele trieben, und Sommer um Sommer sich verflüchtigte, während ich in Dr. Markus' Gruft gefangen saß, eingesperrt wie ein Kind mit Hausarrest. Er erinnerte mich an meine Mutter, der Doc, und dann kam es mir vor, als hätte sie doch gewonnen. Übrigens glaube ich, Mütter gewinnen meistens. Ihre Macht ist die größte, die es gibt, und das wissen sie, sonst würden sie all die Einschränkungen nicht auf sich nehmen, die es mit sich bringt, wenn man Kinder großzieht. Meine Mutter jedenfalls kannte ihre Macht und genoss sie. Es entschädigte sie für vieles. Natürlich hatte ich meine Tricks, ich wehrte mich. Und ich begriff schnell, dass es geschickter war, Stärkeren die Illusion der Überlegenheit zu lassen, während man sich darauf vorbereitet, sie zu zerstören. Das hatte ich früh gelernt, und ich kann nicht bestreiten, dass es mir bei meinem Umgang mit dem Doc in kritischen Situationen half. Er konnte nicht den Hauch einer Ahnung gehabt haben, was er manchmal in mir auslöste, sonst hätte er sofort gekündigt und wäre in eine Klinik am anderen Ende der Welt gewechselt. Aber schließlich musste ich mich irgendwann wehren, oder?

Von einem bestimmten Punkt an wartete ich nur noch auf einen Anlass, auf den entscheidenden Anstoß. Ich weiß nicht, wie lang ich noch gezögert hätte ohne den Anruf. Aber dann kam er, und das Timing war perfekt, eine Hommage an Eveline. Ich hätte es nicht besser arrangieren können.

Als der Apparat an Dr. Markus' Schreibtisch klingelte, nahm ich ab, ohne eine Sekunde zu zögern. Dr. Markus spielte dieses »Wir-vertrauen-uns-gegenseitig«-Spielchen, der Gute, und natürlich ließ ich ihn in dem Glauben, dass ich mitspielte. Das Risiko, dass er mich erwischte, war nicht gerade gering – er war nur auf dem Flur, um etwas mit einer Schwester zu besprechen –, aber Vorteile gewinnt man nur, wenn man Risiken eingeht, und ich war neugierig. Es war ziemlich unvorsichtig von Dr. Markus, mich allein zu lassen bei diesen geräuschschluckenden Türen, auch wenn er nicht damit rechnen musste, dass jemand samstags auf seiner direkten Nummer anrief. Aber man kann sich darauf verlassen, dass die Docs irgendwann solche Fehler machen, schließlich müssen sie daran glauben, dass sie ihre Patienten ändern können, sonst wären sie überflüssig.

Natürlich erkannte ich ihre Stimme sofort, aber umgekehrt war das beinah unmöglich. Nach acht Jahren war ich so vertraut mit Dr. Markus' Intonation und Sprachgewohnheiten, dass es mir keine Mühe machte, ihn zu imitieren, unsere Stimmlagen waren sowieso ziemlich ähnlich. Psychologen wissen, dass die Übernahme von Gestik und Sprache des Kommunikationspartners vertrauensfördernd wirkt, deshalb hatte ich ihn sehr genau beobachtet, schließlich wollte ich, dass Dr. Markus mir vertraute. Seltsam war allenfalls, dass er nicht merkte, wie sehr ich ihn spiegelte, aber vielleicht ist das normal. Vielleicht ist das Paradies für Menschen wie Dr. Markus die Harmonie, die Aufhebung aller Unterschiede, die Versöhnung von Lämmern und Wölfen, jedenfalls vermutete das Nr. 2, der meine Strategie immer unterstützt hat. Der Doc vermied wohl unbewusst, sein Wunschdenken durch Misstrauen zu gefährden. Es wäre ein interessantes Thema für seinen Therapeuten, finde ich.

Kaum zu sagen, wie viel Spaß es mir machte, mit Beatrice zu sprechen, ohne dass sie wusste, dass ich es war. Ich zitterte fast vor Freude über ihren Atem an meinem Ohr, er war beinah so nah wie damals, wenn ich sie küsste. Sie klang nervös, ein wenig verkrampft, aber kontrolliert. Es gefiel mir, endlich wieder ein bisschen mit ihr zu spielen. Ich machte es ruhig und professionell, genau wie Dr. Markus es getan hätte. Das Gespräch konnte kaum länger als drei Minuten gedauert haben, aber sie waren ausreichend für eine Entscheidung. Danach ging alles wie von selbst, fügte sich ineinander wie ein Puzzle, geradezu elegant. Zuerst kümmerte ich mich um den Doc, dann nahm ich mir den Engel.

Die Erinnerung daran, vor allem aber die Erinnerung an Beatrices Stimme machte mich ungeduldig, immerhin war ich nur noch zwei Gärten von Frau Matts Grundstück entfernt. Aber näher traute ich mich nicht, Nr. 2 fand das Risiko zu groß, solang es hell war. Also beschloss ich, noch mal in die Anlage zurückzugehen und später einen zweiten Spaziergang zu unternehmen, bei dem ich mir mein Haus von der anderen Seite ansehen konnte. Inzwischen war ich munter geworden, ein bisschen wie ein Junge, der die Schule schwänzt, obwohl ich mich das tatsächlich nie getraut hatte.

Es würde noch lange dauern, bis sie in der Klinik merkten, was passiert war, und bis dahin hatte ich alles erledigt. Während der ganzen acht Jahre war mir nichts unterlaufen, was mich demaskiert hätte. Ab und zu hatte ich dem Doc ein bisschen den Mund wässrig gemacht mit meinen Beschreibungen von Mädchen und so, aber daraus ergaben sich keine Probleme; es amüsierte mich nur, denn es war unübersehbar, wie scharf es ihn machte, also verdrängte er es. Die harte Schule bei meiner Mutter zahlte sich aus, sie hatte mich zu einem leidlichen Psychologen gemacht.

Während des Wochenendes kam eigentlich nie jemand zu Dr. Markus, wenn er dienstfrei hatte. In den Kliniken ging es lockerer zu als früher, es war ein Trend der siebziger Jahre, und mit der Zeit hatten sich alle daran gewöhnt, dass Dr. Markus oft über Nacht in seinem Zimmer blieb, das fast ein privater Raum war und das er ein wenig à la Freud ausstaffiert hatte, herrenzimmermäßig mit viel Leder und dicken Teppichen. Sogar die Mahlzeiten nahm er häufig allein dort ein. Soweit ich es mitbekommen hatte, vermuteten seine Kollegen, dass er an einem Aufsatz über mich arbeitete, der der Klinik mehr Aufmerksamkeit und Anerkennung einbringen würde. Schließlich war ich interessant, nicht wahr?

Wie lang er wohl durchhielt, der gute Dr. Markus? Nicht dass ich ihn unbedingt umbringen wollte. Es würde meine Annehmlichkeiten in Zukunft erheblich einschränken, wenn er starb. Es war eher so etwas wie Sinn für Gerechtigkeit gewesen, der mich dazu veranlasst hatte, ihn in dieser Weise zu installieren. Am Ende lief es darauf hinaus, wie gut er durch die Nase atmete. Man unterschätzt, wie schlecht manche Menschen durch die Nase atmen können, aber ich weiß es, wegen der Klebebänder bei den Mädchen. Es war also offen, wie es ausgehen würde, aber allzu viele Gedanken machte ich mir nicht darüber. Die Vorstellung, dass wir uns eventuell nach meiner Rückkehr wieder gegenübersitzen würden, war zwar ein bisschen skurril, aber andererseits auch amüsant. Wie auch immer es ausging: meiner Meinung nach sollte der Doc das Ganze von der sportlichen Seite nehmen, denn wenn er vernünftig war, musste er einsehen, dass er mit diesem Zug von mir hätte rechnen müssen. Schließlich bin ich der Psycho. Kein Mensch kann verlangen, dass ich mich an moralische oder ethische Regeln halte, obwohl ich selbstverständlich vorgebe, es zu tun. Das ist das Privileg für nicht ganz durchschnittliche Typen, wie ich es bin, weil sich alle anderen an die Regeln halten müssen, wo kämen wir sonst hin?

Inzwischen hatte ich die Gartengrundstücke verlassen und war um den Block gelaufen, wie Nr. 2 es wollte, und so lächelte mich endlich wieder das Rosa meines Hauses an, und ich dachte, ich hätte es selbst nicht besser machen können. Es war wie etwas, was im Traum mit vertrauten Dingen passiert, irritierend, aber nicht falsch, gewissermaßen sogar richtiger als mein veraltetes Standbild, vor allem, weil Frau Matts Haus gegenüber mit dem nachgedunkelten Putz und dem alten Holzzaun genauso aussah wie früher. Eigentlich war es, als liefe mitten durch die Straße ein Zeitriss, eine Art Achse, an der dasselbe Haus in verschiedenen Zeitebenen gespiegelt wurde.

Die Seifenblasenideen perlten wieder um mich herum, und plötzlich konnte ich nicht mehr widerstehen. Obwohl ich es nicht vorgehabt hatte und Nr. 2 dagegen war, wollte ich jetzt wenigstens einmal auf der Zeitachse gehen, die Hecke streifen, unter der Angelika damals gewartet hatte, zusammengekauert und frierend. Entschlossen bog ich in die Straße ein. Die Ästchen an Angelikas Hecke hatten kleine Blätter, aber ich konnte über sie hinweg in den Garten sehen. Er war mit Frühlingsblumen bepflanzt, und eine Schaukel hing am Baum. Die Szene zog mich magisch an, aber dank Nr. 2 schaffte ich es, ohne anzuhalten, weiterzulaufen und mich auf das Haus von Frau Matt zu konzentrieren. Es machte mich richtig glücklich, die alten Gardinen wieder zu sehen, die abgetretene Fußmatte vor der Eingangstür und die lockere Klinke am Gartentor. Das Einzige, was sich drüben verändert hatte, war der Garten selbst. Die Blumen dort konnten nicht mehr von Frau Matt gesetzt worden sein, sie sahen funkelnagelneu aus, und die Erde um sie herum war noch locker. Diese süßen Stiefmütterchen mussten meine Geliebten gepflanzt haben, um mich anzulocken. Unwirklich bunt flatterten die Blüten wie Hunderte von Schmetterlingen auf den Beeten, sesshaft gewordene Schmetterlinge. Es wirkte beinah wie eine Sehstörung, wie etwas nachträglich in ein altes Bild Hineinprojiziertes, das Haus mit dem dunklen Putz und die im Frühlingswind bebenden Blumen davor. Verstohlen schielte ich zum Fenster im ersten Stock, wo Frau Matt immer gesessen hatte, aber niemand lauerte dort, um die Straße zu beobachten. Alles war in Ordnung, und als die Häuser schließlich wieder in meinem Rücken lagen, fühlte ich mich wie nach einem gelungenen Streich, aufgekratzt und ein wenig frech, um es altmodisch auszudrücken wie ein Knabe, der vorhat, ein Röslein zu brechen.

Leider war es immer noch zu früh, um dergleichen zu unternehmen. Meine Geduld hatte durch die frischen Eindrücke einen Knacks, und ich musste mir Mühe geben, ruhig zu bleiben. Ein paar Minuten spielte ich mit dem Gedanken, auf den Friedhof zu gehen und meine Lieben zu besuchen, aber dann entschied ich mich dagegen. Irgendwie hatte ich keine Lust, meine Mutter zu sehen, nicht mal mit zwei Metern Erde über ihr (in meiner Vorstellung lächelte sie sogar noch im Grab dieses ganz gewisse für mich reservierte Lächeln), und davon abgesehen war der Friedhof zu profan. Dort lag das, was übrig geblieben war von all meiner Kreativität, sozusagen die Reste, der Abfall, und nicht das, worauf es ankam, nicht das, was von mir bleiben sollte.

Weil mir nichts Besseres einfiel, landete ich wieder in der Anlage. Insgesamt hatte meine Runde nicht länger als acht oder neun Minuten gedauert. Ich war zügig, aber nicht schnell gegangen, trotzdem klopfte mein Herz plötzlich wie verrückt und der Schweiß stand mir auf der Stirn. Es war, als ob mein Nervensystem überhaupt erst in diesem Moment angemessen darauf reagierte, dass ich wieder zu Hause war, oder vielleicht lag es auch an meinen Gedanken an den Friedhof, oder daran, dass die Wirkung der Medikamente nachließ, aber plötzlich wurde mir regelrecht übel. Um mich abzulenken, atmete ich bewusst und ließ dabei den vergangenen Tag vorüberziehen. Es war ein ereignisreicher Tag gewesen, und ich fand, dass ich ihn gut gemanagt hatte, obwohl es nicht einfach gewesen war. Das sagte ich mir, denn man soll sich ab und zu loben. Der gute Dr. Markus hat öfter darauf hingewiesen, wie schädlich es ist, sich selbst nicht zu mögen, tja, und nun war so eine Situation, in der ich dachte, sie sei genau richtig, um Dr. Markus' Weisheit nützlich anzuwenden.

Die erste halbe Stunde hatte ich sie noch deutlich im Rücken gespürt, die Klinik Wolkenkuckucksheim. Ein von einer hohen Mauer umgebener, auf einem Hügel thronender burgartiger Gebäudekomplex, die Dächer halb verborgen in den Wipfeln der Kastanien und Eichen des Hausparks. Die ganze Anlage erhob sich wie eine grüne Insel aus den winterlich kahlen Weinbergen, die sie nadelkissengleich umgaben. Aber proportional zu meiner Entfernung hatte ich gespürt, wie diese Insel schrumpfte, sich zu einer Art Spielzeugburg zusammenzog, und irgendwann verlor sie sogar eine Dimension und wurde flach wie ein Brett. Wie ein kleines Spielfigürchen, oder vielleicht ein Sorgenpüppchen, saß Dr. Markus in einem der Zimmer.

Obwohl: sitzen war nicht der rechte Begriff, eigentlich hing er ja eher. Ich hatte ihm die Hände auf dem Rücken festgebunden und den Strick am Fenstergriff straffgezurrt. Seine Fußknöchel hatte ich ebenfalls zusammengebunden, den Strick aber nach vorn geführt und an einem der Schreibtischbeine festgeknotet, so dass der gute Dr. Markus ziemlich unbequem zwischen zwei gegenläufige Vektoren gespannt war, den Blick auf seine Beerdigungsblumen gerichtet. Seinen Mund löschte ein breites Klebeband, seine Augen glänzten feucht. Hinter ihm schwebte sanft die rahmweiße Pracht der dicht gefalteten Gardinen, die den im Erdgeschoss gelegenen Raum vor Blicken schützten. So sah ich ihn, wenn ich sozusagen das Papptürchen auf dem Spielbrett in meiner Vorstellung hochklappte. Dann sah ich auch Schwester Angelika, für die ich immer eine besondere Schwäche gehabt hatte, auf Dr. Markus' Freudscher Couch liegen, nicht weniger bewegungslos als dieser, aber noch ein bisschen liliengleicher. Ich klappte das Türchen wieder zu und konzentrierte mich auf meinen Weg nach Hause.

Ich war kaum jemandem begegnet bis zur Bushaltestelle. Es war das fünfte Mal, dass ich Freigang hatte innerhalb der letzten sechs Monate. Die ersten Male hatte ich nur in Begleitung von Dr. Markus längere Spaziergänge machen dürfen, aber seit letzten Monat war ich zweimal allein unterwegs gewesen, allerdings mit begrenztem Zeitrahmen und der Auflage, einen Umkreis von fünf Kilometern um die Anstalt nicht zu verlassen. Es war mir nicht schwer gefallen, mich an diese Bedingung zu halten, nach den langen Jahren hinter den Mauern des Klinikparks verunsicherten mich die unverhofften Perspektiven, andererseits spürte ich damals schon, wie meine unterdrückte Kreativität sich langsam wieder aufrichtete.

Dieses Mal war ich am frühen Nachmittag aus der Anstalt gegangen. Ich hatte Dr. Markus' Brieftasche eingesteckt und ihn den Erlaubnisschein für 24 Stunden unterschreiben lassen (er wirkte nicht besonders glücklich, als ich das Formular aus seinem Schreibtisch nahm, es ausfüllte und ihm vorlegte, aber mit einer Brieföffnerspitze an der Halsschlagader wäre ich das an seiner Stelle auch nicht gewesen). Der Pförtner hatte den Schein zwar mit hochgezogenen Augenbrauen kontrolliert, aber er war jung und als Krankenvertretung erst seit ein paar Tagen im Job – er sah aus wie ein verkrachter Student –, und er wusste zu wenig über mich, um misstrauisch zu werden.

Die erste halbe Stunde war es draußen nicht anders als die vorigen Male. Kaum jemand war unterwegs. In den Weinbergen erschien ab und zu ein grauer Kittelrücken zwischen den Stöcken, oder ein Traktor knatterte durch die Reihen, aber die Arbeiter nahmen mich so wenig wahr wie später die Autofahrer auf der Landstraße. Die einzige Person, mit der ich Blickkontakt hatte, war eine Fenster putzende alte Frau. Sie trug trotz des kühlen Wetters nur eine Kittelschürze, aus der ihre nackten Arme wie der empfindliche Leib einer Schnecke hervorkamen, und ihre arbeitsgewohnten Hände und die lockere Haut an ihren Oberarmen erinnerten mich an Frau Matt. Etwas Heißes durchfuhr mich dabei und machte mich klein, als sei Frau Matt von den Toten zurückgekehrt, um zu verhindern, dass ich nach Hause ging. Ein Glück, dass diese absurde Idee sich schnell wieder verflüchtigte, während ich zügig die Straße entlangstrebte. Das Laufen lenkte mich ab, und schließlich erreichte ich die Bushaltestelle, einer der Grenzpunkte, die ich nicht überschreiten durfte. Die Wartezeit dort war nicht besonders angenehm. Das Risiko, dass mich ein Klinikangestellter zufällig sah, war zwar gering, trotzdem beunruhigten mich die vorbeisausenden Autos, und die Weite um die einsame Haltestelle wirkte bedrohlich. Als der Bus endlich kam, hatte ich Herzklopfen, und meine Fingerspitzen, mit denen ich in Dr. Markus' Münzensammlung nach den passenden Geldstücken kramte, kribbelten vor Nervosität.

Aber das sanfte Schwanken und Schaukeln im Bus, die warme Luft, die nach feuchter Wolle und Gummi roch, wiegten mich danach in eine angenehme Trance. Die meisten Fahrgäste sahen schweigend auf die vorbeiziehende Landschaft, auf die kahlen Weinberge, die keimenden Äcker und die Bäume und Büsche an den Grenzen der Felder, die vor dem grauen Himmel noch grüner wirkten. Als wir tiefer kamen, blitzte manchmal zwischen den großen Villen der Ufergrundstücke für Sekunden die Silberfläche des Flusses auf, später begrenzten den Blick zum Greifen nah die Fenster der dörflichen Hauptstraßenhäuser, von den Abgasen nachgedunkelte, von der Zeit überholte Aufschriften über Torbögen wanderten vorbei, riesige Straßenschilder und scheinbar überdimensionale Ampelanlagen, und schließlich hielt der Bus an einem zugigen Unterstand gegenüber der S-Bahn-Station. Die kalte Außenluft weckte mich aus meiner Benommenheit, und danach kehrte das Gefühl der Geborgenheit nicht mehr zurück. Die Blicke der Fahrgäste in der S-Bahn irritierten mich, und die kahle neue Station erschien mir opernhaft wie eine Totenhalle. Richtig unbehaglich wurde es im Stadtzentrum, als ich auf die Straßenebene kam und die vielen Läden, Straßenstände, Wurstbuden, die ganze wuselnde Geschäftigkeit auf mich hereinbrach. Ein paar Minuten sehnte ich mich richtig zurück in meine »splendid isolation«, zu Dr. Markus und den Engeln, aber dann nahm ich mich zusammen, ging los, und auf dem Weg zu meinem Viertel beruhigte ich mich allmählich. Alles wurde vertrauter, als schlüpfte ich fast unmerklich in die Vergangenheit zurück, an einen Ruhepol im Wandel der Zeit, und mit einem erleichterten Seufzen erkannte ich schließlich die Anlage.

Die Aufregung, die der letzte Ausflug bei mir ausgelöst hatte, hatte sich während meiner Rekapitulation der vergangenen Stunden gelegt. Versonnen beobachtete ich zwei kleine Jungs, die mit einem Ball die Kastanienallee entlang Richtung Park gingen. Dabei fiel mir auf, dass ihr Ball fast wie jener aussah, den mir mein Vater geschenkt hatte, sein letztes Geschenk, bevor er verschwand und alles, was in unserem Haus oberhalb des Kellers von ihm übrig blieb. Eveline und ich hatten oft damit gespielt. Es hatte ihr gefallen, sich auf ihn zu setzen und darauf herumzurollen, und dabei hatte ich ihr unter den Rock geguckt. Meine Mutter hatte es gemerkt – sie war immer da, wenn es darum ging, mich bei etwas zu ertappen, und sie ließ mich das wissen, es war Teil ihrer Macht –, und als ich an jenem Tag zurück ins Haus gekommen war (ich zögerte es so lang wie möglich hinaus, denn ihre zusammengekniffenen Augen hatten nichts Gutes verheißen), traf mich ihr wissendes Lächeln von der Seite, als sei ein lang gehegter Verdacht bestätigt worden. Sie hatte kein Wort über den Vorfall verloren, aber danach hatte ich mich nicht mehr getraut, die von dem Kinderrock beschattete Zone über den Kniestrümpfen zu betrachten, von der ich geglaubt hatte, dass nur Eveline sie besaß. Jedenfalls nicht meine Mutter, deren Röcke zu glatt schienen, um etwas zu verbergen. Nach Mutters Reaktion wusste ich, dass das, was mich bei Eveline besonders anzog, tabu für mich war, und eines Tages verschwand auch der Ball, trotz allen Suchens fand ich ihn nicht mehr. Als ich meine Mutter nach ihm fragte, zuckte sie mit den Schultern, und ich wusste, dass sie sich heimlich freute, mir mal wieder eins ausgewischt zu haben.

Während ich darüber nachdachte, was sie wohl mit dem Ball getan hatte – in einer Version schrumpfte er vor ihrem Blick zu einem schlaffen Säckchen –, nahm ich kaum wahr, dass mehr Autos vorbeifuhren und das Licht allmählich schwächer wurde. Erst als ich Hunger bekam, begriff ich, dass es tatsächlich Abend geworden war, und ich aß den Schokoriegel, den ich mir an der S-Bahn-Station aus dem Automaten gezogen hatte. Dabei fiel mir der Laden von Frau Gritz mit seinen Süßigkeiten ein. Es juckte mich, ihn mir wenigstens von weitem anzusehen, aber Nr. 2 wackelte verneinend mit dem Finger. Stattdessen riet er mir, wieder spazieren zu gehen. Nicht, dass ich im letzten Moment jemandem auffiel, bevor es dunkel geworden war. Er ließ mir wirklich keine Ruhe, Nr. 2, aber ich wusste, dass er Recht hatte, und gehorchte, immerhin winkte eine Belohnung.

Als ich loszog, fühlte ich mich ganz wohl, aber je dämmriger es wurde, desto bedrückter wurde ich. Die ganze Zeit hatte ich auf die Nacht gewartet, schließlich war sie eine Voraussetzung für meine Pläne, und jetzt, wo es so weit war, merkte ich, dass sie mich beunruhigte. Für die Franzosen ist der Tod eine Frau, Madame la Mort, und ich hatte, als ich das zum ersten Mal hörte, gedacht, das müsse auch der geheime Name der Nacht sein. Madame la Mort, die lautlos in der Schlafzimmertür erschien, ein sich nähernder Schatten, der sich über einen beugte und die Bettdecke höher zog wie ein Leichentuch. Madame la Mort, die eines Nachts die Sachen meines Vaters verschwinden ließ, bis ich sie viel später im Keller wieder entdeckte, Madame la Mort, die in der Dämmerung verborgen eifersüchtig beobachtete, wie Eveline in ihrem gelben Kleid mit den pinkfarbenen Röschen im Garten stand, ein heller Fleck, in dem sich das letzte Licht sammelte, als könne sie der Nacht trotzen, wenn sie nur wollte.

Diese Vorstellungen bedrängten mich plötzlich wieder, während ich durch die Straßen strich. Unaufhaltsam dehnte die Dunkelheit sich aus, fast im Zeitraffertempo schien sie zu wachsen, während ich schrumpfte, und dabei entzog sie den Dingen die Farben, trank sie aus, bis sie nur noch ein Schattenleben führten, ein Leben in ihrem Schatten, so wie ich es tat. Ich spürte ihren kalten Kuss, und mir wurde unbehaglich, weil ich plötzlich nicht mehr sicher war, ob ich alles im Griff hatte, ob ich wirklich tat, was ich wollte auf dieser sentimentalen Reise, oder ob ich es nicht im Grunde ihretwegen machte, für Madame.

Das war das zweite Mal, dass ich mich zurücksehnte zu Dr. Markus und den Engeln, viel stärker als zuvor. Ich sehnte mich nach den wie Schneisen durch die Nacht schneidenden, vor Helligkeit sirrenden Flure der Klinik, von Schutzengeln mit quietschenden Sohlen bevölkert, ein Ort, an dem man überleben konnte, während draußen Madame regierte. Je mehr ich daran dachte, desto stärker wurde meine Sehnsucht nach Schutz und Geborgenheit, das sind so Dinge, gegen die die Vernunft von Nr. 2 nicht ankommt. Es war fast Panik, was sich in mir ausbreitete, weil ich immer noch in diesem Schwebezustand war, immer noch nicht in mein Haus konnte. Ich wollte einfach zurück ins Vertraute, und bei solchen Zuständen ist Nr. 1 meine einzige Chance. Ich glaube, in diesem Moment ließ ich ihn von der Leine, und plötzlich fühlte sie sich perfekt an, meine Rückkehr. Nr. 1 war schon immer der kleine Liebling von Madame.

Es war wie ein Schnitt, und die erleuchteten Fenster um mich herum hingen in der Schwärze wie Lampions, baumelten hinter den Vorgartenbäumen oder jenseits der Hecken, als habe die Nacht für ein besonderes Fest dekoriert, für eine große Party. Auf diese Party wartete mein Haus, scheu und ein wenig verschämt mit seinem erröteten Mädchenputz.

Es war kein Problem, hinter Angelikas Hecke zu schlüpfen – ich hatte sie liebevoll so getauft, wie man einen Platz oder eine Straße nach einer Toten benennt –, es gab immer noch diese Lücke direkt an der Grenze zum Nachbargrundstück, die ich schon als Junge benutzt hatte. Danach stand ich in meinem Garten, beschützt von den hohen Zypressen, die wie schwarze

Monolithen in den Himmel ragten. Nachdem ich ein paar Minuten ruhig durchgeatmet hatte, schlich ich zum Küchenfenster und riskierte den ersten Blick.

Die Küche hinter der Scheibe war eine moderne Einbauküche. Die Töpfe, Schneidbretter, Messer und Gläser waren neu, und an der Anrichte stand eine neue Frau, eine schlanke, ein wenig benommen wirkende Blondine. Aber diese Gegenwart war nur eine dünne Hülle, von der Vergangenheit ausgehöhlt wie von einem Termitenvolk. Es war, als würde ich durch das Fenster der Zeit meinen Wunschtraum sehen, jenen Kinderwunschtraum von einer Zukunft mit Eveline, warm und schön in einem eigens für ihn bereiteten Nest. Ich spürte, dass ich paralysiert wurde, wie wenn man an der richtigen Stelle im Nacken gekrault wird.

Die Frau streifte eine klein geschnittene Karotte mit dem Messer von einem Brett in den Topf auf dem Herd. Ich sah ihren gebogenen Rücken und einen Teil ihrer bloßen Unterarme. Ihre Haut war gerötet, und feine Haare wehten von der Herdhitze aufgetrieben um ihr Gesicht. Sie gefiel mir, die Termitenfrau. Die Szene war eine Art Inspiration, vage, aber voller Versprechungen, und während ich sie verfolgte, versuchte ich, das Flüstern dieser Inspiration klarer zu verstehen. Vielleicht hätte ich den halben Abend dort herumgestanden und tatenlos durch die Scheibe gesehen, aber Nr. 2 meldete sich zurück und meinte, ich dürfe die Gegenwart noch nicht ganz vergessen. Dieses Abendessen, mit dem die Frau beschäftigt war, war sicher nicht für sie allein. Wie viele Personen waren außer ihr im Haus?

Er schlug vor, einen Blick in die Erdgeschossfenster zu werfen, und ich wollte mich gerade auf den Weg machen, als der Junge auftauchte. Er konnte höchstens vier sein, und er hatte einen Verband am Kopf, so einen mit Pflaster befestigten Mullstreifen. Ich war vollkommen überrascht von seiner Existenz, und als er sich nach kurzer Zeit umdrehte und wieder verschwand, glotzte ich ihm nach wie einer Sinnestäuschung. Als er sich abgewandt hatte, schienen sich einen Moment unsere Blicke zu treffen, aber das bildete ich mir wohl nur ein, denn er reagierte nicht, und das hätte er sicher getan, wenn er gemerkt hätte, dass jemand vor dem Fenster stand. Wie betäubt von seiner unerwarteten Erscheinung, beobachtete ich die Frau, die sich streckte, um einen Salzspender vom Regal zu nehmen. Sie bewegte sich langsam, wie in Trance, und das beruhigte mich, so dass ich wieder zu träumen begann, aber Nr. 2 ermahnte mich noch einmal, und da machte ich mich endlich auf, um nachzusehen, wer noch im Haus war.

Zum Wohnzimmer schlich ich nah an der Hecke, erst als ich fast gegenüber war, huschte ich über den Rasen. Weil ich vorsichtig war, sah ich nur einen Teil des Zimmers, eine Sofaecke, ein Stück vom Tisch und ein wenig Parkett, das teilweise mit Teppich belegt war. Jemand mit Cordhosen und Hausschuhen saß auf dem Sofa. Nicht weit entfernt hockte der Junge von vorhin auf dem Boden. Er hatte mir den Rücken zugewandt, eine kleine weiche Falte teilte sein Genick, und er manövrierte seine Spielzeugautos über die Parkettleisten. Ich versuchte mir immer noch darüber klar zu werden, welche Rolle er in meinem Wunschtraum spielte, als plötzlich ein zweites Kind auftauchte und sein Wollschaf zwischen die Autos stellte.

Vor Überraschung wäre ich fast an die Scheibe gestoßen. Ich war schon nicht auf die Idee gekommen, dass es EIN Kind in meinem Haus geben konnte, ein anderes Kind als mich, geschweige denn zwei. Aber dann fiel mir wieder ein, dass die Gegenwart nichts als Glasmalerei war und dass es nur eine Frage der Interpretation war, welche Funktion die Jungs hatten.

Vier Augen beobachteten die Termitenfrau. Fast wie Nr. 1 und Nr. 2 meiner Mutter zugesehen hatten. Der Vernünftige und der kreative, aber ziemlich unbeherrschte Kleine. Wenn man den Cordhosenträger dazunahm, waren es natürlich sechs Augen, aber der zählte nicht, das wusste ich gleich. Väter verschwinden, so war es in diesem Haus immer gewesen. Aber Nr. 1 und Nr. 2 getrennte Personen – das machte mich wirklich unsicher, das wirkte korrekturbedürftig. Ich meine, das Haus war die Zukunft, aber die Vergangenheit war es irgendwie auch, es war kompliziert, das hätte sogar Dr. Markus zugegeben. Ich setzte mich auf die Schaukel und dachte darüber nach.

Wie gesagt: Lise schlief fast wie eine Tote, und festgebunden war sie ja auch noch, aber ich bemühte mich trotzdem, kein Geräusch zu machen. Vielleicht weil es weniger wirklich war, was ich tat, wenn es lautlos ablief, irrealer. Das gefiel mir, so fühlte ich mich wie mein eigener Schatten, Mr. Hyde, der aus Dr. Jekyll schlüpfte, um endlich seinen Spaß zu haben. Woran ich litt, war schließlich eine Überdosis Vernunft und Selbstverleugnung, und was ich vorhatte, war ein Gegenmittel, etwas, das mein inneres Gleichgewicht wiederherstellte. Eine Medizin ohne schädliche Nebenwirkungen, so glaubte ich damals, jedenfalls ohne schädliche Nebenwirkungen für mich. Ich meine, was hatte ich schon vor? Schließlich wollte ich niemanden umbringen.

Bevor ich losging, stand ich ein paar Minuten bei den Kindern. Sie schliefen so reglos, dass mich blitzartig der Gedanke traf, ich hätte ihnen zu viel von Lises Tabletten gegeben und sie seien tot, aber als ich mich tiefer beugte, hörte ich ihren regelmäßigen Atem, und danach wandte ich mich befriedigt ab. Meine Angst war albern. Das alles würde keine Konsequenzen für sie haben. Sie würden es verschlafen wie so viele andere Dinge, die in dieser Welt geschahen, und wenn sie aufwachten, wäre alles wie zuvor. Es war einfach Aberglaube, eine leere Drohung, dass jede Handlung Konsequenzen hatte, eine Ausrede und ein Druckmittel für Feiglinge. Viele angenehme Dinge waren leicht zu bekommen, das hatten mich meine Spielchen mit Lise gelehrt, und ich fand, wenn man gewisse Grenzen einhielt, war es in Ordnung, ein wenig weiter zu gehen, als im Handbuch für perfekte Ehemänner stand.

Trotzdem waren meine Handflächen feucht, als ich endlich die Türklinke drückte und ins Freie trat. Bis auf ein Haus am Ende der Straße war das Viertel schon dunkel, auch das Mädchenhaus gegenüber, obwohl es nicht einmal Mitternacht war. Sollte ich trotzdem noch warten? Die Vorstellung, zurückzukehren und mich ins Wohnzimmer zu setzen wie so viele Nächte zuvor, war unerträglich, und ich beschloss, mich dem Augenblick zu überlassen. Die kühle Luft schien geradezu körperlich, wie ein Geist strich sie meinen Nacken entlang, und der Gedanke an Eveline, die in einer solchen Nacht vor vielen Jahren gestorben war, ließ mich schaudern. Ich war kurz davor, mich umzudrehen, so deutlich wurde das Gefühl, dass jemand hinter mir war, aber dann nahm ich mich zusammen. Alle schliefen, ich hatte mich selbst überzeugt. Niemand war da, und Gespenster gab es nicht. Wenn ich jetzt schon hysterisch wurde, würde ich drüben kaum zurechtkommen.

Vorsichtig schloss ich die Tür, und erst am Gartentor erlaubte ich mir, mich ein letztes Mal umzusehen. Das Haus schien zu träumen, und seine Fenster waren wie Lises sanfte dunkle Augen, die nichts verrieten.

Entschlossen überquerte ich die Straße. Blieb die Frage, ob drüben offen war. Die letzte, aber entscheidende

Frage, von der die Verwirklichung meiner Pläne abhing. Vor der Tür des Spiegelhauses zögerte ich einen Augenblick, zum Platzen gespannt. Dann drückte ich mit der Schulter sanft gegen das Türblatt und spürte, wie es nachgab.

Zufall? Vielleicht. Es wäre auch so kein Problem für mich gewesen, ins Haus zu kommen, trotz seiner neuen Schlösser. Erstaunlich, wie viel Vertrauen die Leute in ihre Schlösser haben. Mechanische Schlösser sind einfach zu öffnen, man braucht nur ein bisschen Übung. Ich hatte es schon als Kind probiert, um in den Schränken und Schubladen meiner Mutter herumzusuchen, ihre Wäsche zu betrachten oder ihren Schmuck, und vor allem, um die Briefe zu lesen, die sie mit einer alten Schulfreundin wechselte und in denen sie auch manchmal über mich schrieb. Solche Ausflüge, in denen man das verborgene Leben einer Person besucht und ihre Meinung erfährt, bringen Erkenntnisgewinn, während Dr. Markus und sein Geschwätz fast immer lästig gewesen war, vor allem, weil ich so tun musste, als ob ich es ernst nähme. Er tat mir manchmal richtig Leid, der gute Doc, aber ich ließ ihn reden und spielte ihm vor, was er wollte, widerwillige Einsicht, das wirkte am glaubwürdigsten. Ab und zu tauschte ich einen verschwörerischen Blick mit ihm, wenn Schwester Angelika mit den Zöpfen und dem Kindermund uns das Essen in sein Zimmer brachte. Sie war höchstens so alt, wie Cora und Beatrice jetzt sein mussten, und ab und zu stellte ich mir vor, wie angenehm es in der Klinik hätte sein können, wenn man die Dinge dort ein bisschen anders arrangieren würde, ein bisschen weniger alltäglich, wenn man sie zum Beispiel in eine Erziehungsanstalt für Mädchen verwandeln würde, richtig junge Mädchen, wie ich sie am liebsten mochte, aber natürlich war ich nicht so dumm, es dem Doktor vorzuschlagen. Nur ein einziges Mal, ich glaube, es war im zweiten Jahr nach der Einweisung, fiel ich aus der Rolle, als ich Schwester Angelika zuflüsterte, dass ich ihr gerne ein Kleid schenken würde, eines, das ihr besser stand als diese Schwesterntracht. Damals fertigte ich Bilder an, textile Bilder aus Stoffresten, man sah es gern in der Klinik, wenn sich die Patienten kreativ betätigten, die Ärzte hielten Kunst für ein nebenwirkungsfreies Medikament. Bei meiner Geschicklichkeit wäre es mir nicht schwer gefallen, aus diesen Stoffresten etwas Passendes für Angelika zu schneidern, ich las in ihren Augen, wie gern sie das gehabt hätte. Die anderen hätten ihre Reaktion sicher falsch interpretiert. Sie wurde bleich und danach rot und wich zurück, es war ihr eben peinlich, bei ihren geheimen Wünschen ertappt zu werden, nur ich wusste, wovon sie träumte. Das war eine ziemlich heikle Situation, es fehlte nicht viel, und ich wäre zu weit gegangen, aber Nr. 2 sorgte dafür, dass ich mich in der Gewalt behielt, auf meine Schuhspitzen sah und stumm mit in den Hosentaschen geballten Fäusten lächelte. Danach schickte ich dem Engelchen nur noch schnelle Blicke, die ihm zeigen sollten, dass ich verstand. Sie konnte nicht zugeben, dass ich sie reizte, das war klar, und ich würde sie nicht verraten. Ach, diese Mädchen. Sie sind schwierig, jede auf ihre Art.

Nicht nur bei dieser Gelegenheit überlegte ich mir, was sie wohl mit meinen ganzen Sachen gemacht hatten, zum Beispiel den schönen Kleidern und mit den anderen sorgfältig ausgewählten Dingen, mit denen ich meine Partyräume dekorierte und die ich damals zurücklassen musste. Hoben sie sie auf, irgendwo in einem Polizeilager? Lag dort Beatrices Haarbürste, die Söckchen von Angelika, Coras Schulheft? Hatten sie die Schnipsel der Fotos von Marianne wieder zusammengeklebt? Oder hatten sie alles beerdigt, gemeinsam mit den wie Elfenbein schimmernden Knochen dieser kleinen Hexe vom Bodensee? In Gedanken sah ich es vor mir, dieses von den Barbaren gegrabene Loch, in dem sie mein Kunstwerk beerdigten, und unwillkürlich bepflanzte ich es in meiner Vorstellung mit einem Meer von Stiefmütterchen, wie meine Mädchen den Garten bepflanzt hatten. So hatte es wieder was.

Also wie gesagt: ich wäre auch so in mein Haus gekommen, das neue Schloss wäre kein Problem gewesen. Aber dass ich so mühelos eindringen konnte, gefiel mir. Ich hatte gerade das Türschloss studiert (sie hatten es ausgetauscht, das sah man sogar im Dunkeln), als sich die schmiedeeiserne Klinke vor meiner Nase bewegte. Fast augenblicklich verschwand ich hinter dem Forsythienbusch zwischen Garage und Eingang. Durch seine Zweige sah ich die Silhouette eines Mannes auf den Weg treten. Die gelichtete Stelle an seinem Hinterkopf schwamm als heller Fleck in der Dunkelheit, als er ein paar Schritte Richtung Gartentor ging. Dann stand er still und sah zur Straße. Ohne zu zögern, nutzte ich die Gelegenheit, um ins Haus zu schlüpfen, bevor die Tür zufiel. Zwischen den Mänteln an der Garderobe verborgen, wartete ich darauf, dass er zurückkam, aber er vergewisserte sich nur, ob die Haustür richtig zu war. Danach beobachtete ich durch die in Kopfhöhe eingelassene rhombenförmige Scheibe, wie er den Weg zum Gartentor nahm. Dort drehte er sich noch einmal um, dann wandte er sich ab und überquerte die Straße. Natürlich fand ich es seltsam, dass er mitten in der Nacht fortging, und wahrscheinlich deshalb sah ich ihm nach, solange ich konnte. Es war schwierig, durch die Scheibe, die außen mit einem schmiedeeisernen Gitter verziert war, viel zu erkennen, aber es war offensichtlich, dass er Frau Matts Grundstück betrat. Ungläubig beobachtete ich, wie er dort zur Haustür ging, einen Moment zögerte und dann plötzlich im Innern verschwand.

Ein paar Minuten starrte ich wie gelähmt in die Nacht. Was wollte er dort? Was hatte er mit Beatrice und Cora zu tun? Wieso wechselte er zwischen den Häusern, beinah wie ich damals, als sei er nicht nur mein Nachfolger beim Hausbesitz? Sollte ich ihm folgen? Eine Weile kämpfte ich mit der Versuchung, aber dann lehnte ich mich mit einem Seufzer zurück gegen das weiche Polster der Mäntel und Schals. Jetzt war ich zu Hause mit der Frau und Nr. 1 und Nr. 2. Wenn hier alles erledigt war, würde ich rübergehen. Dann konnte ich mich in aller Ruhe um ihn kümmern, bevor die Mädchen und ich unser Wiedersehen feierten. Manchmal muss man seinen Instinkten trauen, und meiner sagte mir, dass er eine Weile dort drüben bleiben würde. Lang genug, damit ich vorher hier alles erledigen konnte.

Neugierig schnupperte ich die Luft. Oberflächlich roch es nach Kindern, Äpfeln und Wolle, aber als ich mich konzentrierte, fand ich sie doch, die älteren, vertrauten Gerüche, das Aroma der Vergangenheit: Fleischbrühe, Möbelpolitur, das Haarspray meiner Mutter und sogar das einfache Parfum, das Eveline benutzt hatte, und dahinter roch ich das, was aus dem Keller drang. Ich meine, in jedes Haus sickern die Gewohnheiten seiner Bewohner ein und durchsetzen die Wände mit etwas, das so spezifisch ist wie ein genetischer Code. Ich sog es ein wie etwas lang Entbehrtes und filterte es zu seinem Extrakt, der Summe aller Düfte in diesem Haus, zum Parfum des Todes.

Fast benommen löste ich mich von der Wand und begann mit der Inspektion meines Schattenreichs. Alles war regungslos, wie verzaubert, die Spielzeugautos und -häuschen auf dem Wohnzimmerboden, die Silhouetten der Pflanzen, die Messer in der Küche, das Springseil, das um den Treppenknauf geschlungen war. Vieles war anders als damals, und trotzdem erkannte ich es wieder. Sagt man nicht, dass die Dinge sich wandeln müssen, um die gleichen zu bleiben?

Es war Zeit, an die Zukunft zu denken, und die Zukunft war die Termitenfrau. Sie war die Vergangenheit und die Zukunft zugleich, das hatte ich vorhin erkannt.

Dort oben wartete sie auf mich mit ihren blonden Haaren. Es war Eveline, die mir nicht untreu geworden war, und es war ein erregender Moment, endlich wieder hoch in den ersten Stock zu steigen. Die Türen zu Mutters Schlafzimmer und zu meinem waren nicht ganz geschlossen, und aus dem Inneren strömte lebendige Wärme in den Flur. Ich zögerte und entschied dann, mit Nr. 1 und Nr. 2 anzufangen.

Der erste Eindruck, den ich von ihrem Zimmer hatte, war Unordnung, ein Chaos, das meine Mutter niemals geduldet hätte. Das Rollo am Fenster war heruntergelassen, und man sah schwach das Muster mit einem verschmitzt pfeifenden Sichelmond zwischen singenden Sternen mit Strahlenhäubchen. Von der Decke schwebte ein Mobile, das sich kaum merklich bewegte, und die Wände waren fast vollständig mit Plakaten und Kinderzeichnungen bedeckt. Auf den Wandborden drängte sich ein Sammelsurium aus Plüschtieren, Büchern und Spielzeugautos, aber den größten Teil des Raums nahmen zwei Betten ein. Rechts ein Kinderbettchen mit hohem Gitter, auf der linken Seite ein Jugendbett, um dessen Pfosten sich eine Stoffschlange wand. Die Nachttische daneben waren voll von Lämpchen, Spielsachen, Bilderbüchern und Malstiften, auf zwei Stühlen häuften sich Kleider. Ein Hampelmann an der Wand ließ seinen grotesken Schatten über die Decke wandern, als das Scheinwerferlicht eines vorbeifahrenden Autos für ein paar Sekunden durchs Zimmer glitt. Das Zimmer war wie etwas, das Dr. Markus wochenlang zergliedert hätte, es kam mir ganz seltsam vor. Aber dieser Gedanke war nur wie ein vorüberfliegender Schatten, der wieder verschwand, als ich den Raum betrat.

Während ich mich auf Zehenspitzen den Betten näherte, musste ich aufpassen, dass ich nicht über einen herumliegenden Schuh oder ein Spielzeugauto stolperte, schließlich wollte ich nicht, dass die Traumkinder aufwachten. Zum Glück schliefen sie tief, die Knie angezogen, die Hände zu Fäustchen geballt. Die Wärme ihrer Körper wölbte sich wie eine Aura über sie, als ich mich niederbeugte, um sie genauer zu betrachten.

Und plötzlich wünschte ich mir, an ihrer Stelle zu sein, so heftig und drängend, wie ich mir seit sehr langer Zeit nichts mehr gewünscht hatte. Vielleicht so, wie ich mir vor sehr langer Zeit manchmal gewünscht hatte, dass mein Vater wiederkäme.

Sie lagen da so warm, geborgen, geschützt. Fast angestrengt gaben sie sich dem Schlaf hin, als sei er eine Nahrung, die sie aufnehmen mussten.

Vorsichtig setzte ich mich zu dem größeren Jungen aufs Bett und ließ mich langsam neben ihn sinken, bis mein Kopf auf einem Zipfel seines Kissens lag. Ich wagte es nicht, einen Teil seiner Decke zu nehmen, aber ich rutschte so nah wie möglich an ihn heran und passte meinen Atem an seinen an. Irgendwie stahl ich mich in seinen Schlaf, verschmolz mit ihm, und dann war alles weg, bis mich die Stimme meiner Mutter weckte und mir sagte, dass es Zeit sei, aufzustehen und meine Arbeit zu machen.

Ernüchtert richtete ich mich auf, zog den Pullover glatt und hörte, was Nr. 2 mir empfahl.

Die Kinder schienen sich während der ganzen Zeit keinen Zentimeter bewegt zu haben. Sicherheitshalber beugte ich mich über das Bettchen, in dem Nr. 1 lag. Er hatte sein Wollschaf im Arm und war genauso reglos wie sein Bruder, ein kleiner Träumer, der seine Träume genoss. Es war hübsch. So träumte die Gegenwart ihr »als ob« und »was wäre wenn« in diesem Haus, während die Vergangenheit sich ihrer bemächtigte.

Ich kraulte ihn sanft im Nacken, strich seinem Bruder die Haare aus der Stirn und ging ins Elternschlafzimmer, wo Eveline wartete.

Sanft schimmernd lag ihr Haar auf dem Kissen, es sah aus wie früher, obwohl sie sich sonst verändert hatte, aber das machte nichts, bei ihr hätte ich jede Veränderung ertragen. Jemand hatte ihre Hand- und Fußgelenke an den Bettpfosten festgebunden, als hätte er sie bestrafen müssen, wie damals. Sie rührte sich nicht, als ich die Decke hob.

Es war beruhigend, dass sie so reglos blieb, fast wie eine Tote, die ganze Zeit, während ich bei ihr war, nichts störte uns bei unserem Traum. Später fragte ich mich, ob sie nicht trotzdem etwas wahrgenommen hatte. Ich weiß es nicht. Aber eine Weile schien mir ein Ausdruck zwischen Gleichgültigkeit und Bereitwilligkeit in ihrem Gesicht mit den geschlossenen Augen zu liegen, als könne sie nichts mehr erschrecken, als sei alles besser als das, was sie hatte.

Jedenfalls war ich sehr sanft, das war ich immer zu Eveline. Ich streichelte ihr schönes Haar, das unter meinen Fingern feucht wurde, küsste ihre geschlossenen Lider, schmiegte mich an ihren Hals und spielte mit ihren Fingern, die fein waren wie früher, zart und blass jenseits der dicken Stricke. Ich nahm sie, wie ich immer davon geträumt hatte, meine Traumfrau. Es war ein Geschenk für unsere gemeinsame Zukunft, und ich hoffte, dass sie es annahm.

Als es vorbei war, blieb ich noch eine Weile bei ihr, meinen Kopf an ihren Hals geschmiegt. Ich fühlte mich wie am Ende einer langen Reise, vielleicht so entspannt wie noch nie, unbeobachtet und geborgen. Aber dann war es, als liefe Madame durchs Haus, und ich löste mich von Eveline, band sie los und steckte die Stricke ein. Sie würde nicht aufwachen, die ganze Zeit war sie nicht aufgewacht, und jetzt kam es darauf an, dass alles unauffällig war, dass keiner merkte, dass sie die Termitenfrau war.

Danach gab ich ihr einen Abschiedskuss und ließ sie weiterträumen. Es war Zeit für Cora und Beatrice.

Allerdings gab es noch den Mann der Termitenfrau, diesen Schmarotzer und Störenfried. Es war wichtig, ihn auszuschalten, damit er uns nicht belästigte. Ich musste ein wenig improvisieren, aber das störte mich nicht, schließlich bin ich ein kreativer Typ.

Wie seltsam es war, in diesem Haus zu sein, das wie unseres war und doch ganz anders mit seinen vergilbten Türen, der altmodischen Garderobe im Flur, dem Linoleumbelag, dessen abgetretenes Muster unter der polierten Oberfläche zu schwimmen schien wie Pflanzen unter dem Wasserspiegel. Als wäre ich in eine alte Geschichte geschlüpft, als hätte ich mich in sie hineingeschmuggelt, so dass ich unwillkürlich die Ohren spitzte, damit die Erzählerstimme mir zuflüstern konnte, was ich zu tun hätte. In der Küche summte der Kühlschrank, aber davon abgesehen war es fast unheimlich still. Im hereinsickernden Straßenlicht sah ich den Flur und einen Ausschnitt der ersten Treppenstufe – ein spiegelndes Dreieck –, neben dem sich eine gedrehte Holzstrebe mit dem Abschlussknauf des Geländers wie ein Notenschlüssel erhob. Das Geländer war ein Zwilling unseres eigenen drüben, nur war dieses hier nicht abgeschliffen, sondern glänzte dunkel, von zahllosen Händen poliert wie der Fuß eines Heiligen an einem Wallfahrtsort. Die Hände von Cora, Beatrice, Patrick und Eveline hatten es berührt, die alten Hände Frau Matts, und nun würde auch ich es berühren. Mein Hals wurde eng, als ich mir vorstellte, dass ich mich in diesen Geistertanz einfügte, in die Geschichte der lebenden und toten Hausbewohner.

Unwillkürlich scheute ich zurück, und ich beschloss, mir zuerst das Erdgeschoss anzusehen, bevor ich nach oben ging. Es war ebenfalls interessant, und davon abgesehen war es bestimmt kein Fehler, während ich Mut sammelte, sicherzugehen, dass mich später niemand stören würde.

Nach einer kurzen Gewöhnungszeit genoss ich es, dort herumzulaufen, die Hände in den Hosentaschen. Allein und ungehindert, wie der Besitzer des Hauses, der Besitzer der Mädchen, aber klüger als dieser Patrick gewesen war, nicht so psychotisch und viel geschickter. Neugierig betrachtete ich die Küche, die schmutzigen Tassen auf der Ablage, die Brotkrümel auf dem Tisch, die vergilbten Resopalschränke. Der leere Maibowlenkrug stand auf dem Fensterbrett, und die Freude darüber, dass mein Plan offenbar funktioniert hatte, wirkte noch nach, als ich im Wohnzimmer die Sessel mit den verblassten Polstern berührte, die reglosen Gardinen ansah und den Schrank, alles altmodisch und stumm wie alte Leute, die gelernt haben, ihre Gedanken für sich zu behalten. Die Räume hatten etwas Verschlossenes, beinah Abweisendes, aber trotzdem hatte ich keine Angst mehr, sie zu betreten. Sie kamen mir so unwirklich vor, dass ich mich selbst unwirklich fühlte, körperlos und unsichtbar. Es war, als würde ich alles durch einen nur von meiner Seite durchsichtigen Spiegel betrachten, auf der sicheren Seite verborgen. Meine Nervosität von vorhin war verschwunden, und ich fühlte mich souverän. Alles in diesem Haus war fixiert, ein wenig, wie wenn ich Lise bei unseren Spielchen fixierte, und mein Besuch war auch nur wie ein Gedankenspiel, das keine Spuren hinterließ, die die Zeit nicht schnell wieder löschte.

Mit jenem genussvollen Schaudern, mit dem man eine Kammer im Wachsfigurenkabinett betritt, berührte ich das polierte Treppengeländer und ging nach oben.

Links sah ich direkt in das Zimmer Frau Matts, und die Tür zum hinteren Zimmer war ebenfalls offen. Fast andächtig näherte ich mich und blickte auf die bläuliche Wolke aus Decken und Kissen, den Ellbogen, der geschmeidig in den Falten ruhte, den schmalen Fuß, der über die Bettkante hing. Er gehörte Beatrice, das wusste ich sofort. Von Cora sah ich nichts, vermutlich verbarg sie die gebauschte Decke. Das Gefühl, hinter einem Spiegel zu stehen, verschwand, und plötzlich sah ich mich mitten im Schlafzimmer eines fremden Hauses, ein Einbrecher, der nichts Gutes im Sinn hatte. Mein Herz begann zu hämmern. Was, wenn die Mädchen die Bowle gar nicht getrunken, sondern weggekippt hatten? Wenn sie in der nächsten Sekunde hochfuhren, mich mit aufgerissenen Augen anstarrten und schrien? Angespannt beobachtete ich den Arm. Nur zwei Schritte, und ich hätte die Decke wegziehen, die Schlafenden ansehen, streicheln, zurechtlegen können. Alles mit ihnen tun können, was ich wollte, wovon ich wochenlang geträumt hatte.

Ganz sicher waren die Mädchen betäubt, sie rührten sich nicht, obwohl ich schon eine ganze Weile hinsah. Aber jetzt, so knapp vor dem Ziel meiner Wünsche, scheute ich wieder zurück. Es war eine Sache, sich etwas vorzustellen, und eine andere, es zu tun. Irgendwie musste ich noch einmal Mut sammeln, und deshalb beschloss ich, mir zuerst noch die anderen Zimmer im ersten Stock anzusehen.

Auch hier oben schien nichts in die Gegenwart zu gehören, abgesehen von ein paar Kleinigkeiten, den Fläschchen und Tiegeln auf der Spiegelablage im Bad zum Beispiel oder den Papieren auf dem Tisch in Frau Matts Zimmer, unter denen ich ein flaches Heft mit der Aufschrift »Das Spiegelhaus« fand. Aber selbst diese Dinge wirkten nicht wie etwas, was hierher gehörte, sondern mehr so, als seien sie vom Museumspersonal abgelegt und vergessen worden.

Während ich abwesend in dem mit dichten Zeilen gefüllten Heft blätterte und mein Blick dabei zufällig auf das Wort »Keller« fiel, rückte er plötzlich wieder in mein Bewusstsein, der Keller. Eigentlich hatte ich vorgehabt, ihn zu meiden – vorhin hatte ich die Tür nach unten kaum angesehen, als sei es gefährlich, sie überhaupt zu bemerken –, aber jetzt verlor ich meine Hemmungen und schlich fast erleichtert nach unten. Die Mädchen würden mir nicht davonlaufen, und immerhin war es nur ein Keller, oder? Ein leerer Keller voll längst vergangener Geschichten, harmlos wie der Rachen eines ausgestopften Tiers.

Vorsichtig drückte ich den alten Eisengriff der Tür, die nach unten führte. Die Treppe war ausgetreten und schwarz, mit dicken Spinnweben in den Ecken. Zögernd betrat ich die erste Stufe und schaltete das Licht an. Es war ziemlich trüb, das Glas über der Birne war von einer pelzigen Staubschicht überzogen. Obwohl ich unwillkürlich ein wenig fröstelte, ging ich langsam bis zu dem ersten fast leeren Raum, zu dem die Gartentreppe führte. Hier durch hatte Patrick damals die Mädchen geschleppt. Ich stellte mir vor, wie er sie weitertrug, den Gang nach hinten. Es war gruselig, aber trotzdem gefiel es mir, seiner unsichtbaren Spur zu folgen. Nicht dass ich billigte, was er getan hatte, ich war ja nicht krank. Aber es schadete niemandem, sich vorzustellen, wie es gewesen war, oder?

An der letzten Tür hielt ich noch einmal. Es war trotz

allem unheimlich hier unten. Nicht dass ich Angst vor Geistern gehabt hätte, vor einem toten Geistermädchen an einem Seil über brennenden Kerzen, aber trotzdem empfand ich plötzlich unmissverständlich, dass sie gefährlich war, diese Reise ins Herz des Hauses. Andererseits – jetzt, wo ich schon so weit gegangen war, konnte ich auch einen Blick hinter diese Tür werfen. Ich war neugierig und es beruhigte mich, dass keiner erfuhr, was ich tat. Mit schneller klopfendem Herzen zog ich die Tür auf – sie war schwerer, als ich erwartet hatte –, und dann hielt ich unwillkürlich die Luft an, als mir der Atem des Kellers entgegenschlug, mürbe und verdorben, wie der eines nach langem Warten befreiten Geistes. Magisch angezogen, übertrat ich die Schwelle. Der Raum war leer und fensterlos. Ich hatte kaum Zeit, es zu erfassen, als die Tür hinter mir zufiel und es schwarz um mich wurde.

Ich brauchte ihm nur zu folgen. Es gefiel mir, denn es war wie eine Umkehrung seiner Verfolgung. Hätte ich nicht gesehen, wie er die Haustür aufgestoßen hatte, wäre ich nicht auf den Gedanken gekommen, dasselbe zu versuchen. Stattdessen wäre ich durch den Gartenkeller eingestiegen. Frau Matt hatte die Schlösser sicher nicht ausgetauscht (warum sollte sie, ich war ja in sicherer Verwahrung, haha), und der zweite Kellerschlüssel lag bestimmt immer noch in der Nische über der Treppe, wo sie ihn deponiert hatte, ganz davon abgesehen, dass das Kellerschloss einfach zu öffnen war. Aber die Tür oben gab nach, kaum dass ich sie berührte. Ich fragte mich nicht, woran es lag, mir genügte die Tatsache. Außerdem wollte ich keine Zeit verschwenden, es gab wichtigere Dinge. Bevor diese Nacht vorbei war, musste ich mein Fest zu Ende feiern und, um es klassisch zu sagen: Ich roch Mädchenfleisch.

Mit weit geöffneten Augen stand ich im Spiegelhaus. Es sah aus, wie ich erwartet hatte, unverändert wie in meinem Standbild, ausgenommen der goldene Lichtstreif am Ende des Flurs, der die geöffnete Kellertür markierte. Aber eigentlich hatte ich das ebenfalls erwartet. Mein Nachfolger war dort unten, halb und halb hatte ich damit gerechnet. Er war ein Gruseltourist, und ich würde dafür sorgen, dass er bekam, was er wollte.

Auf dem Weg zum Keller streifte ich die aufgehängten Kleidungsstücke an der Garderobe, und dabei flatterte ein Blatt Papier zu Boden, das offenbar auf der Ablage gelegen hatte, eine Notiz, deren Inhalt ich am Wohnzimmerfenster entzifferte. Sie brachte meine Pläne durcheinander, und ein paar Minuten diskutierten Nr. 1 und Nr. 2, inwiefern wir sie modifizieren mussten, aber dann kamen wir zu dem Ergebnis, dass die Änderung nicht gravierend war.

Danach konzentrierte ich mich auf den Schmarotzer in meinem Keller. Gleichgültig, ob er mein Haus gekauft hatte, weil er seine Geschichte kannte, oder ob er erst später erfuhr, auf welchem Fundament er lebte, ich war ziemlich sicher, dass er alles wusste und dass es ihm deshalb gefallen hatte, mir nachzuspionieren. Er schmarotzte von meinem Mut und meiner Kreativität, als seien sie eine kostenlose Probe, die er im Briefkasten gefunden hatte. Es ärgerte mich wirklich, dieser Diebstahl geistigen Eigentums.

Ein Grinsen machte sich auf meinem Gesicht breit. Vielleicht war es schmeichelhaft, dass mein Keller so attraktiv war, aber keiner sollte so dumm sein, nicht damit zu rechnen, dass irgendwann der Herr des Hauses zurückkam – zum Beispiel an einem Feiertag wie diesem – und für die richtige Ordnung der Dinge sorgte.

Als die Tür zugefallen war, schien die Dunkelheit alles auszulöschen, aber nachdem ich den ersten Schreck überwunden hatte, riss ich mich zusammen und suchte den Lichtschalter. Er befand sich ungefähr auf Brusthöhe neben der Tür, ein altmodisches Ding mit einem Drehknopf, aber nichts rührte sich, als ich ihn benutzte, also tastete ich seufzend die Tür nach der Klinke ab. Es gab keine Klinke.

In diesem Moment kroch etwas Kaltes über meine Brust, sehr langsam und sehr schleimig.

Die Türfläche war glatt, klinkenlos, ohne Griffmöglichkeiten. Es hatte etwas von einem Albtraum, sie zu betasten. Immerhin war sie nur zugefallen. Wenn es mir gelang, den Schnapper zurückzuschieben, konnte ich sie vielleicht aufziehen. Ich tastete meine Hosentaschen nach einem brauchbaren Gegenstand ab, aber bis auf ein Papiertaschentuch, ein paar Münzen und meine Schlüssel hatte ich nichts dabei. Die Münzen waren zu dick und außerdem nicht flexibel genug, also stocherte ich eine Weile mit meinen Schlüsseln im Schloss herum, allerdings ohne Erfolg.

Während meine Hände automatisch arbeiteten, schien die Dunkelheit in mich einzudringen wie eine Flüssigkeit, die meine Lungen verstopfte. Mein Gefummel war vergebens, und schließlich versuchte ich sogar, die Tür aus den Angeln zu heben, aber sie war so perfekt eingepasst, dass ich keinen Ansatz hatte, und außerdem war sie schwer wie Blei. Mit einem Winseln gab ich auf und lehnte mich an die Wand. Es war egal, ob ich laut oder leise seufzte, es war ohnehin niemand da, der mich hören konnte.

Mein Herz hämmerte immer schneller, und es fiel mir schwer, eine vernünftige Überlegung anzustellen. Wie konnte ich aus dieser Falle entkommen, wie hatte der Raum ausgesehen? Ich hatte nur Sekunden gehabt, ihn aufzunehmen, und jetzt verwünschte ich die Nachlässigkeit, mit denen ich sie hatte verstreichen lassen. Langsam entstand etwas in meiner Vorstellung, das dieser Raum hätte sein können. War da nicht ein Fenster gewesen? Eine abgedeckte, irgendwie verkleidete Stelle, hinter der sich ein Fenster verbergen musste?

Je länger ich darüber nachdachte, desto deutlicher glaubte ich mich zu erinnern. Mit einer Art Ergebenheit begann ich die Wand entlangzutasten. Wie hoch hatte die Stelle gelegen? Wie weit oberhalb meines Kopfes? Dahinter musste sich eins dieser mehr breiten als hohen Kellerfenster verbergen, oder bildete ich mir das alles nachträglich ein? Konstruierte ich mir ein Wunschfenster, ein imaginäres Loch aus der Falle, aus der Einbahnstraße dieser Geschichte, in die ich geraten war? Panik trieb mir den Schweiß aus den Poren. Die Wand schien endlos. Sie fühlte sich rau an wie die alte Haut eines Ungeheuers, das meine tastenden Finger wachkitzelten. Das Ungeheuer meiner unrühmlichen Rolle in der Geschichte. Lise fiel mir ein, festgebunden auf ihrem Bett. Was würde geschehen, wenn es mir nicht gelang, diesen Keller ohne Aufsehen zu verlassen? Was würden die Mädchen tun, wenn sie mich hier unten entdeckten? Und was würde Frau Gritz sagen, wenn sie davon erfuhr, sie und die Nachbarn und meine Kollegen, von der Polizei ganz zu schweigen? Dabei war das noch das wenigste, was ich hätte fürchten sollen.

Versonnen lauschte ich an der Tür.

Es machte mir Spaß, es war, als hätte ich einen Käfer gefangen. Es war klug gewesen, die Klinke zu entfernen, aber ich war schon immer klug gewesen, das war nie mein Problem. Fragen Sie Dr. Markus.

Ich hatte sie damals weniger aus dem Grund entfernt, weil die Mädchen sonst hätten entkommen können, dazu waren sie zu gut gefesselt gewesen. Es war eher eine ästhetische Entscheidung von Nr. 1, ein Detail, das dem Raum Atmosphäre gab, ihm etwas Absurdes, eine Prise Humor verlieh, aber im Augenblick standen andere Aspekte jener Maßnahme im Vordergrund. Im Augenblick war die fehlende Klinke, um es philosophisch auszudrücken, eher ein Beweis dafür, dass die Schönheit im Nützlichen liegt.

Ich malte mir aus, wie er sich abmühte. Sein Schaben, Kratzen und Poltern waren deutlich zu hören. Als Gruseltourist kam er auf seine Kosten, es war sicher eine interessante Erfahrung für ihn. Ob er zum ersten Mal im Haus war? Möglich, jedenfalls in diesem Keller war er sicher zum ersten Mal, sonst hätte er von der fehlenden Klinke gewusst. Die offene Haustür war ein Geheimnis, für das ich keine Erklärung hatte, aber vielleicht hatte er sie heimlich präpariert. Die Mädchen schienen jedenfalls keine Ahnung von seiner Anwesenheit zu haben, sonst hätte ich sie sicher schon getroffen.

Unternehmungslustig rieb ich mir die Hände. Sie waren trocken und warm. Seit ich hier war, fühlte ich mich ganz bei mir selbst. Es ist das Privileg der Künstler, sagt man (und vielleicht auch eins der Mörder), ihre einzige Entschädigung für die Last ihres Zwangs und ihrer Einsamkeit, und deshalb fand ich, ich sollte es genießen, denn man bekommt es immer nur für kurze Zeit.

Es war kein Problem für mich zu improvisieren, ich war flexibel, und dieser ungebetene Besucher würde mein Museum sicher bereichern. Nr. 1 war schon richtig aufgeregt, aber im letzten Moment ermahnte mich Nr. 2, mir im Gartenkeller noch einen Spachtel zu holen, bevor ich mich daranmachte, meinem neugierigen Fan eine Lektion zu erteilen. Schließlich durfte ich mich nicht selbst einsperren wie dieser Trottel da drin.

Mit ein paar Übungen brachte ich meinen Atem auf einen langsamen Rhythmus. Vor ein paar Jahren hatte ich Dr. Markus zuliebe mit autogenem Training angefangen, und seither fiel es mir leichter, mich zu entspannen, auch ohne Medikamente. Es war nicht ganz gerecht gewesen zu sagen, dass der Doc nutzlos war, auch wenn er mir meistens auf die Nerven ging. Er kannte den einen oder anderen guten Trick.

Zum Beispiel hatte ich in der Klinik öfter Squash mit dem Doc gespielt. Neben meiner Fähigkeit zur Nervenkontrolle hatte ich ihm also auch eine gute Kondition zu verdanken. Es war ein bisschen frech, wenn ich den Doc deshalb meinen Komplizen nannte, aber es gibt die Fakten und es gibt diese netten Theorien. Und ganz unter uns war der Zeitpunkt verstrichen, an dem ich auf die Selbsteinschätzungsempfindlichkeiten eines Dr. Markus Rücksicht nehmen musste. Eigentlich sollte er froh sein, dass er zu etwas gut gewesen war.

In kurzer Zeit hatte ich die Sensibilität eines Blinden entwickelt. Meine Fingerspitzen glitten so aufmerksam über die Knötchen und Narben des Mauerputzes, als läse ich in Blindenschrift eine uralte Geschichte, an deren Ende entweder meine Befreiung oder meine Schande stand. Mein bisheriges Leben erschien mir fern und idyllisch, und ich sehnte mich danach zurück, während ich das Gift dieses Mordkellers einatmete. Warum hatte ich mich in diese Lage gebracht? Warum hatte ich es provoziert? Weshalb war ich den Lockungen dieser Mädchen erlegen? Es war wie bei meinem getünchten Haus, auch in mir hatte etwas Verborgenes geschlummert, das diese alte Geschichte geweckt hatte, und bevor ich es gemerkt hatte, war ich eine ihrer Figuren geworden.

Wie hatte ich glauben können, ich sei unsichtbar hinter einem Einwegspiegel? Wie hatte ich so dumm sein können?

Dergleichen schoss mir durch den Kopf, während ich fieberhaft weitertastete. Soweit ich mich erinnerte, musste das Fenster, dieses Fenster, von dem ich nicht einmal sicher war, ob es existierte, ziemlich weit oben sein. Vorläufig versuchte ich den Gedanken zu verdrängen, dass ich kein Werkzeug hatte, um eine festgenagelte Holzverkleidung abzureißen, immerhin war das Fenster meine einzige Chance, unentdeckt das Haus zu verlassen, und ich weigerte mich, mir vorzustellen, was wäre, wenn ich es nicht öffnen konnte.

Nach endlosen Minuten erreichte ich endlich die Ecke – in dieser vollkommenen Dunkelheit wirkte sie spitzwinklig – und tastete mich nach links. Von der Schwärze war mir schwindlig, aber ich redete mir ein, dass alles in Ordnung sei, wenn ich das Fenster erst entdeckt hätte, ich musste nur darauf achten, dass ich es nicht verpasste. Von jetzt an blieb mir nichts anderes übrig, als an der Wand hochzuspringen und mit den Händen an ihr entlangzustreifen.

Es musste der dritte oder vierte Sprung gewesen sein, als ich etwas anderes fühlte als Kellerputz. Mein Herz machte einen Satz, und ich überprüfte ein paar Mal meinen Eindruck, aber kein Zweifel: es war Holz, was ich berührte. Die Euphorie explodierte regelrecht in meinem Körper. Wenn das Fenster zugenagelt worden war, warum sollte man es dahinter noch zumauern? Ich würde die Verkleidung irgendwie aufbrechen, und dann war ich draußen, entkommen, frei, ein Mann wie viele andere, dessen geheime Wünsche niemand kannte.

Schwer atmend legte ich den Kopf in den Nacken und starrte auf die Stelle, an der sich das Fenster befinden musste. Es war zu hoch, um es mit ausgestreckten Armen zu erreichen, und es gab nichts in diesem Raum, das ich als Sockel hätte benutzen können. Irgendwie musste ich eine der Latten greifen. Wenn es mir gelang, mich anzuklammern, hatte ich wenigstens mein Gewicht, um die Nägel aus der Wand zu reißen oder das

Holz zu brechen – auch wenn es das Einzige war, was ich hatte.

Ich sprang wieder und wieder auf der Suche nach einer Ritze, einem kleinen Spalt, an dem ich mich festhalten konnte. Tatsächlich erwischte ich irgendwann eine Lücke zwischen den Brettern und presste meine Fingerspitzen dazwischen. Tief genug, um mich einen Moment zu halten und mit der anderen Hand nachzugreifen. Dann zog ich mich hoch, stemmte die Sohlen gegen die Wand und zerrte mit zusammengebissenen Zähnen an der Latte. Irgendwann knirschte es, und der Spalt wurde größer. Es dauerte endlose Minuten hartnäckigster Anstrengung, aber endlich brach das Holz doch und ich stürzte auf den Boden.

Verletzt hatte ich mich nicht (mein Rücken tat weh, und meine Finger steckten voller Spreißel, aber das zählte nicht), trotzdem murmelte ich, gleich nachdem ich mich wieder gesammelt hatte, einen Fluch. Warum wurde es nicht heller? Ein bisschen Licht musste von den Straßenlaternen auch bis hierher dringen, außer das Fenster war hinter der Verkleidung doch zugemauert. Durch den Sturz hatte ich die Orientierung verloren, und es dauerte endlose Minuten, bis ich das Fenster wieder fand. Dann sprang ich erneut und klammerte mich an ein Brett. Durch die Lücke war mein Halt jetzt besser, und mit der freien Hand tastete ich den Raum ab. Gott sei Dank, das Fenster war nur mit Pappe verklebt, vielleicht war es eine Vorstufe zu der Holzverkleidung gewesen.

Ein Keller mit einer solchen Geschichte lockte sicher Neugierige an, haha, und die Pappe war vielleicht der erste Schutz gegen Gaffer gewesen. Am liebsten hätte ich sie sofort abgerissen, um endlich Licht zu haben, aber sie war festgeklebt, und es würde dauern, sie abzukratzen.

Am besten war es, zuerst noch die obere Latte zu entfernen und mich dann, auf die untere gestützt, mit der Pappe zu beschäftigen. Zum Glück war das Holz nicht in die Wand gedübelt, sondern nur an den Rahmen genagelt, trotzdem konnte ich die zweite Latte nur mit großer Mühe abreißen. Immer wieder glitten meine Finger ab, bis meine Muskeln vor Anstrengung zitterten, und als das Brett endlich nachgab, landete ich ein zweites Mal rückwärts auf dem Boden. Diesmal hatte ich versucht, mich abzufangen, war dadurch aber nur noch schlechter aufgekommen. Mein Knie war verknackst, jeder Knochen tat mir weh, und mein Rücken fühlte sich an, als ob ihn eine ungeschickte Bewegung zerbrechen könnte. Oft würde ich es nicht mehr schaffen, mich festzuhalten. Der Spalt war breiter, aber immer noch eng, und ich brauchte die untere Latte, um die Pappe abreißen zu können. Ich wollte gerade wieder anfangen, als ein Luftzug über meinen Rücken strich.

Schnell wie ein Schatten schlüpfte ich in den Raum. Nur für Sekunden fiel ein wenig Licht ein, aber es war genug, um zu erkennen, was vor sich ging, bevor die

Schwärze uns beide schluckte. Für ihn war es kaum möglich gewesen, in den wenigen Sekunden etwas zu sehen, dazu war er zu lang im Finstern gewesen. Für ihn konnte die geöffnete Tür kaum mehr als ein Lichtblitz gewesen sein.

Er lag auf dem Boden, und der ganze Raum stank nach seinem Angstschweiß. Um ihn verstreut waren Bruchstücke von Holzlatten, offenbar war er damit beschäftigt gewesen, die Fensterverkleidung abzureißen. Wie unvorsichtig von mir, dass ich daran nicht gedacht hatte, fast wäre er mir entkommen. Ich war keine Minute zu früh.

Blind waren wir beide. Meine Augen waren nicht an die Dunkelheit gewöhnt, aber es war keine Art Dunkelheit, an die man sich gewöhnen konnte, insofern hatte er keinen Vorteil. Er war gut zu orten, sein panischer Atem, laut keuchend in diesem weltabgeschnittenen Raum. Ich lauschte auf ihn, den Kopf zur Seite geneigt, wie ein aufmerksamer Hörer bei einer Sinfonie. Es war Musik in meinen Ohren.

Als ich den Kopf wandte, tauchte ganz kurz der Umriss einer Gestalt auf, dann war alles wie vorher, nur dass ich nicht mehr allein war. Mein Herz raste, ich hatte mich in der letzten halben Stunde mehr angestrengt als in den Jahren zuvor, und gerade als ich glaubte, das Schlimmste sei überstanden, war er erschienen. Mein Feind, das war das Einzige, was ich sofort wusste, was ich instinktiv empfand. Weshalb wäre er sonst so vorgegangen?

Fast unmittelbar nachdem es wieder dunkel geworden war, wechselte ich den Platz, aber ich keuchte noch, und solang es mir nicht gelang, lautlos zu atmen, konnte er hören, wo ich war. Adrenalin schoss durch meinen Körper, während ich hektisch über den Boden tastete. Ich musste eine Holzlatte finden, bevor er mich angriff. Denn er würde mich angreifen, da war ich sicher. Wie Sensoren schienen meine aufgerichteten Körperhaare seine Gegenwart wahrzunehmen, obwohl er so schnell und still wie ein Geist handelte, denn ich hörte keinen einzigen von ihm verursachten Laut, egal, wie angestrengt ich etwas aufzufangen versuchte. Mein Verstand arbeitete fieberhaft, aber ich hatte keine Ahnung, wer er sein konnte. Seit Frau Matt tot war, hatte ich, abgesehen von zwei jungen Männern, die die Mädchen besuchten, nie jemanden hier gesehen. Ob er einer dieser jungen Männer war? Für eins der Mädchen war er zu groß, so viel hatte ich immerhin erkennen können. Und weshalb sagte er nichts oder rief die Polizei? Schön, vielleicht hatte er sie ja gerufen, aber irgendwie glaubte ich es nicht. Natürlich dachte ich daran, ihn anzusprechen, allein schon um dieses unheilvolle Schweigen zu brechen, aber meine Kehle war wie zugeschnürt, und außerdem vermutete ich, dass es sinnlos wäre. Es hätte ihm nur genau verraten, wo ich war, und das war das Risiko nicht wert.

Etwas streifte meine Schulter. Ich fuhr herum, aber da war nur warme, dickflüssige Luft. Gleich darauf kitzelte mich ein ausgefallenes Haar am Hals, und ich strich gereizt über die Stelle. Allmählich wünschte ich mir, dass er angriff. Die Sekunden tickten in der Stille wie die Zeituhr einer Bombe, und ich hatte das Gefühl, mein Kopf würde explodieren, wenn nicht bald etwas geschah.

Immerhin hatte mein Atem sich beruhigt, und ich bewegte mich so gut wie geräuschlos. Aber ich hatte immer noch keine Latte, mit der ich mich hätte verteidigen können. Wenn ich mich mit einer Latte bewaffnet in eine Ecke zurückziehen konnte, hatte ich eine Chance zu überleben. Denn inzwischen war ich sicher, dass es genau darum ging: ums Überleben. Alles sprach dafür, dass er mich überwältigen, wahrscheinlich sogar umbringen wollte, es war nicht nur eine Frage der Interpretation seiner Vorgehensweise, es war, als entschlüsselte ich es wie eine Botschaft, die er in den Raum entließ und die meine Körperhaare oder meine Nase, oder welcher verdammte Sinn auch immer dafür empfänglich war, sicher aufnahm.

Dabei fielen mir die Mädchen ein, ihre Situation damals, und plötzlich begriff ich, wie sie sich gefühlt hatten. Ich war eingebrochen, um jenen Ereignissen näher zu kommen, und ich hatte bekommen, was ich wollte. Ich hatte sogar mehr bekommen: Ich bekam Todesangst, wie die Mädchen sie gehabt hatten. Angst, die mir den Magen umdrehte und mich zu einem Steinzeitmenschen machte.

Aber sie waren Kinder gewesen, und ich war ein erwachsener Mann! Ein Mann mit einer Holzlatte. Endlich hatte ich eine gefunden und es geschafft, in eine Ecke zu kriechen. Die Wand hinter mir gab mir das süße Gefühl relativer Sicherheit. Mein Herz jagte. Ich würde ihn niederknüppeln, wenn es eine Möglichkeit gab. Ich würde alles tun, um zu entkommen. Ich würde mich wehren bis zur letzten Sekunde.

Wie gesagt, ich atmete ruhig, und ich war fit, das zeigte, wie sehr ich mich entwickelt hatte. Obwohl es ja Leute gibt, die behaupten, dass jemand wie ich sich nicht entwickeln kann, aber die sehen die Dinge nicht wertfrei genug.

Eine Weile hörte ich zu, wie er sich mühte, sein Atemgeräusch zu unterdrücken. Er hatte schnell reagiert, das musste ich ihm lassen. Sicher würde er sich mit einem Stück Holz verteidigen, wenn er eines fand. Nicht dass es mich beunruhigte, es machte mir Spaß, ihn zappeln zu lassen – andererseits, die Zeit lief und ich musste weiterkommen.

Er stand ungefähr drei Meter vor mir in einer Ecke, bewaffnet, und das sollte ich auch sein. Nicht, dass ich ohne Waffe keine Chance gehabt hätte, aber es war sicherer. Lautlos ging ich in die Hocke und tastete den Boden ab. Ich hatte Glück, aber obwohl ich mich bemühte, leise zu sein, gab es ein winziges Geräusch, als ich ein Stück Holz aufhob. Fast sofort zuckte ich zurück.

Keine Sekunde zu früh. Seine Latte sauste an mir vorbei wie ein Schwert, ich spürte den Luftzug knapp neben der Schulter. Er hatte entschlossener und schneller reagiert, als ich erwartet hatte. Mit einem Krachen traf er den Boden, und ich nutzte die Gelegenheit, ohne zu zögern. Der Schwung seiner Bewegung hatte ihn einen Moment blockiert, und die Aktion hatte seinen exakten Standort verraten. Meine Latte schnellte schräg nach oben. Es gab ein seltsames Geräusch, ein dumpfes Schmatzen, dann hörte ich, wie er zusammenbrach.

Ein paar Sekunden verharrte ich schlagbereit. Ich hatte ihn getroffen, aber wie gut? Wartete er, bis ich mich über ihn beugte, um zurückzuschlagen? Brutal ließ ich die Latte ein zweites Mal dort niedersausen, wo er liegen musste. Diesmal entlockte ich dem weichen Ding da unten keinen Laut, ganz zu schweigen von einer anderen Reaktion.

Schwer atmend richtete ich mich auf. Eigentlich war es schneller gegangen, als ich erwartet hatte. Es war vorbei, bevor ich es genießen konnte, aber immerhin war er nur eine Nebenfigur. Nachher würde es anders sein. Dann würde ich in aller Ruhe spielen.

Ich tastete mich zur Tür und schob den Spachtel unter den Schnapper. Als ich sie aufgehebelt hatte, nahm der Raum Gestalt an. Natürlich war er kahl, aber für mich hatte er trotzdem eine besondere Atmosphäre. Ich hatte inzwischen eine klare Vision, wie ich ihn gestalten würde, wie ich mein Museum und die Exponate insgesamt gestalten würde – die Stiefmütterchenblüten aus dem Garten spielten eine gewisse Rolle dabei –, aber vorher hatte ich noch anderes zu tun.

Im schwachen Licht betrachtete ich den Kerl auf dem Boden. Er lag schlaff auf dem Rücken mit hochgerutschtem Pullover, den Kopf zur Seite gedreht. Blutiger Speichel rann aus seinem Mund, und in seinen halb offenen Augen sah man das Weiße. Nachlässig hob ich sein Kinn mit zwei Fingern. Seine Haut war nass und heiß. Er reagierte nicht.

Er würde mir nicht mehr lästig fallen. Nicht in dieser Nacht und auch in keiner weiteren. Vermutlich würde er niemandem mehr lästig fallen. Ich nickte, als ich die Kellertür hinter mir zufallen ließ und nach oben ging. Die Dinge bekamen die richtige Ordnung.

Die kleine Anstrengung hatte keine Spuren bei mir hinterlassen, mein Atem war so ruhig wie zuvor. Auch meine Hände hatten nicht gelitten, die verspielten Finger von Nr. 1.

Wenn ich die Augen schließe, läuft es ab wie ein Film. Cora wollte tanzen. Ohne Schonung, gleichgültig, ob es wehtat, gleichgültig, ob es ihr schadete. Als sei es das letzte Mal.

Sie ging erst, als sie sicher war, dass ich schlief. Allein in die Nacht, die Tasche mit dem Trainingszeug über der Schulter, fröstelnd vor Trotz und Aufregung. Es war nicht weit zum Theater, kaum 25 Minuten bei zügigem Tempo, aber ich stelle mir vor, dass es ein seltsamer Weg gewesen sein musste für Cora, mit all der Angst und der Sehnsucht und den Schmerzen. Sie wusste, dass man immer allein ist, wenn es darauf ankommt, wir wussten es beide.

Ich sehe vor mir, wie sie durch die Pforte ging. Die Abendvorstellung war schon lang vorbei, aber Cora wusste, dass sie in jener Nacht im Theater durcharbeiteten, weil die Kostüme und Kulissen der Aufführung gleich für ein Gastspiel verpackt und transportiert werden mussten. Trotzdem waren nicht mehr viele Leute im Haus. Der müde Pförtner registrierte von der späten Besucherin wohl kaum mehr als ihre Haare und die Haltung, an der man jeden Tänzer schon von weitem erkennt, und kümmerte sich nicht weiter um sie. Vielleicht nahm er an, dass sie etwas vergessen hatte, aber wahrscheinlich dachte er sich gar nichts, er war daran gewöhnt, dass Künstler seltsame Dinge tun, mitten in der Nacht trainieren zum Beispiel. Also ging Cora ihren Weg, die Treppe nach unten, hinter die schweren Eisentüren zum Durchgang unter der Bühne, auf der anderen Seite die abgetretenen Steinstufen nach oben, vorbei an der Bühnenebene, höher und höher. Das Treppenhaus war kühl und roch nach Metall und Kulissenstaub. In den breiten Gängen der Stockwerke tauchte ab und zu ein Arbeiter auf, oder eine Garderobiere kam mit einem Arm voll Kostümen aus einer Tür, um hinter einer anderen wieder zu verschwinden. Einmal sah sie vielleicht eine verspätete Angestellte der Schneiderei im weißen Kittel mit einem Tüllrock über der Hand durch den Flur eilen, aber all diese Figuren waren vereinzelte Erscheinungen, sie wirkten fast wie Theatergespenster, die nach Betriebsschluss ihr verblichenes Leben aufnahmen. In meiner Vorstellung ließ Cora sie allmählich hinter sich zurück, passierte weitere Stockwerke, stieg immer mehr in die Stille. Je höher sie kam, desto ruhiger, dunkler und leerer wurde es. Auf der letzten Ebene bog sie ab, wanderte den Gang entlang, jetzt selbst fast wie eines der Theaterphantome in den tieferen Stockwerken, erreichte die Tür des Ballettsaals und lehnte für den Bruchteil einer Sekunde die Stirn an das Holz, bevor sie die Klinke drückte. Sie berührte den Schalter, und Helligkeit explodierte zwischen den Spiegeln, ließ Lichtflüsse über den Flügel laufen, blitzte auf den Kolophoniumkörnchen im Kasten wie auf Bernstein, entzündete Glanzpünktchen in Coras Augen. Der Raum materialisierte sich aus der Dunkelheit wie eine Zauberkugel, und Cora war mittendrin.

Wie gesagt: man ist immer allein, wenn es darauf ankommt, wir wussten es beide, und es war nur natürlich, dass sich alles so arrangierte. Für mich war in jener

Nacht die Zeit ausgelöscht, und als ich aufwachte, schien alles, was geschah, so albtraumhaft, dass ich immer wieder zweifle, ob es Wirklichkeit war oder nur eine Vorstellung, eine Fantasie. Denn als ich die Augen aufschlug, war er über mir, der Schatten, der sich vor mein Leben geschoben hatte. Er war immer der Tod gewesen, der Räuber der Unschuld und Zerstörer der Illusionen, der geduldige Tod, der immer gewann. Er hatte mit uns geflirtet, uns beobachtet, er hatte uns kennen gelernt, damit er wusste, wie er vorgehen musste.

Er roch wie jener Sommer, in dem wir erwachsen wurden, aber er fühlte sich kalt und feucht an wie nasse Steine, wenn die Sonne verschwunden ist und Schnecken über die Mauern kriechen.

Ich wachte auf und verstand, dass ich sterben sollte. Nicht irgendwann, sondern jetzt. Nach einer kleinen Frist von ein paar Jahren, einem kurzen Aufschub, in dem ich glauben durfte, dass er uns hatte entkommen lassen. Distanz ist eine Illusion, das war die letzte Lektion, die er mir erteilte. Tatsächlich lähmt sie uns. Während ich versucht hatte, ihn zu verstehen, sein Rätsel zu lüften und so Distanz zu gewinnen zu dem, was geschehen war, waren wir verschmolzen. In meinem Mund bildete sich ein bitterer Geschmack. Ich wehrte mich nicht, das war das Schlimmste, aber ich glaube, ich weinte.

Er hatte eine Art von Gewalt, die kaum noch physischen Drucks bedarf. Wenn es jemandem einmal gelungen ist, Gewalt über uns zu bekommen, dann haben wir etwas Entscheidendes verloren, eine lebensnotwendige Illusion. Ich lag ganz still. Eiskalt, ergeben. Das Einzige, was seltsam unbeteiligt, geradezu luzide aufmerksam und unberührt blieb, war jene Instanz, die alles registrierte, was er tat. Sehr konzentriert, wie für die Ewigkeit, genau wie damals. Distanz war eine Illusion, ich begriff es spätestens in jenem Augenblick, aber sie definierte mich längst. Vielleicht definieren wir uns fast alle nur durch unsere Illusionen.

Er küsste mich zart, eine Spur jungenhaft und ungeschickt. Ich musste ihn nicht sehen, um zu wissen, dass er wieder aussah wie damals, in jener Nacht, die Zeit veränderte ihn nicht. Er sah wieder aus wie ein verrücktes Kind. Ich glaubte übrigens, dass er lächelte. Etwas in mir bäumte sich auf bei diesem Gedanken, aber keiner meiner Muskeln regte sich. Er schlug die Decke zurück und fesselte mich, dann klebte er mir den Mund mit Klebeband zu wie damals. Ich hoffte, dass es schnell gehen würde. Dass alles schnell vorbei wäre. Endgültig. Ich begriff, dass es der Preis für meine Geschichte war.

Es ist sehr schwer zu sterben, selbst wenn man es will. Aber das Schlimmste war, dass ich nicht aufhörte, in ihm zu denken. Ich sah, was er sah. Ich sah, wie er mich sah.

In meiner Vorstellung klackten Coras Absätze auf dem Parkett, als sie den Trainingssaal durchquerte, um in den durch Säulen abgetrennten Teil zu wechseln, in dem der Flügel und ein paar Stühle standen. Dort zog sie sich aus, streifte ihre blassrosa Strumpfhose über und ein weißes Trikot, zog Spitzenschuhe, aus denen die harten Sohlen entfernt waren, für das Stangentraining an, band die Satinbänder glatt über Kreuz um die Knöchel, schob Muskelwärmer über die Beine und schlüpfte in ein Wickeljäckchen. Mit wenigen routinierten Bewegungen steckte sie ihre Haare hoch, zog Hals- und Beinausschnitt zurecht, stellte ihren Kassettenrecorder an, wechselte in den Saal und setzte sich auf den Boden.

Musik perlte in die Stille. Mit einem genussvollen Seufzen begann Cora ihre Dehnübungen, legte ihren Oberkörper flach zwischen die gespreizten Beine, schloss die Knie, streckte sich auf die Schenkel, die Fersen mit den Händen umfassend, winkelte danach die Beine an und zog die Füße an den Körper, ließ den Kopf kreisen, gab sich hinter ihrem Rücken die Hände, wechselte ins Spagat, wölbte und streckte ihre Wirbelsäule. Sie ließ sich Zeit. Erst als sie sich warm und geschmeidig fühlte, stand sie auf und stellte sich an die Stange.

Demi plié, Grand plié, Relevé auf halber Spitze, Fermé, Wechsel in die zweite Position. Wiederholung.

Sie arbeitete sich durch das Grundprogramm, durch die Pliés und Echappés, durch die Rond de jambes en l'air und die Battements. Sie stand kerzengerade, die Arme locker, die Beine bis in die letzte Muskelfaser gespannt. Schweiß erschien auf ihrer Stirn, auf ihrem Nacken. Sie schenkte sich nichts, nicht bei der kleinsten Bewegung. Cora hatte sich nie etwas geschenkt. Ich weiß nicht, wie sie durchhielt, Übungen ausführte, die Gift waren für ihr Knie, aber ich bin sicher, dass sie es genoss. Ich vermute, dass sie Tabletten genommen hatte.

Nach dem Stangentraining wechselte sie in die Mitte, probte kurze Sprünge, begann ein Adagio, ein paar Schrittfolgen aus dem Tanz der großen Schwäne, übte Touren. Nach knapp zwei Stunden entschied sie, dass sie so weit war. Dass sie tanzen konnte.

Ich sehe, wie sie zurück in den Nebenraum ging und die Trainings- gegen perfekt eingetanzte Spitzenschuhe tauschte, die Muskelwärmer abstreifte – das Jäckchen hatte sie schon nach dem Stangentraining ausgezogen –, sich mit einem Handtuch Stirn und Nacken trocknete, Wasser aus der mitgebrachten Flasche trank und ein Vitaminbonbon lutschte. Dann legte sie eine neue Kassette in den Recorder und kehrte in den Saal zurück.

Sie begann mit der Weihnachtsszene im Nussknacker. Der Recorder war gut, Coras Sachen waren immer gut. Voll und sauber wirbelten die Töne durch den Raum.

Obwohl ihre Augen weit geöffnet waren, weiß ich, dass sie jetzt blind wurde, dass sie sich aufheben ließ, ihre Umgebung vergaß, mich vergaß, ihn vergaß. Die Musik erzählte ihr Märchen, die Geschichte eines kleinen Mädchens und seiner Träume, und Cora folgte.

Es war ihre Lieblingsrolle, die Rolle, die ihr den Durchbruch gebracht hatte, und in dieser Nacht setzte sie alles ein, um sie noch einmal zu sein.

In meiner Vorstellung sehe ich sie tanzen.

Es roch nach Coras Parfum. Ich war sicher, dass es Cora gehörte. Schon damals hatte sie Parfum geliebt, das Kind, oft roch sie nach etwas viel zu Teurem für ihr Alter. Sie war etwas Besonderes gewesen, die kleine Cora. Das waren meine Mädchen immer, aber Cora war … besonders widerspenstig? Spröde? Eine kleine Kämpferin, eine Mädchensoldatin.

Es hatte mich provoziert, das Püppchen. Manchmal hatte ich Lust gehabt, ihr die Beine zu brechen.

Es würde gut aussehen in meinem Museum: das Püppchen mit den zerbrochenen Beinen. Neben der Spieluhr vielleicht? Der Spieluhr, die Eveline gehört hatte und die immer noch unten in der Vitrine stand.

Mitten in der Nacht war sie ins Theater gegangen, das hatte sie für Beatrice auf dem Zettel notiert, der mir an der Garderobe zugeflattert war, für den Fall, dass ihre Freundin aufwachen und sich Sorgen machen würde. Mitten in der Nacht war sie fortgegangen. Statt auf mich zu warten, auf unser Abschlussfest, auf ihre Strafe. Aber es würde ihr nichts nützen.

Dies war eine gute Nacht, meine Nacht. Sie entschädigte mich dafür, dass ich damals unterbrochen worden war, sie entschädigte mich für die letzten acht Jahre. Partys werden meistens unterbrochen, wenn sie interessant werden, und vom heutigen Standpunkt aus war jene Party nur ein Vorspiel gewesen, eine Übung, sozusagen eine Kellerminiatur. Diesmal würde ich ein ganzes Museum kreieren. Das ganze Haus würde ein Museum werden, ein Traumtheater, ein Wunschkabinett. Es würde mich berühmt machen, unsterblich. Denn nur der Tod verleiht den Dingen Dauer.

Beatrice auf den weißen, glatten Laken. Bleich und still im Laternenlicht wie ein Bläuling. Befriedigt hatte ich festgestellt, dass ich sie vor Veränderungen bewahrt hatte, Veränderungen nach Erreichen des Höhepunkts sind Zerstörung, das hatte ich schon bei Eveline erkannt. Sie sah nicht anders aus als damals. Als hätte sie nicht gelebt. Als hätte sie nur geträumt, dass sie lebte. Ich hatte ihr sozusagen ewige Jugend geschenkt. Für mein Museum würde ich sie beschreiben, meine kleine Literatin, vielleicht mit einem Auszug aus einem Brief meiner Mutter?

Nachdem ich sie vorbereitet hatte, fiel es mir nicht leicht, sie zu verlassen. Sie lag bequem, entfaltet, die Arme und Beine durch die Fesseln gestreckt. Die Tränen hatte ich ihr abgewischt, und nur das Goldkettchen an ihrem Hals glitzerte. Während ich auf dem Weg zum Theater an sie zurückdachte, fand ich, dass es das Einzige war, was lebendig an ihr wirkte.

Ich hatte mir Zeit gelassen mit ihr, immerhin liebte

sie die Spannung, meine gefesselte Erzählerin. Beim Spielen mit ihr hatte ich vorübergehend alles vergessen, so schön war es. Zuerst war sie verkrampft gewesen, aber dann hatte sie sich beruhigt. Da hatte sie wohl verstanden, dass wir ein Liebespaar bleiben würden wie in allen Geschichten mit happy ending.

Es tat mir trotzdem Leid, sie warten zu lassen. Als ich bemerkt hatte, dass ihr Gesicht nass war, hatte ich mich gefragt, ob sie vor Erleichterung oder vor Dankbarkeit geweint hatte. Sanft trocknete ich ihre Augen mit dem Laken und gab ihr einen Abschiedskuss, bevor ich sie verließ.

Es fiel mir nicht leicht, aber ich musste Cora holen, bevor wir weitermachen konnten.

Immerhin war er romantisch, dieser Weg durch die Nacht zum Theater. Er war mir von damals vertraut, als ich Cora manchmal verfolgt hatte, wenn sie verträumt, aber zielbewusst zum Training ging. Ich stellte mir vor, dass sie jetzt ebenfalls vor mir herschwebte, das Haar wie ein Pantherfell aufschimmernd, wenn sie die Lichtkegel der Laternen passierte. Dieses Haar, das seidig über ihren Rücken glitt, ihren festen, schmalen Körper streichelte. Während ich daran dachte, beschleunigte sich mein Schritt.

Der Pförtner döste in seinem beleuchteten Glaswürfel vor sich hin, als ich mich dem Theatereingang näherte. Es kam mir ungewöhnlich vor, dass um diese Zeit noch Betrieb herrschte, eigentlich hatte ich damit gerechnet, einbrechen zu müssen, aber nun gingen Arbeiter ein und aus, und vor dem Eingang parkten mehrere Lieferwagen mit offener Heckklappe. Männer trugen in Decken gewickelte Gegenstände und große Weidenkörbe über die Straße. Ich schloss mich einer dieser Gruppen an, als sie die Pforte passierte. Mit den Arbeitern zusammen marschierte ich unter der Bühne durch, eine kleine Treppe nach oben, bis sie hinter einer feuersicheren Tür verschwanden, die vermutlich zur Bühne führte, während ich mich in eine Toilette gleich am Anfang des davor liegenden Gangs verdrückte und wartete. Einer der Männer hatte sich unterwegs nach mir umgedreht, aber gerade als ich dachte, er würde mich ansprechen, rief ihn ein Kollege, und ich nutzte die Gelegenheit, mich unsichtbar zu machen. Es war besser, abzuwarten, bis sie mich vergessen hatten.

Die Minuten erschienen mir endlos, während ich die kalten Kacheln der Toilettenwand zählte und auf die eindringenden Geräusche lauschte. Endlich blieb es ruhig, und ich öffnete vorsichtig die Tür und sah mich um. Das Licht im Gang war ausgeschaltet worden, nur noch eine schwache Notlampe spiegelte sich auf dem Linoleumboden. Flink wandte ich mich zum Treppenhaus und stieg zwei Stufen auf einmal nehmend um die nächste Biegung. Von irgendwo kamen Stimmen, und manchmal hörte ich auch das Geräusch zufallender Türen, aber ich begegnete niemandem mehr, während ich nach oben ging. Ballettsäle sind in alten Theatern fast immer unter dem Dach. Ich erinnerte mich an Chopin- und Schuhmann-Melodien, die aus einem der oberen Fenster in die Luft geschwebt waren, während ich auf Cora gewartet hatte.

Die Treppenhausstufen waren glatt und in der Mitte abgesenkt, einmal wäre ich beinah ausgerutscht. Ich stellte mir vor, wie eine Horde übermütiger Ballettmädchen sie herunterstürmte, mittendrin die kleine Cora, das blasse Kindergesicht verschlossen, ein wenig hochmütig und ein wenig stur. In den oberen Stockwerken wurde es vollkommen ruhig. Die Flure wirkten wie alte leere Wohnungen mit ihren großen Schränken und an den Wänden lehnenden mannshohen Spiegeln, die in der Nachtbeleuchtung blind vor sich hin träumten, alles schien überdimensional, und ich fühlte mich, als würde ich schrumpfen. Es sah ein wenig aus wie damals bei mir, nachdem meine Mutter gestorben war, und das Haus darauf wartete, dass ich es wieder belebte.

Ich versuchte mir einzureden, dass es mir gefiel, Cora in ihrer ureigenen Sphäre einzufangen, dass es meinen Sieg über sie vollkommener machte, aber tatsächlich irritierte mich ihr Theaterschloss. Die kleine Cora hatte mich fortgelockt. Fort von zu Hause in eine Welt, in der ich mich nicht auskannte. Inzwischen war ich ihr sicher ganz nah, aber dieser Opernpalast war riesig und verwinkelt (schon den Aufgang, den die Bühnenarbeiter genommen hatten, würde ich nur mit Mühe wieder finden), und wenn ich im Dachgeschoss sämtliche Räume absuchen musste, würde ich kostbare Zeit verlieren.

Dann hörte ich plötzlich Musik, leise zuerst, aber allmählich immer deutlicher. Sie führte mich, und als mich nur noch eine Tür von ihr trennte, stand ich still.

Meine Hände waren feucht und ich wischte sie an der Hose ab. Einen Moment spielte ich mit dem Gedanken, draußen zu bleiben, bis Cora fertig war, aber das konnte zu lange dauern.

Sehr vorsichtig, Zentimeter für Zentimeter, öffnete ich die Tür. Der Festsaal strahlte und Cora tanzte. Tanzte direkt auf mich zu.

Einen Augenblick lang war er wie eine Erscheinung, sagte Cora später, aber ich verstand schnell, dass es wirklich war.

Sie traf ihn mit einem Battement. Mit der festen Kappe der Spitzenschuhe, hart und genau an der richtigen Stelle am Hals. Sie sagte, er stürzte sofort. Sie kniete sich neben ihn, und er sprach noch eine Weile zusammenhangloses Zeug über seine Zeit in der Klinik, bevor er starb, sagte Cora. Sie erklärte mir, was sie getan hatte. Sie hatte es in einem Buch gesehen, als sie die Solopartie für ein modernes Stück studierte, in dem Kampftechniken tänzerisch umgesetzt wurden. Damals hatte sie sich zur Vorbereitung einen Bildband mit Erklärungen zu diesen Techniken gekauft. Sie ist so vertraut mit Körpern, dass es ausreichend für sie war, um es bei Patrick anzuwenden. Sie hatte keine Sekunde gezögert. Ich sehe sie vor mir, wie sie den Hörer des schwarzen, altmodischen Wandapparats abhebt, um die Polizei zu rufen.

Sie hatte nichts von dieser Maibowle getrunken, im Gegensatz zu mir, schließlich hatte sie etwas vorgehabt. Für mich war das Glas Bowle ausreichend gewesen, um tief zu schlafen, aber nicht genug, um mich völlig zu betäuben. Die Polizei hatte das Zeug untersucht, nachdem sie Talweg in unserem Keller gefunden und ich ihnen erzählt hatte, dass sie ein Geschenk von ihm gewesen war.

Ich sagte einmal, wir seien zurückgekehrt, weil wir etwas über uns herausfinden mussten. Cora glaubte an Märchen. Sie glaubte daran, dass alle Hindernisse nur Prüfungen sind und dass böse Geschichten gut enden können, und sie fand heraus, dass es stimmte, dass man dafür sorgen kann, dass es stimmt. Coras Knie hat es übrigens überstanden, aber es ist ein Schwachpunkt geblieben, deshalb ist sie noch besser und noch schöner geworden als früher. Nach einer Phase eisernen Trainings hat sie ihre Position zurückerobert. Sie war immer die Stärkste von uns.

Ohne Cora hätte ich nicht überlebt. Aber ohne mich hätten Sie diese Geschichte nie erfahren.

Ich sehe sie manchmal, wenn sie vom Dienst oder vom Einkaufen zurückkommt. Sie hat sich verändert, Dr. Markus. Nicht dass sie ein anderer Typ geworden wäre, aber sie ist freier, selbstbewusster und wacher als früher. Offensichtlich bekommt ihr die Selbstständigkeit. Ihr Mann steht am Fenster und sieht ihr nach, wenn sie morgens das Haus verlässt. Er hat sich nie mehr richtig erholt, aber immerhin genug, um die Kinder und den Haushalt zu versorgen. Soweit ich weiß, betreut sie nur Privatpatienten, die ihre stille, genaue Art schätzen, deshalb wird sie sicher gut bezahlt. Mitunter sieht ihr Mann zu mir herüber, zu meinem Schneckenhaus, manchmal winkt er sogar, aber ich muss mir seinetwegen keine Sorgen mehr machen. Niemand muss sich seinetwegen Sorgen machen. Zuerst hieß es, es sei ein Wunder, dass er überhaupt überlebt hat, und noch so viel von seinem Hirn funktioniert, dass es für den Alltag reicht, aber das ist schwer einzuschätzen. Man kann seine Situation schlimm finden, aber schließlich ist er bei uns eingebrochen, und nach allem, was ich im Laufe der Zeit darüber herausgebracht habe, nicht mit den besten Absichten. Immerhin hat er überlebt. Ich habe wenig Mitleid mit ihm, außerdem macht er nicht den Eindruck, unglücklich zu sein. Seine Bewegungen sind langsam, aber er spielt mit den Kindern, auch mit dem neuen Baby, er putzt die Fenster und kümmert sich um den Garten, während die Musik von Procol Harum oder T-Rex aus seinen offenen Fenstern schallt.

Ab und zu wechsle ich ein paar Worte mit ihm, wenn ich ihn zufällig treffe, über die Rosen oder das Wetter. Mitunter wirkt er klar, und ich vermute, dass er sich in solchen Momenten an alles erinnern kann, was geschehen ist. Ich lese es in seinen Augen, diesen Seelenspiegeln, seine Geschichte und die Rolle, die er in unserer Geschichte spielte. Als ich es das erste Mal merkte, bin ich erschrocken, aber inzwischen weiß ich, dass sein Blick sich bald wieder eintrübt, die klaren Momente sind Ausnahmen. Eigentlich wirkt er ein wenig so, wie seine Frau früher gewirkt hat: verschwommen, sanft und hilflos, nur dass es bei ihm viel ausgeprägter ist. Lise erzählte uns einmal, dass er ziemlich starke Medikamente braucht, aber ich nehme an, sie weiß genau, was sie ihm geben muss, schließlich ist sie vom Fach.

Ein paar Wochen nach den Ereignissen hatte ich mich einmal länger mit ihr unterhalten. Die Initiative ging von ihr aus, denn sie wollte sich für die Karten entschuldigen, die sie uns in den Briefkasten geworfen hatte. Vor allem der Brief war ihr peinlich. Sie meinte, sie sei damals in einer besonderen Situation gewesen, sie hätte Probleme gehabt und Angst, sie hätte gespürt, dass sich etwas zusammenbraute und dass ihr Mann uns beobachtete, und sie hätte Hilfe gesucht, aber es sei ihr nicht möglich gewesen, direkt zu handeln. Ich ahnte, in welcher Lage sie war, und beruhigte sie, aber ich bin nicht ganz sicher, was ich von ihrer Entwicklung halten soll. Sie scheint ihr drittes Kind besonders gern zu haben, als bedeute es eine Wende in ihrem Leben. Eine Wende zum Positiven. Ich sehe, dass es Patricks Augen hat.

Meine Promotion ist abgeschlossen, Dr. Markus, und ich habe eine Stelle an der Universität, die mir gefällt. Das Schlimme ist, dass er bei mir ist, nicht nur, wenn ich über Nabokov spreche oder über Virginia Woolfs reflexionsreiche Erzählungen. Sie wissen, wie gebildet er war, er kannte die Literatur, das bedeutet, dass ich nicht einmal dort vor ihm sicher bin, sie ist eine Spiegelwelt.

Es bleibt ein Leitmotiv, dass er in mir weiterlebt, zusammen mit den Stimmen von Angelika und den anderen Mädchen, von Frau Matt und unserem Nachbarn. Dass ich ihn höre, Dr. Markus, immerzu höre, wenn ich den glühenden Punkt meiner Zigarette beobachte, der sich über die Seiten meiner Arbeiten oder die Bücher bewegt, in der Dunkelheit leuchtet wie ein Leitstern, dem ich folge. Morgens ist meine Kehle heiser vom Rauch, er haftet an meiner Haut und meinen Haaren, und oft wünsche ich mir, dass ich mich ganz in ihn auflösen werde, denn ich liebe seine Melancholie. Ohne das Rauchen hätte ich es nicht ertragen, bei Ihnen zu recherchieren, Dr. Markus, und bei den Nachbarn im Viertel, bei Frau Gritz und bei Lise, vielleicht nur, um zu bestätigen, was bleibt, die Asche dieser Geschichte, ihre Auflösung in ihre Grundsubstanzen, ihr Schatten. Ohne das Rauchen hätte ich Sie nicht ertragen, aber auch Sie sind ja jetzt ein Teil von mir, Dr. Markus, Sie und Ihre Lilien, wenn ich auf den Fleck an der Wand sehe.

Sagen Sie nichts, es ist nicht nötig. Sie haben sich längst in mir eingerichtet. Ein paar winzige chemische Veränderungen, von meinem Bewusstsein initiiert, und ich habe Ihre Gedanken, Dr. Markus, wie ich seine haben kann und die unseres Nachbarn.

Oft wache ich morgens auf, Dr. Markus, und denke, wie schrecklich es ist, Patrick nicht hassen zu können, denn das bedeutet, dass ich mich nicht verteidigen kann. Aber es wäre, als hasste ich mich selbst.